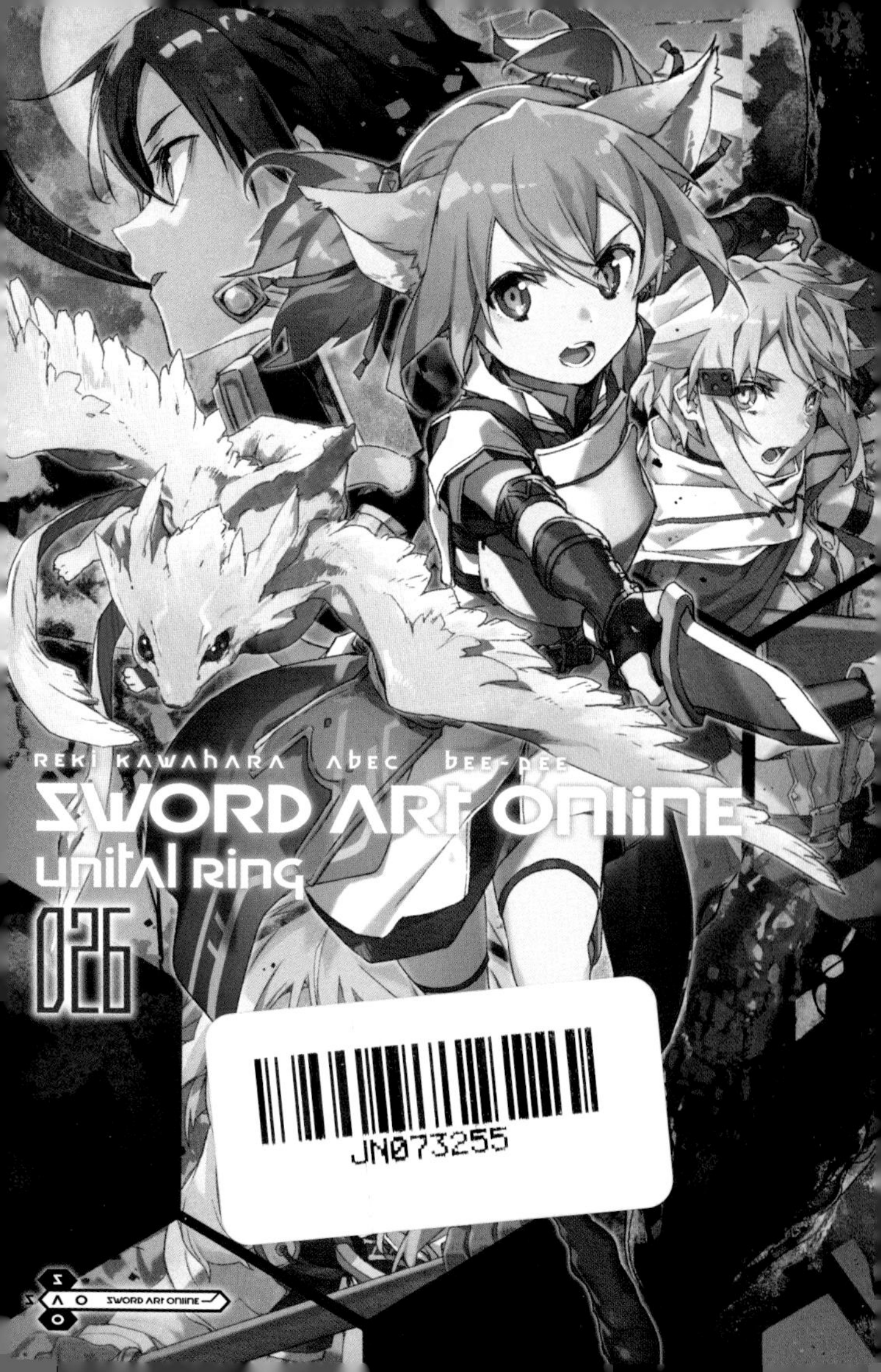
REKI KAWAHARA abec bee-pee
SWORD ART ONLINE
unital ring
026
SWORD ART ONLINE

「本気で泳いだら
お魚よりも速いんですよ」
§エアリー
セントラル・カセドラルの元《昇降係》の少女。アンダーワールド大戦後は機竜工廠に勤めていた。
§ローランネイ
ロニエ・アラベルの子孫で整合機士団の一員。アビッサル・ホラーに襲われたところをキリトたちに救われる。
「くるるるっ、きゅる――!」

§アリス
《アンダーワールド》の整合騎士にして、世界初の真正汎用人工知能。
§アスナ
キリトの恋人。《創世神ステイシア》の力を与えられ、《星王妃》の名で語り継がれている。
「……あのネズミ、泳げるのですね……」
§スティカ
ティーゼ・シュトリーネンの子孫。弱冠十二歳にして、星界統一武術大会でローランネイと同時優勝を果たした。

§イスタル
冷々とした印象の美貌とは裏腹に暗黒の炎を連想させるオーラを放つ、《閣下》と呼ばれる謎の人物。

§キリト
《SAO》をクリアに導き、《アンダーワールド》に平和をもたらした少年。二百年後の世界では《星王》と呼ばれる。
§エオライン
《アンダーワールド》全軍の頂点に立つ、整合機士団の長。キリトとともに、惑星アドミナを目指す。
「銃と剣を捨てて投降しろ。君がやっていることは、星界統一会議への明白なる反逆行為だ」
「エンハンス・アーマメント」

CHARACTERS

アスナ

《アンダーワールド》で、《星王妃》として星王キリトと並び称される少女。《ユナイタル・リング》では、《SAO》時代と同じく、細剣使いとして前線に立つ。

キリト

かつて《アンダーワールド大戦》を終結に導き、《星王》と呼ばれた少年。《ユナイタル・リング》では、仲間とともにラスナリオの町を築き、ゲームクリアを目指す。

UNITAL RING

キリトの仲間たち

シノン

《ユナイタル・リング》ではマスケット銃を操る銃使い。サブウェポンは《ベラトリクスSL2》。

リーファ

キリトの妹。《剛力》のアビリティとバスタードソードで、前衛として活躍する。

ユイ

キリトとアスナの娘。《ユナイタル・リング》ではいちプレイヤーとして、小剣と火魔法で戦う。

アルゴ

かつて《SAO》で情報屋として活躍したプレイヤー。俊敏さを生かして、斥候役として活躍。

リズベット

鍛冶師兼メイス使い。《ALO》から鍛冶スキルを持ち越し、仲間の武器・防具の製造も担当する。

シリカ

短剣使い。モンスターテイムを得意とし、小竜ピナやトゲバリホラアナグマのミーシャらと戦う。

クライン

《ALO》ではカタナ使いだったが、引き継ぎスキルは《追跡》。武器を曲刀に持ち替え、前衛を務める。

エギル

《ALO》では斧使い兼商人。《頑強》のアビリティを取得し、タンクとして前線を支える。

その他のプレイヤー

モクリ

《ALO》プレイヤー。キリトを騙し討ちするも敗北する。

ハイミー

《インセクサイト》のプレイヤーで、現実世界ではエギルの妻。

フリスコル

ムタシーナの軍勢の斥候だったが、キリトたちに捕まる。

UNDERWORLD

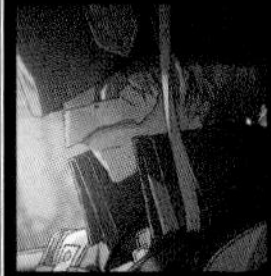

エオライン・ハーレンツ
弱冠二十歳にして整合機士団の団長を務める青年。キリトの亡き友と同じ目、同じ声の持ち主。

ローランネイ・アラベル
ロニエの子孫。整合機士にしてブルーローズ中隊のエース。齢十二歳で星界統一武術大会優勝を果たす。

スティカ・シュトリーネン
ディーゼの子孫で、ローランネイと同じくブルーローズ中隊のエース。彼女とはよき友にしてライバル。

ラギ・クイント
整合機士団二級操士で、カトレア中隊所属。エオラインの命で、キリトを宇宙軍基地に連れていった。

オーヴァース・ハーレンツ
初代整合騎士団長ベルクーリの子孫にして、星界統一会議の現議長。エオラインの義父でもある。

ボハルセン
北セントリア衛士庁長官。心意兵器の使用容疑で拘束されたキリトを、尋問しようとする。

フェルシイ・アラベル
ローランネイの弟で、北セントリア幼年学校初等部所属。秘奥義を発動できない現象に悩まされている。

セルカ・ツーベルク
アリスの妹。ディープ・フリーズ術式を施され、セントラル・カセドラル八十階で長い眠りについている。

アリス
キリトとともに《アンダーワールド》に平和をもたらした騎士で、《金木犀の騎士》として、今なお語り継がれる。《ユナイタル・リング》ではバスタードソードを使う。

仮想研究会

ムタシーナ
《仮想研究会》リーダー。《忌まわしき者の絞輪》と百人もの軍勢を武器にキリトを狙う。

ビオラ
黒衣に身を包んだ片手剣使い。《仮想研究会》の一員として、キリトたちと敵対する。

ダイア
《仮想研究会》の一員で、外見はビオラと瓜二つ。キリトやアスナとも渡り合う強敵。

マジス
漆黒のローブを着込んだ長身の闇魔法使い。モクリを扇動した謎の人物《先生》と目される。

NPC

イゼルマ
ラスナリオの町に居住地を構えるバシン族のリーダー。肉厚の曲刀を操る女戦士でもある。

CHARACTERS

帰還者学校

神邑《かむら》樒《しきみ》

帰還者学校に編入してきた少女。レクトのライバル企業《カムラ》創業家の生まれで、明日奈に接近する。

帆坂《ほさか》朋《とも》
［アルゴ］

樒と同時期に、帰還者学校に編入してきた少女。MMOトゥデイのライター・リサーチャーでもある。

桐ヶ谷《きりがや》和人《かずと》
［キリト］

高校二年生で、アスナとは恋人同士。志望校は東都工業大学。将来はラースに就職を希望している。

結城《ゆうき》明日奈《あすな》
［アスナ］

高校三年生で、キリトの恋人。父親はレクトの前CEO、母親は大学教授というエリート一家の生まれ。

綾野《あやの》珪子《けいこ》
［シリカ］

帰還者学校に通う少女。VRMMOを通じて和人たちと強い絆で結ばれている。

篠崎《しのざき》里香《りか》
［リズベット］

明日奈と同じ高校三年生で、仲間内ではムードメーカー的存在でもある。

その他

アリス

《アリシゼーション計画》により、ユイとは真逆のアプローチから生まれた、真正ボトムアップ型AI。

桐ヶ谷《きりがや》直葉《すぐは》
［リーファ］

和人の妹で、兄が辞めた剣道を、高校一年生の現在も続けている。部活も剣道部で、副部長に就任した。

朝田《あさだ》詩乃《しの》
［シノン］

和人たちとは別の学校に通う高校一年生。かつてキリトに命を助けられた。

壷井《つぼい》遼太郎《りょうたろう》
［クライン］

小規模な輸入商社に勤める会社員。和人たちとは年齢を越えたゲーム仲間。

アンドリュー・ギルバート・ミルズ［エギル］

和人たちがよく集まる、御徒町のカフェバー《ダイシー・カフェ》の店主。

茅場《かやば》晶彦《あきひこ》
［ヒースクリフ］

すべての始まり《ソードアート・オンライン》の開発者。故人。

ラース

菊岡《きくおか》 誠二郎《せいじろう》
［クリスハイト］

元総務省仮想課、元二等陸佐。かつてラースで《アリシゼーション計画》の指揮官を務めた。

神代《こうじろ》 凛子《りんこ》

ラースの現責任者にして、メディキュボイド開発にも携わった科学者。茅場とは恋人関係にあった。

比嘉《ひが》タケル

ラースの主任技師で、アリスのマシンボディの改良を行っている。茅場と凛子は、大学時代の先輩。

「これは、ゲームであっても
遊びではない」

――『ソードアート・オンライン』プログラマー・茅場晶彦

SWORD ART ONLINE
unital ring

REKI KAWAHARA

abec

bee-pee

026

1

「…………セルカ!!」

溢《あふ》れんばかりの感情が籠《こ》もる声でその名を呼ぶと、整合騎士《せいごうきし》アリス・シンセシス・サーティは一陣《いちじん》の風となって走り始めた。

被《かぶ》っていた藍色《あいいろ》の帽子《ぼうし》が風圧に負けて飛び、長い三つ編みが大きく翻《ひるがえ》る。咄嗟《とっさ》にその帽子《ぼうし》をキャッチすると、俺は慌《あわ》ててアリスを追いかけた。

同行していたアスナと、整合機士《せいごうきし》団長《だんちょう》エオライン・ハーレンツ、彼の部下である機士《きし》ローランネイ・アラベル、スティカ・シュトリーネンもすぐ後ろをついてくる。アリスはなだらかな緑の斜面《しゃめん》——セントラル・カセドラル八十階《雲上庭園《うんじょうていえん》》の中央に築かれた人工の丘《おか》をほんの数秒で駆《か》け上《のぼ》ると、頂上の少し手前で立ち止まった。

平らになったてっぺんには、一本の年経た広葉樹が枝葉を広げている。花は咲《さ》いていないが、金木犀《きんもくせい》の樹《き》であることは直感で解《わか》る。

ずっとずっと昔——主観時間では二年前、アンダーワールド時間では二百年前にユージオと一緒《いっしょ》にこの八十階に踏《ふ》み込んだ時も、丘《おか》の上には金木犀《きんもくせい》の樹《き》が存在していた。だがあれは本物の樹《き》ではなく、整合騎士アリスの神器《じんき》《金木犀《きんもくせい》の剣《けん》》が神聖力《しんせいりょく》を吸収するために形を変えた姿だった。

その剣はいま、《雲上庭園《うんじょうていえん》》の大扉《おおとびら》を開けるための解錠《かいじょう》装置に差し込まれている。だから、眼前に生えている金木犀《きんもくせい》の樹《き》は恐《おそ》らく、異界戦争《いかいせんそう》ののちに改めて植えられた本物の樹《き》なのだと思われるが……いまは、それよりも。

「セルカ」

もう一度、ごくかすかな声を零《こぼ》したアリスが、ぎこちない足取りで木陰《こかげ》の中へと歩み入った。

彼女の向かう先では、金木犀《きんもくせい》の樹《き》に守られるように、一人の少女が正座している。

頭には白いベールを被《かぶ》り、同色の法衣《ほうえ》をまとっている。瞼《まぶた》を閉じた顔も、膝《ひざ》の上に置かれた手も、雪花石膏《アラバスター》のように白い。生気を感じさせない、ひんやりとした質感。だが石像にしては造作が精緻《せいち》すぎる。本物の人間が石化——すなわちディープ・フリーズ術式を施《ほどこ》されているのだ。

俺は、少女の顔も名前も知っている。記憶《きおく》に残る姿よりいくらか成長しているが、アリスの実の妹、セルカ・ツーベルクであることは疑いようもない。

人界《じんかい》の最北にあるルーリッド村でシスター見習いをしていたはずのセルカが、セントラル・カセドラルで石化凍結《とうけつ》されるに至った詳細《しょうさい》な事情は不明だが、約二ヶ月前にラース六本木分室《ろっぽんぎぶんしつ》で長い昏睡《こんすい》から目覚めた俺は、その場にいたアリスにこう告げたらしい。

——君の妹セルカは、ディープ・フリーズ状態で君の帰りを待つ道を選んだ。セントラル・カセドラル八十階、あの丘《おか》の上で、いまも眠《ねむ》りについている。

俺にはセルカがここで凍結《とうけつ》された時の記憶《きおく》も、それをアリスに告げた時の記憶《きおく》もないのだが、その言葉だけを頼《たよ》りにアリスとアスナと俺はアンダーワールドに戻《もど》り、エオラインたちに助けられてどうにかこの場所まで辿《たど》り着《つ》いたのだ。

機士団《きしだん》の青い制服を着たアリスは、眠《ねむ》るセルカの前に膝《ひざ》を突くと、妹の両手にそっと自分の手を触《ふ》れさせた。しかし、それをきっかけに石化凍結《とうけつ》が解けたりする様子はまったくない。

「セルカ……」

か細い声を絞《しぼ》り出すアリスの隣《となり》にアスナもひざまずき、震《ふる》える背中に手を置く。一刻も早くセルカを元に戻《もど》してやりたいと俺も思うが、ディープ・フリーズの解除には専用の術式が必要なはずだ。もちろん俺は知らない、と言うか知っていたのは公理《こうり》教会《きょうかい》の元老長《げんろうちょう》チュデルキンと、最高司祭《さいこうしさい》アドミニストレータだけなのではないか。

手がかりを求めて視線を巡《めぐ》らせると、左右に一メートルほど離《はな》れた場所に、セルカを守るように立っている二人の女性が目に入った。

質感からして、同じく石化凍結《とうけつ》されているようだ。どちらも足許《あしもと》まであるローブをまとい、地面に突いた長剣《ちょうけん》の柄頭《つかがしら》に両手を置いている。鎧《よろい》は身につけていないが、ローブの前垂れには懐《なつ》かしい十字円の紋章《もんしょう》が刺繍《ししゅう》されているので、きっと騎士《きし》だろう。年齢《ねんれい》は恐《おそ》らく二十代半ばといったところか……と、そこまで見て取った、その時。

「えっ」

俺の口から、喘《あえ》ぎ声《ごえ》のような音が飛び出した。

右の女性の顔をまじまじと凝視《ぎょうし》し、左の女性の顔を食い入るように見詰《みつ》め、再び右の女性を眺《なが》める。

年格好は俺の記憶《きおく》とまったく違《ちが》うが、それでもこの顔立ちと雰囲気《ふんいき》は、もしかすると――。

弾《はじ》かれたように振り向くと、俺は遠慮《えんりょ》するように離《はな》れている機士《きし》団長《だんちょう》と機士《きし》二人を見やり、手招きした。

「ちょ、ちょっと……スティカとローランネイ、こっちに来てくれるか」

二人は同時にぱちくりと瞬《まばた》きしたものの、すぐに「はい！」と声を揃《そろ》えた。

先に立って斜面《しゃめん》を登ってきたスティカを、左の女性騎士《きし》の隣《となり》に。そしてローランネイを右の女性騎士《きし》の隣《となり》に立たせ、仔細《しさい》に見比べる。

似ている。スティカたちが十歳年を取れば、この騎士《きし》たちと瓜二《うりふた》つの顔立ちになるだろう。

そしてスティカとローランネイは、七代前のご先祖様と瓜二《うりふた》つだ。

ということは――つまり、この女性騎士《きし》たちは。

「まさか……ロニエと、ティーゼなのか……？」

呆然《ぼうぜん》と呟《つぶや》いた俺の言葉に、最初に反応したのは二人の少女機士《きし》だった。

げる。

「うそっ⁉」

甲高《かんだか》い声で叫《さけ》ぶと、片足を軸《じく》にしゅばっとターンし、自分よりいくらか背の高い騎士《きし》を見上げる。

「ええっ⁉」

直後、セルカの前にひざまずいていたアリスとアスナも勢いよく振り向いた。まず俺の顔を見てから立ち上がり、アリスは左の、アスナは右の騎士《きし》を凝視《ぎょうし》する。

少しして、アスナが口許《くちもと》に両手を押し当てながら、掠《かす》れ声《ごえ》で言った。

「ほ、本当にロニエさんだわ。こっちはティーゼさん……でも、どうして……」

信じられない気持ちは俺も同じだ。ロニエもティーゼも、異界戦争《いかいせんそう》後に結婚《けっこん》して子供を産み、立派な騎士《きし》に育てて、何十年も幸せな人生を送ってからライトキューブ・クラスターに還《かえ》ったのだと思い込んでいたのだから。少なくとも、二人の遠い子孫であるローランネイとスティカが目の前にいる以上、子供をもうけたことは確実だ。

だが、その後については確かなことは解《わか》らない。出産してすぐに、若くして石化凍結《とうけつ》されたとも考えられる。しかしその場合、二人は子供が赤ちゃんのうちに永遠の別れを選んだということになり、あの優《やさ》しい二人が我《わ》が子《こ》にそんな運命を強《し》いるとは思えない。

ならば、ここで石化しているのは、ロニエとティーゼの意思ではないのか？　だとしたら、二百年前にいったい何が起きたのか……？

二人のフラクトライトがまだ消滅《しょうめつ》していなかったことへの喜びと、同じくらい大きな疑問を抱《かか》えながら言葉もなく立《た》ち尽《つ》くしていると、いきなりアリスが俺に歩み寄り、左肩《ひだりかた》をがしっと摑《つか》んだ。

「キリト、セルカとロニエ、ティーゼの石化を、お前の心意《シンイ》で解除できないのですか」

「え……ええ!?」

一瞬唖然《いっしゅんあぜん》としてしまってから、その可能性を真剣《しんけん》に考える。だが——。

「……絶対に不可能だとは言わないけど……できれば正しい術式で解除したい。雨縁《アマヨリ》と滝刳《タキグリ》を卵に戻《もど》した時は、単に時間が巻《ま》き戻《もど》るようイメージしただけだけど、ディープ・フリーズ術式を施《ほどこ》された人間を元に戻《もど》すっていうのは、何をどうイメージしていいのか見当もつかないんだ。ヘタに心意を使って、部分的に解除《かいじょ》し損《そこ》ねたりしたら……」

そこまで口にした途端《とたん》、アリスが俺の肩《かた》から離《はな》した手でぱしっと口を塞《ふさ》いだ。

「解《わか》りました、それ以上言わなくて結構。……ですが、ディープ・フリーズを解除する術式は私も知らないのです……」

悄然《しょうぜん》とそう告げたアリスが、俺の口から手を離《はな》して後方に控《ひか》える若き機士団長《きしだんちょう》を見た。

「エオライン、そなたは知っていますか？」

答えは、俺が予想したとおりだった。

「申し訳ありません。ディープ・フリーズ術式に関しては、文献《ぶんけん》で読んだことがあるだけで……

凍結《とうけつ》された方を実際に見たのも、今日が初めてなのです」

「……そうですか……」

睫毛《まつげ》を伏《ふ》せるアリスの背中に、アスナが右手を添《そ》える。

「大丈夫《だいじょうぶ》だよアリス、キリトくんは、セルカさんがこの場所でアリスを待ってるって言ったんでしょ？　石化を解く方法がないなら、そんなこと言わないよ」

そのとおりだ、と頷《うなず》きたいところだが該当《がいとう》シーンの記憶《きおく》はひとかけらも残っていない。仮にアリスにそう言ったのが星王《せいおう》とやらなら、石化解除の巻物なり薬なりをこの場に用意しておくべきではないのか。

まったく星王《せいおう》のヤツめ……と何度目か解《わか》らない文句を心の中でこね回しながら、俺もアリスに歩み寄った。

「アリス、ひとまず先に進んでみよう。上の階に、石化を解くための術式とか道具が用意してあるかもしれない」

「………そう、ですね」

頷《うなず》いたアリスは、腰《こし》を屈《かが》めてもう一度セルカの頭をそっと撫《な》でてから、視線を金木犀《きんもくせい》の樹《き》の奥《おく》へと向けた。

丘《おか》を反対側に降りていった先には、背後のものとそっくりな大扉《おおとびら》がそびえている。あの先に八十一階へと続く階段があるはずだが、なぜか記憶《きおく》が薄《うす》い。少し考えて、理由を悟《さと》る。

俺とユージオは、最高司祭《さいこうしさい》アドミニストレータが住まうカセドラル最上階を目指すさなか、この雲上庭園《うんじょうていえん》で整合騎士《せいごうきし》アリスと戦った。アリスの流麗《りゅうれい》かつ豪壮《ごうそう》な剣技《けんぎ》に俺たちはあっという間に壁際《かべぎわ》まで追《お》い詰《つ》められ、そこで起死回生の武装完全支配術を発動させたものの、威力《いりょく》が暴走してカセドラルの外壁《がいへき》に大穴を開け、俺とアリスはそこから外に吹《ふ》き飛《と》ばされてしまったのだ。

手を離《はな》せ、落っことせと暴れる騎士《きし》様をどうにか説得し、外壁《がいへき》をよじ登って塔《とう》の中に戻《もど》ったのだが、思えばあの八十階での別離《べつり》が、厳密に言えば俺とユージオの長い旅路の終わりだったのかもしれない。

あそこで俺が塔《とう》から落ちなければ……あるいは三人一緒《いっしょ》に落ちていれば、もしかしたら……。

刹那《せつな》の想像を振《ふ》り払《はら》い、俺は皆《みな》に言った。

「解錠《かいじょう》装置の剣を回収してくるから、ちょっと待っててくれ」

「キリトさま、そのような雑務は私たちが……」

と言いかけたスティカを、右手で遮《さえぎ》る。

「女の子にあんなクッソ重たいもの持たせるのは、リアルワールドじゃ禁忌《きんき》目録《もくろく》違反級《はんきゅう》の重罪なんだよ」

と慣れない冗談《じょうだん》を言ってみたが、スティカとローランネイは目をぱちくりしている。しかもアスナが、真顔で追撃《ついげき》してくる。

「女の子に向けてク……とか言うのも重罪だよ、キリトくん」

「し、失礼しました」

首を縮め、丘《おか》を駆《か》け戻《もど》ろうと一歩踏《ふ》み出した、その時。

ガチン！　という重々しい金属音が、密閉された庭園に響《ひび》き渡《わた》った。

ここに入る時にも聞いた解錠音《かいじょうおん》。だが、俺が見下ろす先にある大扉《おおとびら》は開け放たれたままだ。

と、いうことは。

最高速度で振り向くのと同時に、アリスが低く叫《さけ》んだ。

「キリト、奥《おく》の扉《とびら》が！」

慌《あわ》てて金木犀《きんもくせい》の手前までダッシュし、幹の陰《かげ》から庭園の南側を見下ろす。なだらかな斜面《しゃめん》の真下、小川に架《か》かる橋の向こうにある大扉《おおとびら》が、ゆっくりと押《お》し開《あ》けられていく。

動いているのは、俺たちから見て左側の扉《とびら》だけだ。奥《おく》にいるのは大集団ではなさそうだが、いまは俺もアスナもアリスも剣を持っていない。いざとなったら心意力《シンイりょく》で解錠《かいじょう》装置から抜き、手元まで引《ひ》き戻《もど》すことは可能だが、北セントリア衛士《えいし》庁《ちょう》の心意計《シンイけい》に検出されてしまう恐《おそ》れがある。

もしヤバそうな相手だったら、即座《そくざ》に逃げる。

そう自分に言い聞かせながら、俺は徐々《じょじょ》に広がっていく扉《とびら》の隙間《すきま》を睨《にら》んだ。

やがて、扉《とびら》が静かに止まる。完全に開いたわけではなく、隙間《すきま》の横幅《よこはば》は五十センチ足らずだ。

そこからするりと中に入ってきたのは、スティカたちと同じくらいの背丈《せたけ》、同じくらいの年頃《としごろ》と見える――女の子。

肩《かた》の上で切《き》り揃《そろ》えた髪《かみ》に、鳥の羽根のような形のクリップを付けている。落ち着いた青色のワンピースに純白のエプロンを重ね、両手に提《さ》げているのは籐《とう》のバスケットだろうか。帯剣《たいけん》はしていない。

少女がやや俯《うつむ》いたまま数歩進むと、その後ろから茶色の塊《かたまり》がちょろちょろっと走ってきた。耳が長いのでウサギかと思ったが、体型はネズミに近く、全長三十センチほどもある。

一人と一匹《ぴき》は、扉《とびら》から延びる道を歩いて小さな橋を渡《わた》り、そこで左右に分岐《ぶんき》している道から外れて丘《おか》をまっすぐ登り始めた。数秒後、まずウサギネズミが頂上の俺たちを見つけ、甲高《かんだか》い声で「きゅるっ！」と鳴いた。

それを聞いた少女が顔を上げ、軽く首を傾《かし》げてから、大きく両目を見開いた。

突然《とつぜん》、斜面《しやめん》を一直線に駆《か》け上《のぼ》り始める。草に何度も足を取られ、そのたびにバランスを崩《くず》すので、つい「走らなくていいよ！」と叫《さけ》びたくなるがそんな状況《じようきよう》でもなさそうだ。幸い少女は転ぶことなく頂上まで辿《たど》り着《つ》くと、しばらく息を整えてから、金木犀《きんもくせい》の樹《き》の下で俺とアスナ、アリスに向かい合った。

ここでようやく俺は、少女の顔に見覚えがあることに気付いた。

この子は、先刻俺たちが使った昇降洞《しようこうどう》を、アドミニストレータ統治時代にたった一人で運行していた《昇降係《しょうこうがかり》》だ。だが、そんなことが有り得るのか。俺とユージオが出会った時点で、すでに百七年も同じ仕事を続けていると言っていたのに、いまはさらに二百年もの歳月《さいげつ》が経過している。合わせて三百年以上……およそ百五十年と推測されている《魂《たましい》の寿命《じゅみょう》》の二倍にも達する、膨大《ぼうだい》な時間だ。

「えっと……君は……」

本当にあの昇降係《しょうこうがかり》さん本人なのか、と訊《たず》ねようとした、その時。

少女が、深い藍色《あいいろ》の瞳《ひとみ》をいっぱいに見開きながら、記憶《きおく》にあるのとまったく同じ抑揚《よくよう》の薄《うす》い声《こえ》で言った。

「キリトさま……アスナさま……アリスさま」

瞳《ひとみ》の端《はし》に、小さな水滴《すいてき》が宿る。かすかに震《ふる》え、ぽろりと零《こぼ》れて、エプロンに吸い込まれる。

だが少女は、それ以上感情をあらわすことなく、足許《あしもと》にバスケットを置くと両手を体の前で揃《そろ》え、深く頭を下げた。

「お帰りなさいませ」

静かだが深い感情のこもったその声に、ウサギネズミの「きゅるるーっ！」という鳴き声が重なった。

2

茶色の小動物は、正式な種名が《ミミナガヌレネズミ》で、名前は《ナツ》と言うらしい。

そのナツは、ローランネイの膝《ひざ》に乗っかって、クルミらしき木の実を美味《おい》しそうにコリコリと囓《かじ》っている。昇降係《しょうこうがかり》が用意してくれた敷物《しきもの》に、輪になって座《すわ》った一同の前をぐるりと回ってからローランネイを選んだのは、偶然《ぐうぜん》なのかそうでないのか……と考えながら、俺は淹《い》れたてのコヒル茶を啜《すす》った。

不思議なのは、昇降係《しょうこうがかり》のバスケットからは十人が楽に座《すわ》れそうな大きさの敷物《しきもの》に加えて、カップが八個も出てきたことだ。まるで今日、俺たちがこの場所に現れることが解《わか》っていたかのようだが、だとするとなぜ俺とアスナ、アリスを見て涙《なみだ》を浮《う》かべたのだろう。

訊《き》きたいことは山ほどあるが、その昇降係《しょうこうがかり》は俺たちのカップにコヒル茶を注ぐと立ち上がり、セルカとロニエ、ティーゼのところに行ってしまった。不思議な色の毛を束ねた大型の刷毛《はけ》で、石化した三人の埃《ほこり》を丁寧《ていねい》に払《はら》っていく。

考えてみれば、樹《き》の下に二百年も放置されていたら、埃《ほこり》が積もるくらいでは済まないはずだ。セルカたちがツタやコケに覆《おお》われていないのは、昇降係《しょうこうがかり》が定期的に清めてきたからなのだろうが……しかし、それにしても二百年である。

「わたし……」

コヒル茶のカップを両手で包《つつ》み込んだアスナが、少し離《はな》れた場所で立ち働く昇降係《しょうこうがかり》を見ながら囁《ささや》いた。

「わたし、あの子とは何度か挨拶《あいさつ》をした程度の記憶《きおく》しかないんだけど、なんだかすごく懐《なつ》かしい気がするの」

視線を動かし、隣《となり》に座《すわ》るローランネイの膝《ひざ》でふんぞり返っているナツに手を伸ばすと、首のあたりをこしょこしょ撫《な》でる。

「それに、この子も……」

実のところ俺も、アスナとまったく同じ感慨《かんがい》に襲《おそ》われている。それどころか、昇降係《しょうこうがかり》には別の名前があったような気さえしているのだ。

「……アリスはあの子のこと、知ってるんだよな？」

俺がそう訊《たず》ねると、騎士《きし》はこくりと頷《うなず》いた。

「ええ、カセドラルで暮らしていた頃《ころ》は、数日に一度は彼女の昇降盤《しょうこうばん》に乗せてもらいましたし、お礼に時々お菓子《かし》をあげたりもしました。ただ……私が憶《おぼ》えている昇降係《しょうこうがかり》とは、少し雰囲気《ふんいき》が違《ちが》うようです」

「ふーむ……エオラインは？」

そう呼びかけた途端《とたん》、俺の正面で行儀《ぎょうぎ》良く正座している機士団長《きしだんちょう》が、俯《うつむ》けていた顔をさっと上げた。

顔の上半分を隠《かく》す白革《しろかわ》のマスクの奥《おく》で、緑色の瞳《ひとみ》を何度か瞬《しばた》かせてから――。

「ごめん……聞いてなかった」

「や、こっちこそ急に訊《き》いて悪かった。エオラインは、あの子のことを知ってたのか？」

「いや、まさか」

さっとかぶりを振ってから、被《かぶ》ったままだった騎士団《きしだん》の帽子《ぼうし》を脱《ぬ》いで膝《ひざ》に載《の》せる。亜麻色《あまいろ》の巻き毛が、壁《かべ》の上部に並ぶ窓から差し込む日差しを受けてきらりと光る。

「セントラル・カセドラルの封印《ふういん》階層に、生きた人がいることすら知らなかったよ。そもそも……彼女はどうやって水や食べ物を手に入れているんだろう？」

「……言われてみれば……」

大量に備蓄《びちく》しているのだとしても、さすがに二百年も経《た》てば水や食材の天命が尽《つ》きてしまうはずだ。しかしそんなことは、俺の頭上に積み重なっている数々の疑問の中では大した優先度ではない。

じりじりする気持ちをコヒル茶でなだめながら待つこと十分、仕事を終えた昇降係《しょうこうがかり》が戻《もど》ってくると、敷物《しきもの》の端《はし》に正座してから言った。

「皆様《みなさま》、コヒル茶のお代わりはいかがですか？」

もう充分《じゅうぶん》、と俺が答える前にスティカが左手を挙げる。

「あ、じゃあお願いします！　このコヒル茶、すっごく美味《おい》しいですね！」

「ちょっと、ずうずうしいわよスティ」

すかさずたしなめたローランネイに、スティカがにんまり笑いかける。

「そんなこと言って、ローラも一口飲んだ途端《とたん》に『うんめー！』って顔してたじゃない」

「ちょっ……私、そんな言葉遣《ことばづか》いしたことないでしょ！」

ハイテンポな言い合いを聞いていた昇降係《しょうこうがかり》の口許《くちもと》に、ほんの一瞬《いっしゅん》、ごく淡《あわ》い微笑《びしょう》が過《よ》ぎったような気がした。

しかしそれは瞬時《しゅんじ》に消え、再び落ち着いた声を響《ひび》かせる。

「このコヒル茶は、星王妃《せいおうひ》さまが品種改良を重ねた《夕月夜《ゆうづくよ》》という品種です。私の知る限り、全アンダーワールドでもこの場所でしか栽培《さいばい》されていません」

「この場所って、雲上庭園《うんじょうていえん》のことですか？」

スティカが周囲を見回しながら訊《たず》ねると、昇降係《しょうこうがかり》は小さくかぶりを振った。

「いえ、九十五階です」

「……《暁星《ぎょうせい》の望楼《ぼうろう》》……」

呟《つぶや》いたのはアリスだ。俺もその階層名は記憶《きおく》にある。百階建てのセントラル・カセドラルで、外壁《がいへき》が素通《すどお》しになっている唯一《ゆいいつ》のフロア。あの場所がなければ、この階から落下したアリスと俺は、塔《とう》の中に戻《もど》れなかっただろう。

ただ俺としては、九十五階のことよりも昇降係《しょうこうがかり》の「星王妃《せいおうひ》さまが品種改良を重ねた」という言葉のほうが気になる。ちらりとアスナを見やるが、当人はさして疑念を抱《いだ》いた様子もなく、コヒル茶をもう一口飲むと昇降係《しょうこうがかり》に微笑《ほほえ》みかけた。

「本当に美味《おい》しいわ。《夕月夜《ゆうづくよ》》っていう名前も素敵《すてき》」

「……星王妃《せいおうひ》さまは、リアルワールドでずっと昔に書かれた短歌から採った名前だと仰《おっしゃ》っていました」

やけに自然に《短歌》って言ったなあ、と不思議に思う間もなく、アスナが頷《うなず》く。

「そうかなって思った。……ねえ、キリトくん」

「は、はい？」

「これはもう、認めるしかなさそうだよ」

「な、何を？」

「わたしが星王妃《せいおうひ》で、キリトくんが星王《せいおう》だってこと」

「………………」

気付けば、エオラインとスティカ、ローランネイのみならず、アリスと昇降係《しょうこうがかり》までもがまじまじと俺を見ている。興味がなさそうなのはローランネイの膝《ひざ》に寝転《ねころ》がるナツだけだ。

「……ちなみに、いまの会話でどうしてそう思ったので……？」

往生際《おうじょうぎわ》悪く訊《たず》ねると、アスナは軽く背筋を伸ばしてから吟《ぎん》じた。

「夕月夜、暁闇《あかときやみ》の朝影《あさかげ》に、わが身はなりぬ汝《な》を思ひかねに」

おおーと一同が拍手《はくしゅ》すると、少々照れた様子で続ける。

「これ、万葉集《まんようしゅう》の巻十一に収められてるんだけど、詠《よ》み人知《びと》らずであんまり有名な歌じゃないの。でもわたしは好きで、昔からなんとなく憶《おぼ》えてるんだよね」

「……つまり、アスナ以外の誰《だれ》かが、その歌の初句《しょく》をコヒル茶の品種名にするとは思えない……ってことか」

深く頷《うなず》くアスナと、じっと聞いている他の面々を順に見やってから、俺は言った。

「解《わか》った、認めるよ。三十年前までアンダーワールドを治めてた星王《せいおう》ってのは、どうやら俺のことみたいだ」

途端《とたん》にスティカとローランネイはわあっと破顔し、エオラインは「やれやれようやくか」とばかりに肩《かた》をすくめる。だが――。

「……言っておくけど、認めたからって俺とアスナの記憶《きおく》が戻《もど》るわけじゃない。そこで、ええと……」

昇降係《しょうこうがかり》に目を向け、訊《たず》ねる。

「……ごめん、君、昇降係《しょうこうがかり》の他に名前があったよね……？」

すると少女は、まるでその質問を予期していたかのように居ずまいを正し、名乗った。

「はい。私の名はエアリーと言います」

途端《とたん》、エオラインがぴくりと肩《かた》を動かしたような気がした。だが何も言おうとしないので、俺は少女の顔に視線を戻《もど》し、教わったばかりの名前を呟《つぶや》いた。

「エアリー……」

記憶《きおく》にはない名前のはずなのに、それ以外は考えられないほどしっくりくる。口の中でもう一度繰《く》り返《かえ》してから、改めて訊《たず》ねる。

「君は、どうしてこの場所にいるんだ？　なんで、セルカたちのように凍結《とうけつ》されていないんだ……？」

「それは、私がそのように望んだからです」

そう即答《そくとう》すると、エアリーはコヒル茶を少しだけ飲んでから、静かに語り始めた。

——人界統一会議《じんかいとういつかいぎ》直属神聖術師団《しんせいじゅつしだん》の第二代団長セルカ・ツーベルク様と、整合騎士《せいごうきし》ティーゼ・シュトリーネン・サーティツー様、同じく整合騎士ロニエ・アラベル・サーティスリー様がこの場所で長い眠《ねむ》りに就《つ》かれたのは、人界暦《じんかいれき》四百四十一年……統一会議の発足《ほっそく》から六十年後のことです。

その年、伝統ある整合騎士団の解散と、一字を変えた整合機士団《せいごうきしだん》の新設が決定されました。騎士《きし》の方々は、新たな機士団《きしだん》に移籍《いせき》するか、任を辞して自由に暮らされるか、あるいは自らの意思でディープ・フリーズ術式を施《ほどこ》されるかを選ぶこととなりました。

しかし、真っ先に石化凍結《とうけつ》を望んだのは、騎士《きし》ではなく術師団長のセルカさまだったのです。もともと、失われたディープ・フリーズ術式を何十年もかけて解析《かいせき》、復活させたのは初代術師団長アユハ・フリアさまと、その後を継《つ》がれたセルカさまでしたので、星王《せいおう》さまも王妃《おうひ》さまも認めるよりありませんでした。そして、ロニエさまとティーゼさまも、お子さまがたがとうに成人されていたこともあって、セルカさまがお一人で眠《ねむ》るのは寂《さび》しいでしょうと仰《おっしゃ》り、三人ご一緒《いっしょ》に凍結《とうけつ》されることとなりました。

騎士《きし》さまがたの中には、機士《きし》団《だん》に移籍《いせき》された方も、新たな生き方をお選びになった方もおられましたが、多くは凍結《とうけつ》されることを望みました。いくらかの時が経《た》ち、人界暦《じんかいれき》四百七十五年、最も長く両陛下のお側《そば》におられたファナティオさまがお眠《ねむ》りになり……その三年後に星王《せいおう》さまと王妃《おうひ》さまも、全権限を人界統一会議《じんかいとういつかいぎ》に委譲《いじょう》し、退位されました。

ここからは、そちらの機士《きし》さまがたもご存じでしょう。人界暦《じんかいれき》四百八十年、人界統一会議《じんかいとういつかいぎ》は星界統一会議《せいかいとういつかいぎ》と名を変え、人界暦《じんかいれき》も星界暦《せいかいれき》に改められました。同じ年、セントラル・カセドラルの八十階以上は完全封印《ふういん》され、両陛下と私、そしてナツ以外はどなたも立ち入れないようになったのです。

星王《せいおう》さま、王妃《おうひ》さまはそれからも穏《おだ》やかな日々を過ごされましたが、やがてお二人も眠《ねむ》りに就《つ》かれ……星界暦《せいかいれき》五百五十年、私の目の前で光に包まれて消滅《しょうめつ》なさいました。私はお言いつけどおり、星界統一会議《せいかいとういつかいぎ》に両陛下がアンダーワールドを去られたことと、星王《せいおう》さまが残されたお言葉を伝え、以来三十年この場所を守ってまいりました。いつか主《あるじ》がお戻《もど》りになる、その時のために。

「……アリスさま、アスナさま、キリトさま。改めて……お帰りなさいませ」

長い説明をその言葉でしめくくると、エアリーは正座した膝《ひざ》の上で両手を重ね、深々と頭を下げた。

突然《とつぜん》、アスナが勢いよく立ち上がった。敷物《しきもの》の中心に置かれたコヒル茶のポットと加熱用の五徳を迂回《うかい》し、エアリーの前に膝《ひざ》を突く。勢いのまま両手を伸ばし、少女のほっそりした体を強く抱《だ》き寄《よ》せる。

「ごめんなさい……ごめんなさいね、エアリーさん。寂《さび》しかったでしょう……三十年も、たった一人で……」

アスナと同じことをしたいという衝動《しょうどう》を懸命《けんめい》に抑《おさ》え込みながら、俺はエアリーに過酷《かこく》すぎる任務を与《あた》えた星王《せいおう》、つまりかつての自分を胸《むね》の奥《おく》で罵《ののし》ろうとした。だが、一瞬《いっしゅん》早く。

「いいえ、アスナさま。先ほども申しましたが……全ては私が強く望んだことなのです」

アスナの背中にそっと両手を添《そ》えながら、エアリーは穏《おだ》やかな声で答えた。

「両陛下は私もカセドラルの好きな場所で眠《ねむ》るよう仰《おっしゃ》ってくださったのですが、それでは不測の事態に対応できませんし、何よりキリトさまとアスナさま、そしてアリスさまがご帰還《きかん》された時、お迎《むか》えする者がおりませんから」

「迎《むか》えなんて……！」

なおも言《い》い募《つの》ろうとするアスナの両肩《りょうかた》を、エアリーが優《やさ》しく押《お》し戻《もど》す。

「アスナさま。私はアスナさまとキリトさまにお仕えできて、とてもとても幸せだったのです。お二人は私の夢を叶《かな》えてくださいました……だから留守番をするくらい当たり前ですし、それに決して寂《さび》しくはありませんでしたよ。ロニエさまから預かったナツが、いつも一緒《いっしょ》にいてくれましたから」

エアリーの口から名前が出た途端《とたん》、ローランネイの膝《ひざ》でうとうとしていたナツが顔を起こし、

「きゅるるー」

と鳴いた。

そのとおりと言わんがばかりの鳴き声に、スティカたちがくすっと笑う。アスナも落ち着きを取《と》り戻《もど》したらしく、小さく頷《うなず》くとエアリーの背中に回していた両手を離《はな》した。しかし俺の隣《となり》には戻《もど》らず、エアリーの左側に寄《よ》り添《そ》って座《すわ》る。

空気がいくぶん緩《ゆる》んだ、そのタイミングで──。

沈黙《ちんもく》を保っていたエオラインが、やや緊張《きんちょう》したような声で訊《たず》ねた。

「失礼ながら、お訊《たず》ね致《いた》します。あなたはもしや……整合機士団《せいごうきしだん》第一機竜工廠《きりゅうこうしょう》の初代工廠長《こうしょうちょう》、エアリー・トルーム様では……？」

《こうしょう》という言葉が《工廠《こうしょう》》であることを悟《さと》るまでに、少し時間がかかった。

機竜工廠《きりゅうこうしょう》というのは、ローランネイたちが乗っている戦闘機《せんとうき》を製造する工場のことだろう。エアリーがそこの初代工廠長《こうしょうちょう》？　トルームというのは苗字《みょうじ》なのか？

それに考えてみればエアリーは二百年前、ユージオと言葉を交《か》わしている。マスクを被《かぶ》っているとはいえ、ユージオと限りなく同じ顔、同じ髪《かみ》、そして同じ声を持つエオラインを見ても、アリスと違《ちが》って何の反応も見せないのが不思議と言えば不思議だ。

固唾《かたず》を呑《の》んで待っていると、エアリーはほんの少しはにかむような表情を浮《う》かべ、頷《うなず》いた。

「そのお役目を頂いていた時もありましたが……私は師匠《ししょう》から教わったことを、工廠《こうしょう》の皆様《みなさま》にお伝えしただけです。どうぞ、エアリーとお呼びください」

「とんでもございません……トルーム様がいらっしゃらなければ、量産型機竜《きりゅう》の配備が三十年は遅《おく》れただろうとよく祖父が申しておりました」

エオラインのその言葉に、エアリーは遠い過去を瞼《まぶた》の裏に映すかのようにゆっくりと瞬《まばた》きしてから、

「遠い、遠い昔のことです」

とだけ答えた。

エアリーがエオラインと会話してどう感じたのか知りたいし、エオラインのお祖父《じい》ちゃん、つまり星界統一会議《せいかいとういつかいぎ》の現議長オーヴァース・ハーレンツ氏のお父さんがどんな人だったのかも気になるが、なんでもかんでも質問していたら日が暮れてしまう。いまのアンダーワールドは

時間加速されていないので、こうしているあいだも現実世界では同じ速さで時計の針が進んでいるのだ。

　あちらは十月三日の土曜日で学校は休みだが、ラースの神代凛子《こうじろりんこ》博士から、午後五時までに必ずログアウトするよう厳命されてしまった。先ほど午前十一時半の時鐘《じしょう》が鳴ったから、猶予《ゆうよ》はあと五時間三十分。果たしてそれまでに、エオラインから協力を要請《ようせい》されたミッション――惑星《わくせい》アドミナに移動し、スティカとローランネイを謀殺《ぼうさつ》しようとした人間を突き止めるという難題を解決できるのか。

　ひとまず、セルカ、ロニエ、ティーゼがこの場所で凍結《とうけつ》されている理由と、エアリーが三人の世話をしている理由は解《わか》ったので、話を先に進めるべく俺は口を開いた。

「ええと……エアリー、改めて、大変な仕事をやり遂《と》げてくれて本当にありがとう。俺に星王《せいおう》としての記憶《きおく》がないのが何とももどかしいし、君にも申し訳ないけど、でもこうして再会できて、とても嬉《うれ》しいよ」

「私もです、キリトさま」

　仄《ほの》かに微笑《ほほえ》むエアリーに、座《すわ》ったまま数センチにじり寄ると、帰還《きかん》の目的を告げる。

「それで、たぶんもう解《わか》ってると思うけど……俺たちがアンダーワールドに戻《もど》ってきたのは、アリスの妹のセルカを目覚めさせるためなんだ。もちろん、ティーゼとロニエも。その方法を、君は知っているの？」

「存じております」

エアリーが頷《うなず》いた途端《とたん》、アリスの口からほっとしたような吐息《といき》が漏《も》れた。しかしすぐに表情を改め、訊《たず》ねる。

「エアリー殿《どの》、その方法とは？　術式ですか……？」

「はい。ただ……これをお伝えするのはまことに心苦しいのですが、アユハさまとセルカさまが復元なさったディープ・フリーズ術式の全ては厳重に封印《ふういん》され、ここではない場所に保管されております」

「ここではないとは、カセドラルの外……セントリアのどこかという意味ですか？」

「いいえ。人界《じんかい》でも、暗黒界でも、その外に広がる外大陸《がいたいりく》でもありません。《封印《ふういん》の箱》は、惑星《わくせい》アドミナに隠《かく》されているのです」

3

エアリーを手伝って敷物《しきもの》と茶器類を片付けた俺たちは、いったんセルカたちに別れを告げ、カセドラルの上層階へと向かった。

もちろん解錠《かいじょう》装置に刺しっぱなしだった四本の剣も回収したのだが、剣を引き抜いた途端《とたん》に大扉《おおとびら》が動き始め、慌《あわ》てて庭園に飛《と》び込んだ俺の背後で元通りに閉ざされてしまった。軽く押してみたがびくともしなかったので、帰る時はエアリーが内側から開ける方法を教えてくれると信じるしかない。

南側の大扉《おおとびら》は施錠《せじょう》されておらず、くぐった先には懐《なつ》かしい赤絨毯《あかじゅうたん》の大階段があった。かつてユージオが一人で駆《か》け上《のぼ》ったのであろう階段を、エアリーに先導されてひたすら上っていくと、九十階に到達《とうたつ》したところでアリスが足を止めた。

「エアリー殿《どの》……この階にあった浴場はどうなったのでしょう？」

その質問を聞いて、俺も思い出す。確かセントラル・カセドラルの九十階は、ワンフロアが丸ごと巨大《きょだい》な風呂《ふろ》になっていたはずだ。しかし踊《おど》り場《ば》の先に見える大扉《おおとびら》は固く閉ざされていて、内部の様子はまったく窺《うかが》えない。

「まだありますよ、アリスさま」

当然でしょうと言わんがばかりにそう答えると、エアリーは説明を加えた。

「大浴場に施《ほどこ》された最高司祭《さいこうしさい》さまの術式が生きていますから、お湯は何百年経《た》とうとも清浄《せいじょう》なままです。ただ、星王《せいおう》さまが内部を改修されて、いまは女性用と男性用に分割《ぶんかつ》されております。また、昇降洞《しょうこうどう》から直接浴場に入れるよう北側にも出入り口が設けられましたが、現在そちらは封鎖《ふうさ》されております」

「えっ、お風呂《ふろ》!?」

「こんな高い場所に、浴場があるんですか!?」

と声を上げたのはスティカとローランネイだ。アスナが、少し自慢《じまん》そうに答える。

「凄《すご》いのよ、浴槽《よくそう》が泳げるくらい広くて、壁《かべ》がぐるっと窓になってて、セントリアの街並みはもちろん、晴れてると果ての山脈まで見えるの」

「あれ、アスナ、この風呂《ふろ》の記憶《きおく》があるのか？」

思わずそう訊《たず》ねると、かつての星王妃《せいおうひ》は少々呆《あき》れたように頷《うなず》いた。

「あるわよもちろん。異界戦争《いかいせんそう》が終わって、ロニエさんたちと一緒《いっしょ》にカセドラルに戻《もど》ってから、毎日二回は入ったもの。キリトくんは『あとで』って言ってばっかりだったけどね」

「あー……」

言われてみれば、そんなことがあったような気もする。だが当時は、ファナティオやデュソルバートと一緒《いっしょ》に暗黒界との和睦交渉《わぼくこうしょう》の準備をするのに手一杯《ていっぱい》で、とても風呂《ふろ》でのんびりする余裕《よゆう》はなかったのだ。

俺はずっと、ロニエとティーゼのみならず、異界戦争《いかいせんそう》を共に戦《たたか》い抜いた——と言っても俺は最終決戦の間際《まぎわ》まで心神喪失《しんしんそうしつ》状態だったのだが——整合騎士《せいごうきし》たちはもう誰《だれ》も生きていないのだと思い込んでいた。だが、エアリーが言っていたとおり『多くの騎士《きし》が凍結《とうけつ》を望んだ』のなら、ディープ・フリーズの解凍《かいとう》術式さえ手に入れれば、ファナティオたちとも再会できるということになる。

しかし問題はやはり、かつて賢者《けんじゃ》カーディナルが口にしていた《魂《たましい》の寿命《じゅみょう》》だ。騎士《きし》たちが眠《ねむ》りについた理由の一つがそれならば、不用意に目覚めさせるわけにはいかない。エアリーがその限界を遥《はる》かに超《こ》えて生き続けている（ように思える）理由も謎《なぞ》のままだが、これぱかりはストレートに訊《き》くのが躊躇《ためら》われる。

大浴場の扉《とびら》をぼんやり眺《なが》めながら考え込んでいると——。

「キリト、大浴場を使いたい気持ちは解《わか》りますが、いまはそんな時ではないでしょう」

とアリスが右側から言い、

「そうだよキリトくん、早くアドミナに行って、封印《ふういん》の箱を回収しないと。お風呂《ふろ》はそのあとでもいいでしょ」

とアスナが左側から言った。

「う、うん、先に進もう」

と答えつつも、内心で「お風呂《ふろ》に入りたいのは君たちでしょ……」と呟《つぶや》かずにいられない俺だった。

大階段をさらに五階ぶん上ると、前方から白い光が差し込んできた。

ローランネイに抱《だ》かれていたナツが、「きゅうっ！」と鳴くや腕《うで》から飛び出し、身長の半分近い階段を器用に駆《か》け上《のぼ》っていく。俺たちも小走りに追いかける。

見えてきたのは、これまでのような踊《おど》り場《ば》ではなく、三方に手摺《てす》りのついた開口部だった。ナツと機士《きし》二人に続いて飛び出した俺は、眩《まぶ》しさに一瞬《いっしゅん》細めた両目を、呆然《ぼうぜん》と見開いた。

セントラル・カセドラル九十五階、《暁星《ぎょうせい》の望楼《ぼうろう》》。

二百年前に、アリスと協力して外壁《がいへき》をよじ上り、息も絶え絶えになりつつ辿《たど》り着《つ》いた場所だ。だが、当時は素通《すどお》しだったはずの外周部には色々な種類の樹木が隙間《すきま》なく植えられ、目隠《めかく》しの役割を果たしている。

樹々《きぎ》が隠《かく》しているのは、フロアの中央に鎮座《ちんざ》する、真っ白な飛行機。

機竜《きりゅう》だ。

「う……わあああ…………」

ステイカが長々と嘆息《たんそく》し、追いついてきたエオラインたちも一様に絶句した。

毎日のように機竜《きりゅう》を見ているはずの機士《きし》たちが驚《おどろ》いた理由は、まずその巨大《きょだい》さだろう。全長はフロアの半分、二十五メートルほどもある。スティカたちの機竜《きりゅう》が十五メートルほどだったと記憶《きおく》しているので、二回りほども大きい。

そして機体は、鋼鉄の地肌《じはだ》が剝《む》き出しだった機士団《きしだん》の機竜《きりゅう》と違《ちが》って、わずかに透明感《とうめいかん》のある純白の素材で造られている。同色のキャノピーは縦に長く、両翼《りょうよく》は図体《ずうたい》に比べてかなり短い。熱素《ねつそ》の噴射口《ふんしゃこう》は、お尻《しり》と翼《つばさ》の付け根に合わせて三つある。

巨大《きょだい》なのに鈍重《どんじゅう》さを感じないのは、デザインが極《きわ》めて流麗《りゅうれい》だからだろう。恐《おそ》らく、戦闘力《せんとうりょく》をばっさり切り捨てて、長距離《ちょうきょり》を速く飛ぶことだけに特化した機体なのだ。

俺は数歩後退し、エオラインの隣《となり》に立つと小声で訊《たず》ねた。

「これが……お前が言っていた、星王《せいおう》の機竜《きりゅう》なのか？」

「……見るのは初めてだけど、そうだと断言してもいいよ。あそこを見てごらん」

機士団長《きしだんちょう》が指差したのは、俺たちから見えている機竜《きりゅう》の右側面、キャノピーの少し下だった。目を凝《こ》らすと、銀色のアルファベット、いや神聖文字で【X'rphan XIII】と象嵌《ぞうがん》されている。奇妙《きみょう》な文字列だが、《ゼーファン》と読むことはすぐに解《わか》った。アインクラッド第五十五層のフィールドボスである白竜《はくりゅう》の固有名と、まったく同じ綴《つづ》りだからだ。

「あれが、ゼーファン十三型か……」

俺がそう呟《つぶや》くと、少し前にいたエアリーが振り向き、こくりと頷《うなず》いた。

「はい、星王《せいおう》さまがお造りになった、最後の機竜《きりゅう》です。ロールアウトしたのはちょうど百年前ですが、完全な状態を保っています」

「あの機竜《きりゅう》も……エアリーが整備してくれていたの？」

「そうです。と言っても、たまに水素《すいそ》で表面を洗い流して、封密缶《ふうみつかん》の中の永久熱素《ねつそ》と永久風素《ふうそ》を少し噴《ふ》かしてあげるくらいですが」

「でも……ほんと、何から何までお世話になっちゃって……どうお礼を言えばいいか……」

エアリーの献身《けんしん》に言葉で報《むく》いることなどできないと解《わか》っていてもなお、懸命《けんめい》に言うべきことを探そうとしていると。

「あれを見てください」

そう言って少女が指差したのは、機竜《きりゅう》から離《はな》れたフロアの片隅《かたすみ》に置かれた、不思議なオブジェクトだった。

直径一・五メートルほどの、金属製の円盤《えんばん》。本体の厚みは十センチ足らずだが、下部に燃料タンクのような筒《つつ》が二本取り付けられ、外周部に斜《なな》め下向きの小さなノズルがいくつも並んでいる。上部にはぐるりと手摺《てす》りが取り付けられていて、人が乗れるようになっているが、何のための道具なのかはさっぱり……。

ふと耳の奥《おく》に、亡《な》き親友の声が遠く響《ひび》いた気がした。

——もし、教会がなくなって、この天職から解放されたら、君はどうするの……？

その問いに答える、エアリー——昇降係《しょうこうがかり》の声。

――してみたいこと、という意味ならば……。

――あの空を……この昇降盤《しょうこうばん》で、自由に飛んでみたい……。

「あれは……空を自由に飛べる昇降盤《しょうこうばん》……？」

俺の声に、エアリーは深々と頷《うなず》いた。

「はい。私は飛翔盤《ひしょうばん》と呼んでいます。翼《つばさ》がないので、安定して飛べるようになるまでには数え切れないほどの実験と改修が必要でしたが、キリトさまは決して諦《あきら》めませんでした。ご自分とユージオさまが、私と交《か》わした約束だからと仰《おっしゃ》って……」

「…………そっか」

我ながら素っ気ない返事だと思ったが、それ以上何かを付け足すことはできなかった。そうしようとすれば、涙《なみだ》が滲《にじ》んでしまう気がしたからだ。

あいかわらず自分のこととは思えない星王《せいおう》に向けて、なかなかやるじゃんと心の中で呼びかけた、その時。

俺は、いままでエオライン・ハーレンツの前ではどうしても口にできなかった親友の名前が、エアリーの言葉に含《ふく》まれていたことにようやく気付いた。

息を詰《つ》めながら、視線をそっと右に巡《めぐ》らせる。

すると、エオラインもほんの少し遅《おく》れてこちらを見た。マスクに嵌《は》め込まれたガラスの奥《おく》で、瞳《ひとみ》が二、三度瞬《しばたた》かれた。

「……どうしたんだい、キリト君」

と訊《き》いてきた声は、普段《ふだん》よりほんの少し茫洋《ぼうよう》としているようでもあるし、まるで変わらないようにも思える。表情も、いつもどおり落ち着いているようにも、どこか心あらずなようにも見える。

ずっと顔を見ていれば、エオラインがユージオの名前に何らかの反応を示したのかどうかを察知できたかもしれないが、いまとなっては遅《おそ》すぎる。だからと言って、脈絡《みゃくらく》もなくもう一度名前を聞かせる勇気は、俺にはない。

「……いや、何でもないよ」

小さくかぶりを振ると、俺は再びエアリーを見た。

「さっき八十階で言ってた、夢を叶《かな》えてくれたっていうのは、あの飛翔盤《ひしょうばん》のことなんだな」

「そうですが、それだけではありません」

エアリーは右手の指先をエプロンの胸元《むなもと》に添《そ》え、続けた。

「キリトさまとアスナさまは……お二人だけでなく、整合騎士《せいごうきし》の方々や人界統一会議《じんかいとういつかいぎ》の皆様《みなさま》、そしてサードレ師は、昇降盤《しょうこうばん》の操作だけが生きている理由の全てだと思っていた私に、多くの喜びや楽しみ、そして悲しみや寂《さび》しさというものを教えてくださいました。記憶《きおく》と感情の大部分は圧縮され、思い出すのに時間がかかりますが……それでも、いつも私の胸を温めてくれています。だから、留守番も辛《つら》くなんてなかったんですよ、本当に」

そう言って微笑《ほほえ》むエアリーに、俺はゆっくりと頷《うなず》きかけた。

「そっか……。うん、そうだよな……」

自分でも気付かないうちに右手が持ち上がり、心臓の真上を強く押さえる。

——思い出は、ここにある。

——永遠に、ここにある。

その言葉を改めて心に刻《きざ》み込むと、俺は改めて九十五階を見回した。

目隠《めかく》し代《が》わりの樹々《きぎ》は、フロアの四方を隙間《すきま》なく囲んでいる。おかげで外からの視線を——と言ってもセントリアに同じ高さの建物は一つもないのだが——ほぼ完全に防げるが、機竜《きりゅう》が飛び立つための出口もないように思える。

「えっと……エアリー、もしかして、機竜《きりゅう》を発進させる時は樹《き》を切らないといけないのか？」

という俺の質問に、かつての昇降係《しょうこうがかり》はほんのりと呆《あき》れたような表情になり、言った。

「その必要はありません。樹《き》が植えられている鉢《はち》が動くようになっています」

「あ、そか、なるほどね」

となれば、残る懸念点《けねんてん》はあと二つ。

「あの機竜《きりゅう》は惑星《わくせい》アドミナまで飛べるんだよな？」

「もちろんです」

「何人乗れるの？」

「二人乗りです」

「………なるほど」

再びそう答えてから、俺は周囲に立っている人々を順に見やった。

整合機士団長《せいごうきしだんちょう》エオライン・ハーレンツの要請《ようせい》は、一緒《いっしょ》に惑星《わくせい》アドミナへ移動して、かの地で何が起きているのかを調べること。ならば機竜《きりゅう》に乗れる二人のうち一人はエオラインで決まりだし、もう一人は俺ということになるのだろう。調査任務に何時間かかるのかは解《わか》らないが、アスナとアリスにはここで待っていてもらうしかない。

と考えた俺が口を開こうとした、その寸前。

「エオライン閣下、私たちも機竜《きりゅう》でお供します！」

とローランネイが宣言し、負けじとスティカも叫《さけ》んだ。

「アドミナの非公式調査などという危険な任務に、護衛も付けずに行かせるわけにはまいりません！」

「え……ええ？」

さすがに慌《あわ》てたような声を出すと、機士団長《きしだんちょう》は両手を持ち上げた。

「いや、そもそも機士団《きしだん》の機竜《きりゅう》を飛ばせないから、苦労してここまで来たわけでね……」

「理由なんて、戦闘《せんとう》訓練とか新装備の試験とか、いくらでもでっち上げられますよ！」

とローランネイが食い下がる。顔立ちこそご先祖様にそっくりだが、性格はロニエと比べて少々……いやかなり血気盛《さか》んだ。

先刻のエアリーの説明によれば、ロニエとティーゼは若くして子供を産み、その子をしっかり育ててから、八十歳近くで石化凍結《とうけつ》されたということになる。だが雲上庭園《うんじょうていえん》で眠《ねむ》る二人は、どう見ても二十代半ばを超《こ》えているようには見えなかった。つまり、二人はそのあたりの年で天命凍結《とうけつ》術式を施《ほどこ》されたということになるのだが、あれもディープ・フリーズ術式と同じく、最高司祭《さいこうしさい》アドミニストレータしか知らない秘術だったはずだ。

そんなことを考えながら、攻《せ》めるスティカたちと守るエオラインのやり取りをぼんやり聞いていると。

「スティカさま、ローランネイさま」

気のせいか、ほんの少しだけ面白《おもしろ》がるような表情を漂《ただよ》わせたエアリーが割《わ》り込みをかけた。

「残念ですが、現在機士団《きしだん》に配備されているキーニス七型は、気圏外《きけんがい》ではゼーファン十三型の半分ほどの速度しか出ません。随伴《ずいはん》しようとすれば、キリトさまとエオラインさまの移動時間が大幅《おおはば》に増加してしまうでしょう」

「「半分⁉」」

スティカたちが完璧《かんぺき》に重なった声で叫《さけ》ぶ。

驚《おどろ》いたのは俺も同じだ。試作機やワンオフ機が制式機より高性能というのはアニメやゲームの中だけの話だと思っていたが、星王《せいおう》は大人げなくも、その常識まで覆《くつがえ》してしまったらしい。

絶対的なスペックの差を指摘《してき》されれば、機士《きし》たちも納得《なっとく》せざるを得なかったようで、それ以上食い下がろうとはしなかった。ほっとしながらアスナとアリスに近づき、小声で話しかける。

「……とまあ、そんなわけだから、アドミナには俺とエオラインで……」

途端《とたん》、二人にじろりと睨《にら》まれ、俺は半歩下がった。

「キリトくん、《いかのおすし》だよ」

「……な、何だっけ、それ」

アスナの言葉に眉《まゆ》を寄せると、アリスがすらすらと列挙する。

「知らない人についていかない、怪《あや》しい車に乗らない、大声を出す、すぐ逃げる、知らせる、です」

——子供か！

と叫《さけ》びたいのを我慢《がまん》して、俺は答えた。

「わ、解《わか》った。気をつけます。そっちも、ここは安全だと思うけど、万が一……」

「心配無用」

きっぱり言い切ったアリスが、一歩前に出て俺の右手を摑《つか》んだ。

「キリト、くれぐれも頼《たの》みます。ディープ・フリーズ術式を収めた《封印《ふういん》の箱》が、どうしても必要なのです」

「解《わか》ってる。必ず手に入れてくるよ」

アリスの手を軽く叩《たた》き、アスナにも頷《うなず》きかける。

同じタイミングで、エオラインと機士《きし》二人の話も終わったようだった。俺はフロアの中央に横たわる巨大《きょだい》な機竜《きりゅう》を見上げ、心の中で呟《つぶや》いた。

──頼《たの》んだぜ、ゼーファン。アリスとセルカを再会させるために、ロニエとティーゼを復活させるために、俺に力を貸してくれ。

機体の状態は完璧《かんぺき》だったので、出発の準備には十分しかかからなかった。

機士服《きしふく》に着替《きが》えたエオラインが前席に、俺が後席に座《すわ》る。キャノピーを閉め、シートベルトを装着してからOKサインを出すと、エアリーが階段の近くに隠《かく》されていたボタンを押す。すると、機竜《きりゅう》の正面に並ぶ植木が、巨大《きょだい》な大理石のプランターごと左右にスライドし始めた。十秒ほどで充分《じゅうぶん》な大きさの開口部が出現し、その向こうに真っ青な空が広がる。

「じゃあ、行くよ、キリト君」

「いつでもどうぞ」

エオラインの声に答えた直後、機体の後部でひゅううーんという甲高《かんだか》い振動音《しんどうおん》が発生した。ここでようやく俺は、滑走路《かっそうろ》もなしにどうやって離陸《りりく》するのかという初歩的な疑問を抱《いだ》いたが、どうやらゼーファン十三型には垂直離陸《りりく》能力があるらしい。巨大《きょだい》な機体がふわりと五十センチほど浮《う》かび、そのままゆっくりと前方に滑《すべ》っていく。

「欺瞞《ぎまん》装置、作動開始」

エオラインがそう言いながら計器盤《けいきばん》のトグルスイッチを上げると、今度はぴきぴきぴき……というような音が響《ひび》いた。キャノピー越《ご》しに見える白い機体が、どういう仕組みなのか見る間に透《す》き通《とお》っていく。これなら、セントリアの住民が空を見上げてもゼーファンを発見することはできないだろう。

最後にもう一度首を巡《めぐ》らせて、階段の手前に並ぶエアリー、ナツ、スティカ、ローランネイ、アリス、アスナを見やった。機士《きし》二人は敬礼を、アリスは懐《なつ》かしい騎士礼《きしれい》を、エアリーとアスナは右手を振っている。

皆《みな》に向けて左手の親指を立てると、俺は前席に向けて囁《ささや》いた。

「なあエオライン、例のやつは俺が言っていい？」

「は？　例のってなんだい？」

「これだよ」

軽く咳払《せきばら》いしてから——。

「ゼーファン十三型、発進!!」

格好付けて叫《さけ》ぶと、少し遅《おく》れて振動音《しんどうおん》がわずかばかり音量を増した。俺が想像、または期待していたドゴォーギュイーン的な発進シーンの代わりに、巨大《きょだい》な機竜《きりゅう》はまるで高級車のようにスムーズに、あくまでお行儀《ぎょうぎ》良《よ》く青空へと滑《すべ》り出た。

塔《とう》から五十メートルほど離《はな》れると、水平姿勢のまま上昇《じょうしょう》を開始する。眼下のセントリア市街がみるみる遠ざかり、街の周囲に広がる農地や牧草地が視界に入る。

上昇速度《じょうしょう》が一定になったところで、エオラインが申し訳なさそうに言った。

「発進、って元気よく言ってくれたのに悪いけど、高度三千メルあたりまではこんな感じだよ。主機関を全力運転すると凄《すご》い音がするからね」

「そ、そうか。三千メルまで上がるのに何分くらいかかるんだ？」

「まあ、十分くらいかな」

「ふうん……ちなみに、惑星《わくせい》アドミナまでは？」

その質問に、機士《きし》団長《だんちょう》の青いヘルメットが右に傾《かたむ》く。

「うーん……エアリー様が言っていた、このゼーファン十三型がキーニス七型の二倍も速いっていう話が本当なら、全速飛行で一時間半かな……」

「一時間半……」

と繰《く》り返《かえ》してから、俺はヘルメットの中で思い切り眉《まゆ》を寄せた。

エオラインは基地近くの屋敷《やしき》で、カルディナとアドミナを結ぶ大型旅客機《りょかくき》の飛行時間は片道六時間だと言っていた。ならば制式戦闘機《せんとうき》のキーニス七型が三時間、ワンオフスペシャル機のゼーファン十三型がその半分で飛べても不思議はない。

だがそもそも、六時間というのが早すぎないか。確か現実世界で各国が競《きそ》って飛ばしている火星探査機は、巨大《きょだい》なロケットで片道八ヶ月ほどかかっていたはずだ。もちろんアンダーワールドの宇宙が現実と同じスケールで作られているとは思わないが、六時間で到着《とうちゃく》できるなら、現実世界の地球と月よりも近いような気がする。そんな距離《きょり》に同じサイズの惑星《わくせい》があったら、人界《じんかい》の夜空を埋《う》め尽《つ》くすほどの大きさで見えるはずではないか。

「あの……エオラインさん」

「なんだい？」

「いまさらなこと訊《き》くけど、カルディナとアドミナって何キロ……何キロルくらい離《はな》れてるの？」

「だいたい五十万キロルだね」

「五十万……」

現実世界の月よりは遠いが、最接近時の火星と比べても百倍以上近い。

「だ、だったらアドミナはカルディナからめっちゃ見えるはずだろ」

「はぁ？　見えるに決まってるじゃないか」

過去最大級の呆《あき》れ声《ごえ》でそう言うと、エオラインは顔を仰《あおむ》向けた。

「と言うか、この時間なら……」

キャノピー越《ご》しに視線を巡《めぐ》らせると、右手をまっすぐ前方に向ける。

「ほら、あそこ」

首を伸ばしてエオラインが指差すほうを見やると、地平線近くに白っぽい星が浮《う》かんでいた。

瞬《まばた》きしてからシートに座《すわ》り直す。

「いや、あれは月……ルナリアだろ」

「それは昔の呼び方だね」

「え……」

しばし絶句してから、前席の背もたれを掴《つか》んで身を乗り出そうとしたが、シートベルトに引《ひ》き戻《もど》されてしまう。それでも限界まで顔を突き出し、叫《さけ》ぶ。

「ちょっと待った、ルナリアがアドミナなのか⁉ 行ってみたらちっちゃい衛星じゃなくて、でっかい惑星《わくせい》だったってこと⁉」

「まあ、小さいことは小さいけどね。アドミナの直径は、カルディナの約半分しかないんだ。だからカルディナが《主星》でアドミナが《伴星《ばんせい》》なのさ」

「ま、マジか……」

「ちなみに、史上初めて機竜《きりゅう》でルナリアに到達《とうたつ》したのも星王《せいおう》陛下だからね」

「マジか……」

再びそう嘆息《たんそく》してから、俺はもう一度空に浮《う》かぶ月、ではなく惑星《わくせい》を見上げた。確かに地球から見る月に比べると視直径が倍ほどもあるが、まさか衛星ではなかったとは……とそこまで考えてから新たな疑問に気付く。

「いや、でも、カセドラルの一階にあった星界統一会議《せいかいとういつかいぎ》の紋章《もんしょう》……あれ、真ん中の大きい丸がソルスで、その右上にある点がカルディィナ、左下の点がアドミナなんだよな？　二つの惑星《わくせい》がソルスを挟《はさ》んだあっちとこっちで同じ軌道上《きどうじょう》を回ってるなら、アドミナがカルディィナから見えるのはおかしくないか……？」

身振《みぶ》り手振《てぶ》りを交えて投げかけたその問いに、エオラインは身も蓋《ふた》もない答えを返した。

「あれは意匠《いしょう》を優先してるんだよ。実際には、アドミナとカルディィナは公転軌道上《きどうじょう》のごく近いところに並んでいるのさ。カルディィナが前でアドミナが後ろだから、ああやってお昼ごろに東の空に見えてきて、日没《にちぼつ》ごろにいちばん高くなって、真夜中に西の空に沈《しず》むんだ」

「ええと……」

自分の右拳《みぎこぶし》と左拳《ひだりこぶし》をカルディィナとアドミナに見立てて、二つの星と太陽の関係をシミュレーションしてみる。

「あ、ああ……なるほど、それで人界《じんかい》から見える月は、一晩のあいだに満ちたり欠けたりするのか……」

「リアルワールドでは違《ちが》うのかい？」

「うん。あっちじゃ、月は地球……こっちで言うカルディィナの周りを回ってるから、だいたい一ヶ月掛《か》けて満ち欠けするんだ」

「へえ……いつか見てみたいね」

エオラインがまったく何気ない口調で発したその言葉に、俺はすぐには答えられなかった。

アンダーワールドの森羅万象《しんらばんしょう》を収めたメイン・ビジュアライザーと、全住民の魂《たましい》を保存するライトキューブ・クラスターは、現実世界の八丈島沖《はちじょうじまおき》で洋上封鎖《ふうさ》されているオーシャン・タートルの中にある。いまはまだ原子炉《げんしろ》から電力が供給されているが、政府がひとたび稼働《かどう》停止を決定すればこの世界の時間は止まり、万が一初期化、あるいは破棄《はき》されるようなことがあれば、住民を含《ふく》む何もかもが跡形《あとかた》もなく消え去ってしまう。

それだけは絶対に、何があろうと防がなくてはならない。と言っても、一介《いっかい》の高校生でしかない俺は、この件に関しては悲しいほど無力だ。できるのは、菊岡誠二郎《きくおかせいじろう》二佐と神代凛子《こうじろりんこ》博士のアンダーワールド保全活動が奏功するよう祈《いの》ることだけ……。

いや、違《ちが》う。俺が菊岡の依頼《いらい》でアンダーワールドにダイブしたのは、一週間前にザ・シード連結体《ネクサス》からこの世界に侵入《しんにゅう》したと思《おぼ》しき何者かの正体と目的を探《さぐ》るためだ。そいつが何らかの妨害《ぼうがい》活動や破壊《はかい》活動を目論《もくろ》んでいるなら、絶対に止めなくてはならない。

決意を新たにしながら、俺は言った。

「見せてやるよ、必ず」

「楽しみにしてるよ」

俺の返事がわずかに遅《おく》れたことなどまったく気にしていないかのようにそう応じると、エオラインは口調を改めて続けた。

「高度三千メル到達《とうたつ》。後席、固定具確認《かくにん》」

急いでベルトの締《し》め具合《ぐあい》をチェックし、答える。

「か、確認《かくにん》」

「主機関噴射《ふんしゃ》開始、五秒前。四、三……」

エオラインのカウントダウンを聞きながら、俺はキャノピーの外を見やった。いつの間にか機体はちぎれ雲を追《お》い越《こ》すほどの高さに到達《とうたつ》し、果ての山脈どころかその彼方《かなた》に広がるダークテリトリーまでもがうっすらと視認《しにん》できる。

「……二、一、噴射《ふんしゃ》」

いままで控《ひか》えめに響《ひび》いていた駆動音《くどうおん》が、スーパースポーツバイクを全開にしたような甲高《かんだか》い絶叫《ぜっきょう》に変わる。背中がシートに押し付けられ、機体がびりびりと震《ふる》える。空気抵抗《ていこう》ではなく、エンジン内の永久熱素《ねつそ》の咆哮《ほうこう》が直接体に伝わってきている気がする。以前乗ったスティカたちの機竜《きりゅう》もとんでもないスピードだと思ったが、このゼーファンが内包しているパワー感は桁違《けたちが》いだ。

「お、おい、これ大丈夫《だいじょうぶ》なのか!?」

思わずそう喚《わめ》くと、エオラインも興奮を隠《かく》せない声を返してきた。

「こ、これはちょっと、大丈夫《だいじょうぶ》じゃないかもね！」

「だったら、もっと控《ひか》えめに……」

「でもまだ全開にはほど遠いよ！」

という声とともに、エンジン出力がもう一段階アップする。前方に浮《う》いている雲が、瞬時《しゅんじ》に後方へとすっ飛んでいく。

　アルヴヘイム・オンラインでは生身で空を飛び回っていたので、頑丈《がんじょう》な装甲《そうこう》に守られた機《き》竜《りゅう》の中で恐怖《きょうふ》を感じることはあるまいと思っていたが、この加速は常軌《じょうき》を逸《いっ》している。心意力《シンイりょく》でブレーキを掛《か》けそうになるのを懸命《けんめい》に堪《こら》えながら、ひたすら前を睨《にら》みつける。

　ふと、空の色がかなり濃《こ》くなっていることに気付く。いつの間にか水平飛行から上昇《じょうしょう》コースに切《き》り替《か》わっていたらしい。人界《じんかい》の外側に広がる暗黒界は、果ての山脈より遥《はる》かに高い《終わりの壁《かべ》》に囲まれていて、飛竜《ひりゅう》を含《ふく》むあらゆる生物はその壁《かべ》を越《こ》えられないとかつて聞いた気がするが、機竜《きりゅう》はそのシステム的制限を無視してひたすら高みへと駆《か》け上《のぼ》っていく。

　やがて行く手で、いくつかの星が瞬《またた》き始《はじ》める。空の色が群青《ぐんじょう》から濃紺《のうこん》へと変わるにつれて、星の数はどんどん増えていく。ゼーファンは相変わらず常軌《じょうき》を逸《いっ》した速さで飛んでいるのに、機体の振動《しんどう》が少しずつ収まっていく。

「……気圏《きけん》、離脱完了《りだつかんりょう》」

　エオラインの声と同時に、駆動音《くどうおん》がおとなしくなった。右腕《みぎうで》を持ち上げてみるが、星の重力はほとんど感じない。つまり、ここはもう――。

「……宇宙なのか？」

　俺が呟《つぶや》くと、目の前のヘルメットがこくりと上下した。

「そうだよ。いやあ、さすがは伝説の機体だね……さっきの加速でも、主機関の出力は半分を少し超《こ》えたくらいだったよ」

「全開にするのはやめとこうぜ」

そう応じてから、頭上を見上げる。真っ暗な空間の彼方《かなた》で、太陽《ソルス》が煌々《こうこう》と輝《かがや》いている。

何度も自分に言い聞かせたことだが、アンダーワールドの宇宙は真空ではない。と言うより、仮想世界にはそもそも、酸素分子や窒素《ちっそ》分子は一粒《つぶ》たりとも存在しない。肌《はだ》を撫《な》でていく風や肺を出入りする空気は、システムに与《あた》えられた感覚に過ぎないのだ。だから、仮にいまここでキャノピーを開けても、猛烈《もうれつ》に寒くなるだけで窒息死《ちっそくし》することはない。

と頭では解《わか》っていても、やはり原始的な恐怖《きょうふ》を感じてしまう。あるいはそれは、ユナイタル・リング世界で魔女《まじょ》ムタシーナの窒息魔《ちっそくま》法《ほう》に散々苦しめられたからだろうか。

喉《のど》の奥《おく》に甦《よみがえ》りかけた閉塞感《へいそくかん》を飲み下し、俺はエオラインに訊《たず》ねた。

「これ、もうアドミナに向かってるのか？」

「うん。もっとも、最短コースじゃないけど」

「なぜに？」

「標準航路を使うと、定期船や他の宇宙軍機に発見されてしまう可能性がある。僕らのアドミナ行きは、行政府はもちろん星界統一会議《せいかいとういつかいぎ》にも知らせていない極秘《ごくひ》任務なんだからね」

「ああ、そうだったな……」

エオラインの目的は、整合機士団《せいごうきしだん》に対する破壊《はかい》工作が行われている原因を突き止めること。そして俺の目的は、アンダーワールドに侵入《しんにゅう》した現実世界人の正体を探《さぐ》ることと、ディープ・フリーズ術式が収められた《封印《ふういん》の箱》を回収すること。どれも、決して簡単な仕事ではあるまい。現地に着いたら、あれこれ余計なことを考えず任務に集中しなくては。

自分にそう言い聞かせていると、こちらの緊張《きんちょう》を感じたかのようにエオラインが言った。

「色々あって疲《つか》れただろ。アドミナまでは一時間以上かかるから、座席を倒《たお》して寝てていいよ」

その気遣《きづか》いと柔《やわ》らかな声音《こわね》は、亡《な》き友《とも》にどうしようもなく似ていて、思わず両手を握《にぎ》り締《し》めてしまう。深呼吸してなんとか体の力を抜き、手探《てさぐ》りでシートのリクライニングレバーを引きながら答える。

「……ありがとう。じゃあ、悪いけどそうさせてもらうかな」

「うん、何かあったら起こすから。お休み、キリト君」

——お休み。

胸《むね》の奥《おく》でそう呟《つぶや》き、俺は瞼《まぶた》を閉じた。

4

窓越《まどご》しに見上げた空の彼方《かなた》を、銀色の光が音もなく遠ざかっていく。

そこにあると解《わか》っていなければ決して気付けないほど小さな輝《かがや》きが、わた雲の群れに紛《まぎ》れて消えてしまうまで見送ると、アスナはそっと息を吐《は》いた。

隣《となり》で同じように空を見ていたアリスが、小声で呟《つぶや》く。

「……行ってしまいましたね」

「行っちゃったね」

アスナがそう応じると、アリスは祈《いの》るように一瞬《いっしゅん》瞼《まぶた》を閉じてから、透明《とうめい》なお湯の中に裸身《らしん》を沈《しず》めた。

十分前、《暁星の望楼《ぎょうせいのぼうろう》》から白銀の機竜《きりゅう》が飛び立つのを見送ったアスナたちは、エアリーの提案で五階下の大浴場に急いで移動した。その理由は、望楼《ぼうろう》の外周に並ぶ樹々《きぎ》が邪魔《じゃま》して機竜《きりゅう》が見えなくなってしまったからだが、エアリーはアスナとアリスのお風呂欲《ふろよく》を見抜いていたような気がしなくもない。

しかし実際、天井《てんじょう》近くまである大浴場の窓からは、澄《す》んだ青空が一望できた。垂直上昇《じょうしょう》していく機竜《きりゅう》は、どういう仕組みなのか機体がほぼ透明化《とうめいか》していて見つけるのに少し苦労したが、さしもの星王《せいおう》専用機も白い噴射光《ふんしゃこう》までは隠《かく》せない。おかげで無事に宇宙へ飛び立っていくのを見届けられたが、もしかしたらセントリア市民の中にも、気付いた人が二、三人くらいはいるかも……と思いながらアスナも肩《かた》までお湯に浸《つ》かった。

途端《とたん》、口から「はあ………」とため息が漏《も》れてしまう。

頭の芯《しん》が痺《しび》れるような心地《ここち》よさに身を委ねていると、ずっと昔にもこんなことがあったような気がしてくる。

いや——気のせいではない。あれはアインクラッドの第七層を攻略《こうりゃく》していた頃《ころ》だから、もう四年近くも経《た》つだろうか。連続クエストの舞台《ぶたい》となった巨大《きょだい》なカジノに併設《へいせつ》されたホテルで、やはりキリトと別行動を取り、この大浴場ほどではないが豪華《ごうか》な風呂《ふろ》に入ったのだ。あの時は情報屋のアルゴと、カジノの支配者であるNPCの少女、そして同じくNPCのダークエルフ騎士《きし》が一緒《いっしょ》だった。姉のように慕《した》っていた騎士《きし》に、アスナは背中を流してもらったのだが、彼女がNPCらしからぬ悪戯《いたずら》でアスナの背筋《せすじ》を……。

突然《とつぜん》、背中から胸へと切ない痛みが走り、アスナは息を詰《つ》めた。強引《ごういん》に記憶《きおく》を堰《せ》き止《と》めて、体を包むお湯の感触《かんしょく》に意識を集中させる。

やがて、痛みは徐々《じょじょ》に溶《と》けていった。あの日々はもう二度と還《かえ》らないし、ダークエルフ騎士《きし》や他のNPCたちと再会することも決して叶《かな》わない。だが彼女たちが懸命《けんめい》に生きたアインクラッドは、ザ・シード連結体《ネクサス》という大樹のゆりかごとなり、その最も高い梢《こずえ》に咲《さ》いた花こそが、このアンダーワールドだ。

全ては繋《つな》がり、流れていく。大樹の枝葉はユナイタル・リングの名のもとに再び束ねられ、一つとなった。あたかも、カバラ思想で言うセフィロトの樹《き》のように。

ふと、アインクラッドの綴《つづ》りが脳裏《のうり》に浮《う》かぶ。

Ａｉｎｃｒａｄ。キリトによれば、茅場《かやば》晶彦《あきひこ》は事件以前に、これは《具現化する世界《An INCarnating RADius》》なる言葉を略した名称《めいしょう》だと発言していたらしい。

しかし、セフィロトの樹《き》は、ヘブライ語の《無》――Ａｉｎから生じたのではなかったか。そこで切るなら、残りはｃｒａｄ。ヘブライ語にそんな単語があるのかどうかは知らないが、もし英語だとすれば連想するのはｃｒａｄｌｅ……ゆりかごだ。

無のゆりかご。

いや、確かカバラ思想では無から無限が生まれ、無限からは…………。

そこで曖昧《あいまい》な記憶《きおく》が途切《とぎ》れ、アスナは小さく息を吐《は》いた。茅場晶彦の思考を辿《たど》ろうとしても無意味だ。真の異世界を創造するという宿願に一万人もの人間を巻《ま》き込み、そのうち四千人が死んでもなお、血盟騎士《けつめいきし》団長《だんちょう》ヒースクリフを平然と演じていた男の内面など理解できるはずもないのだから。

だが、彼が開発したフルダイブ技術と、その発展形であるソウル・トランスレーション技術については心の底から感嘆《かんたん》せざるを得ない。

いままで、現実世界はもちろんVRMMOゲームの中でも数え切れないほど入浴してきたが、アンダーワールドの風呂《ふろ》は現実すらも超《こ》えている気がする。液体の挙動や皮膚《ひふ》感覚に違和感《いわかん》がないどころか、まるで魂《たましい》そのものがお湯に包まれているかのような、圧倒的《あっとうてき》な鮮《あざ》やかさと心地《ここち》よさ。

いや、ラースが開発したソウル・トランスレーター《S　T　L》は人間の魂《たましい》にアクセスできる機械なのだから、そう感じても不思議はないのかもしれないが、以前——現実世界では二ヶ月前、星界暦《せいかいれき》では二百年前にこの大浴場を使わせてもらった時と比べても、感覚の解像度が一段階アップしているような気もする。

——このお風呂《ふろ》に慣れたら、うちのお風呂《ふろ》で満足できなくなりそう。

そんなことを考えながら、全身を脱力《だつりょく》させていると。

「ちょっと、何やってるのよスティ！」

という声に、ばしゃーんと盛大《せいだい》な水音が重なった。

見ると、巨大《きょだい》な浴槽《よくそう》の反対側を、赤毛の少女が見事なクロールで泳いでいく。浴槽《よくそう》は長さが実に四十メートル、幅《はば》も二十メートル以上あるので、泳いでみたくなる気持ちはよく解《わか》る……と思ったその時、再び水音が響《ひび》いた。

さっきスティカを叱《しか》ったばかりのローランネイが、通路の途中《とちゅう》から浴槽《よくそう》に飛《と》び込んだのだ。

こちらも非の打ち所がないフォームでたちまち相棒に追いつき、わずかに先行する。途端《とたん》、スティカも速度を上げ、機士《きし》たちは競《きそ》いながら左側へ遠ざかっていく。

「……私も以前は、この大浴場で泳ぎの練習をしたものです。無論、他に誰《だれ》もいない時だけでしたが」

隣《となり》のアリスがそう囁《ささや》いたので、アスナもくすっと笑いながら答えた。

「わたしも子供の頃《ころ》、クアハウス……っていうのはリアルワールドにあるでっかい公衆浴場のことだけど、そこのお風呂《ふろ》で泳いだことあるよ。母さんにすっごい怒《おこ》られたなぁ」

そこでようやく、ルーリッド村に暮らしていたアリスの両親はとうに他界してしまっているであろうことを思い出す。だが謝罪の言葉を口にするより早く、アリスが先回りして言った。

「気にしないでください、私はもともと幼い頃《ころ》の記憶《きおく》がありませんから……。セルカと再会できれば、それ以上は何も望みません」

アスナはお湯の中で左手を動かし、アリスの右手を探《さぐ》り当《あ》てるとぎゅっと握《にぎ》った。

「キリトくんが、必ず石化を解く術式を見つけてきてくれるよ」

「ええ、信じています。ただ……」

少し言いよどんでから、アリスは半ば自問するように続けた。

「キリト、いえ星王《せいおう》は、なぜ術式を惑星《わくせい》アドミナに封印《ふういん》したのでしょう。安全を求めるなら、セントラル・カセドラルの上層階以上に安全な場所もないでしょうに」

「……それは、確かにそうね……」

いった。

ぱちゃぱちゃぱちゃと小さな水音を立てながら、茶色の毛玉がゆっくり右から左へと泳いで
いった。エアリーのペットのナツだ。アリスも唖然《あぜん》としたように呟《つぶや》く。

「……あのネズミ、泳げるのですね……」

「ミミナガヌレネズミはもともと、央都《おうと》の北側に広がる湿地帯《しっちたい》に住んでいるんです」

と答えたのは、ナツの後から歩いてきたエアリーだった。少しばかり恥《は》ずかしそうに体の前で両腕《りょううで》を重ねながら、説明を追加する。

「手足には水かきがあって、本気で泳いだらお魚よりも速いんですよ」

「そ、そうなの……」

というやり取りが聞こえたかのように、ナツがとぷんと水に沈《しず》んだ。かろうじて見える影《かげ》が、猛烈《もうれつ》なスピードで遠ざかっていく。

その先を見やると、浴槽《よくそう》の左端《ひだりはし》で折り返してきたスティカとローランネイがなおも横並びで競《せ》り合《あ》っている。ナツは二人の後方でターンすると、水中であっさり追い抜き、そのまま右端《みぎはし》へと泳いでいく。ゴールの直前で水面から飛び出し、大理石の通路に着地するや、振り向いて誇《ほこ》らしげに──。

「くるるるっ、きゅるる──！」

と鳴いた。ネズミ語が話せないアスナにも、ナツが「ぼくの勝ちー！」と言っていることは

瞬時《しゅんじ》に理解できた。

いつの間にか泳ぐのをやめていたスティカとローランネイは、毒気を抜かれたような表情で勝《か》ち誇《ほこ》るナツを見上げていたが、やがて二人揃《そろ》ってパチパチと拍手《はくしゅ》し始《はじ》めた。ナツはますます得意げにふんぞり返り、しまいにはコロンと後ろに転がってしまった。

「……ふ、ふふふ……」

アリスが堪《こら》えきれないというように笑い始め、アスナもそれに続いた。遅《おく》れて、エアリーもくすくすと笑い声を漏《も》らす。

お湯を揺《ゆ》らして笑いながら、アスナは心の中で強く思った。

絶対に、この世界を守らなくてはならない。一ヶ月前の記者会見で神代《こうじろ》博士が予言していた、リアルワールド人とアンダーワールド人が同じ人類として交流していける時代が訪《おとず》れるまで、誰《だれ》にも破壊《はかい》させるわけにはいかない。

それが、《創世神ステイシア》の力を与《あた》えられた、わたしの責務なのだ——と。

5

十月三日土曜日、午前十時。

ラスナリオの街の西エリアにあるバシン族《ぞく》の居住地で、最初の赤《あか》ん坊《ぼう》が誕生した。

その時間、シリカは北エリアの厩舎《きゅうしゃ》で、ペットたちに餌《えさ》をあげていた。ユナイタル・リング事件が発生してから早くも六日が経過するが、気付けばペットはトゲバリホラアナグマのミーシャ、セルリヤミヒョウのクロ、ナガハシオオアガマのアガー、ニビイロオナガワシのナマリ、そしてシリカの相棒ピナとかなりの大所帯になりつつある。

幸い、ピナ以外の四匹《ひき》は皆《みな》雑食もしくは肉食で、まだまだ山のように在庫があるザ・ライフハーベスターの肉、略してハベ肉を喜んで食べてくれるので、餌《えさ》が不足する心配は当分ない。

ストレージから取り出した肉をミーシャ、アガー、クロの順に与《あた》えていき、新顔のナマリにもたっぷり食べさせて、ついでに首下の柔《やわ》らかい羽毛《うもう》を撫《な》でてやっていた時、厩舎《きゅうしゃ》にリズベットが駆《か》け込んできたのだ。

「シリカ、う、生まれた！　生まれた！」

「な、何がですか⁉」

「赤ちゃん！　赤ちゃん！」

「り、リズさんのですか⁉」

「あたしのわけないでしょ！　もう、とにかく来て！」

というやり取りを経て強引《ごういん》に引っ張っていかれたバシン族《ぞく》の大型テントで、シリカは女族長イゼルマに抱《だ》かれた赤《あか》ん坊《ぼう》に対面したのだった。

毛布にしっかりくるまれた赤《あか》ん坊《ぼう》は、玉のようなという定番の形容詞がこれ以上似合う子もいるまいと思えるほどつやつや、ふくふくとしていて、シリカは見た瞬間《しゅんかん》に「わあ……！」と声を上げてしまった。

エギルと同じくらい逞《たくま》しいイゼルマの腕《うで》の中で、安心しきったように眠《ねむ》る赤《あか》ん坊《ぼう》をしばらく見詰《みつ》めてから、視線を上げて訊《たず》ねる。

「この子、イゼルマさんの赤ちゃんですか？」

すると族長は、軽く苦笑《くしょう》しながら答えた。

「私がマロゥしていたように見えたか？　これはスーボルの妻、カヤトレの子だよ。カヤトレはあそこで休んでいる」

「ま、マロゥ？　って何ですか？」

「赤子が腹にいる、という意味だ」

「あ、なるほど。マロゥ……マロゥ……」

教わったばかりの単語を何度も繰《く》り返《かえ》していると、やがてイゼルマが満足そうに頷《うなず》き、眼前に【バシン語スキルの熟練度が16に上昇《じょうしょう》しました】というメッセージ窓が浮《う》かんだ。

ユナイタル・リング世界では、バシン族《ぞく》やパッテル族《ぞく》、オルニト族《ぞく》といった先住民族たちはそれぞれ独自の言語を持っていて、対応する会話スキルの熟練度がゼロだと、記号で表現するしかないほど異様で奇《き》怪《かい》な音にしか聞こえない。

だが辛抱強《しんぼうづよ》く会話に耳を澄《す》ませていると、時々カタカナ表記が可能な単語を聞き取ることができる。その単語をNPCの前で何度も繰《く》り返《かえ》し、上手に発音できたと認められた時に、会話スキルの熟練度の上昇《じょうしょう》チャンスがある。熟練度が10に到達《とうたつ》した頃《ころ》から、今度は言葉の端々《はしばし》が日《に》本語《ほんご》で聞こえるようになる——という実に複雑な仕組みだ。

しかしスーパーAIのユイによれば、熟練度ゼロの時に聞き取れる謎《なぞ》の音は、実は日《に》本語《ほんご》に何種類ものフィルターをかけ、聞き取れなくしているだけだという。ユイはそのフィルターを自力で分析《ぶんせき》、解除し、初遭遇《はつそうぐう》時からバシン語をほぼ完璧《かんぺき》に操《あやつ》った。いささか力業《ちからわざ》ではあるが、ユイのその能力がなければ、シリカとリズベットとユイはキリトたちと合流できず、初日の夜にこの世界から退場していた可能性が高い。

そう考えると、こうしてバシン族《ぞく》たちを街に迎《むか》えることができて、赤《あか》ん坊《ぼう》まで生まれたのはなんと素晴《すば》らしいことだろう……というような感慨《かんがい》に打たれていると、イゼルマが穏《おだ》やかな声で言った。

「シリカ、抱《だ》いてみるか？」

「え……い、いいんですか？」

「もちろんだとも。バシン族《ぞく》には、たくさんの勇者に抱《だ》かれた赤子は強く健《すこ》やかに育つという言い伝えがある。お前は立派な勇者だからな」

「いやー、それほどでも……」

と首を縮めた途端《とたん》、隣《となり》のリズベットがばしーんとシリカの背中を叩《たた》いた。

「なぁーにケンソンしてんのよ！　あたしもさっき抱《だ》っこさせてもらったけど、なんかもう……もう……」

語彙力《ごいりょく》を喪失《そうしつ》したかのように背中を叩《たた》き続《つづ》けるリズベットを押しやってから、シリカは恐《おそ》る恐《おそ》る両手を伸ばした。そこにイゼルマが、おくるみごと赤《あか》ん坊《ぼう》を預けてくる。

重い。

いや、単純な質量ならば、街作りでいやというほど運んだ木材や石材のほうがずっと大きい。だが赤《あか》ん坊《ぼう》の、甘《あま》い匂《にお》いや柔《やわ》らかさ、温かさを含《ふく》んだ総合的な重みは、シリカの腕《うで》に息を呑《の》むほどの存在感を伝えてくる。

抱《だ》き方《かた》が気に入らなかったのか、眠《ねむ》っていた赤《あか》ん坊《ぼう》がわずかに顔をしかめ、ふやふやと声を上げた。泣いちゃう……と思ったその時、シリカの右肩《みぎかた》に乗っていたピナが長い首を伸ばし、赤《あか》ん坊《ぼう》の頬《ほお》に頭をこすりつけた。その感触《かんしょく》が気に入ったらしく、赤《あか》ん坊《ぼう》はむずかるのをやめて、再び眠《ねむ》りに落ちる。

「……この子、名前は決まってるんですか？」

シリカが小声で訊《たず》ねると、イゼルマは即座《そくざ》に頷《うなず》いた。

「ああ、ヤエルだ」

「ヤエル……いい子だね、ヤエちゃん……」

赤《あか》ん坊《ぼう》を優《やさ》しく揺《ゆ》すりながら、シリカは考えた。

いつか、こんなふうに自分の赤ちゃんを抱《だ》く時が来るのだろうか。

来るといいな、と思う。だがその自分といまの自分が直接繋《つな》がっているような気はしない。

たぶん、いつかどこかで、この居心地《いごこち》のいい場所から立ち去る選択《せんたく》をしなければ、誰《だれ》かと恋愛《れんあい》して結婚《けっこん》して家庭を築く……という未来は訪《おとず》れないのだろう。

――珪子《けいこ》、あんたどうかしてるよ。

――あんな事件に巻《ま》き込まれて、二年も寝たきりだったのに、まだVRゲームをやってるなんてほんと、どうかしてる。

先々週、偶然《ぐうぜん》再会した小学校時代の友達に言われた言葉が、再び耳の奥《おく》に甦《よみがえ》る。

仮想世界とそこで培《つちか》った絆《きずな》は、シリカにとって何よりも大切なものだ。仲間たちもきっと、同じように感じているはずだと思う。でも、もしかしたらそれは、長く苦しい旅を終えた獣《けもの》の群れが、安全な場所で身を寄せ合い、休息しているようなものなのかもしれない。ソードアート・オンラインという過酷《かこく》な世界で負った傷を癒《い》やすための、精神的なシェルター。

だとしたら、仲間たちは皆《みな》、いつかはそこから出て、自分ひとりだけの道を歩き始める時が来るのだろう。実際、帰還者《きかんしゃ》学校の三年生であるアスナとリズベットは、四ヶ月後には受験が控《ひか》えている。二人がどんな進路を考えているのかは聞いていないけれど、すでにログイン頻度《ひんど》はかなり下がってきているし、進学後もいまのように一緒《いっしょ》に遊んでくれるのかどうかは定《さだ》かでない。

だから、ある意味ではこのユナイタル・リング事件は、仲間たち全員が一丸となって戦える最後の機会になるのかもしれない。《極光の指し示す地》に辿《たど》り着《つ》き、全ての謎《なぞ》を解明してALOに戻《もど》れたら……そこで否応《いやおう》なく一つの区切りがついてしまうのかもしれない。

仕方ないことだ。時間はたゆまず流れ、シリカたちも一日ずつ大人になっていく。どんなに楽しい時間にも、いつか終わりが来る。

それでも──いや、だからこそ。

シリカは、腕《うで》の中で眠《ねむ》る赤《あか》ん坊《ぼう》をそっと抱《だ》き締《し》めた。もしユナイタル・リング事件の解決がこの世界の消滅《しょうめつ》と同義なら、ここで暮らす全ての人々──バシン族《ぞく》も、パッテル族《ぞく》も、生まれたばかりのヤエルも消えてしまうということになる。こうして信頼《しんらい》関係を結んだいま、そんな未来は受け入れがたい。

六日前、夜空を彩《いろど》る巨大《きょだい》なオーロラの下で、シリカは確かに聞いた。

──極光の指し示す地へと至った最初の者に、全てを与《あた》えましょう。

《全てを与《あた》える》という言葉の意味はまだ不明だが、異変の規模からして単なるアイテムやステータスだとは思えない。仮に管理者権限のようなものだとしたら、世界全体は難しいかもしれないが、NPCたちは助けられる可能性がある。

最後にもう一度、赤《あか》ん坊《ぼう》のミルクっぽい匂《にお》いを深々と吸い込むと、シリカは顔を上げた。

「イゼルマさん、抱《だ》っこさせてくれてありがとうございます」

「礼を言うのはこっちさ」

そう応じると、族長はシリカが差し出した赤《あか》ん坊《ぼう》を片手で軽々と受け取った。

天幕を出た途端《とたん》、シリカとリズベットは揃《そろ》ってはふ〜とため息をついた。

「赤ちゃん、可愛《かわい》かったですねえ……」

「可愛《かわい》かったねえ……」

「ふにゃふにゃ言ってましたねえ……」

「言ってたねえ……」

シリカの言葉を繰《く》り返《かえ》してばかりのリズベットを見やると、顔が全体的にとろけてしまっている。気持ちはよく解《わか》るが、しかし喜んでばかりもいられない。こうしてパッテル族《ぞく》に続いてバシン族《ぞく》にも赤《あか》ん坊《ぼう》が誕生したからには、ラスナリオの守りをいっそう固める必要がある。

もっとも、一昨日の深夜に最大の敵対勢力であるムタシーナ軍を撃退《げきたい》したことで、この街を破壊《はかい》もしくは占領《せんりょう》しようとするグループは、少なくとも元ALO組にはもう存在しないはずだ。事実、昨日の夕方あたりから攻略《こうりゃく》の中継地点《ちゅうけい》としてラスナリオを訪《おとず》れるプレイヤーが増え始め、いまや商業地区である南エリアは、常に四、五十人規模の客で賑《にぎ》わっている。

驚《おどろ》いたのは、バシン族《ぞく》とパッテル族《ぞく》もプレイヤー相手の商売を始めたことだ。パッテル族《ぞく》が売っているのは、居住地内の畑で採れた野菜や豆類を材料にした素朴《そぼく》な料理や保存食程度だが、バシン族《ぞく》は動物の毛皮から造った防具や、牙《きば》や石を加工したアクセサリー類まで露店《ろてん》に並べていて、これがエキゾチックな見た目のせいかなかなか評判がいい。

いちおうラスナリオの運営責任者であるキリトは――何せ以前は《キリトタウン》と呼ばれていたのだ――、NPCたちからは場所代を取らない方針を表明しているのだが、南エリアの宿屋や商店の経営を引き受けてくれた元インセクサイト組や元ムタシーナ軍のプレイヤーたちは売り上げの五パーセントが自動的に差っ引かれる設定になっているので、このままバシン族《ぞく》たちの商売が拡大すると不満の声が出そうな気もする。

そのあたりのルールは、街が本格的に発展し始める前にきっちり詰《つ》めておいたほうがいいと思うのだが、肝心《かんじん》のキリトとサブリーダー格のアスナ、アリスが今日の夕方まで不在らしい。三人がいない時に何かトラブルが起きないといいけど……と思いながら、シリカは相変わらずポヤンポヤンした顔で歩いているリズベットに訊《たず》ねた。

「リズさんは、いつごろ鍛冶屋《かじや》を始める予定なんですか？」

「んあ？　かじや？　……あ、ああ、鍛冶屋《かじや》ね」

ようやく脳が通常運転に戻《もど》ったらしいリズベットが、南エリアの街並みをちらりと眺《なが》める。

「昨日けっこう頑張《がんば》ったから、商品のストックは充分《じゅうぶん》っちゃ充分《じゅうぶん》なのよね。ただ、材料の供給がちょーっと不安でさぁ……」

「材料……ああ、鉄鉱石ですか」

「そそ。ラスナリオの近くの鉄鉱石湧《わ》きポイントって、北にある《クマ洞窟《どうくつ》》だけでしょ？　シリカがミーシャをテイムしてくれたから、トゲバリホラアナグマのリポップは止まったけど、そもそも一回で掘《ほ》れる量が、ラスナリオ全体の鉄消費量にぜんぜん追いついてないのよね」

「鉄は家具にも建物にもいっぱい使いますもんねえ……」

「まあ、序盤《じょばん》の鉄不足はＭＭＯのお約束みたいなモンだけどね。アインクラッドでも苦労したわよ〜」

そう言ったリズベットが、大きく伸びをしながら空を見上げたので、シリカも釣《つ》られて視線を上げた。

ユナイタル・リング世界は時間が現実と同期しているので、ラスナリオの上空には爽《さわ》やかな青空が広がっている。ちぎれ雲の彼方《かなた》に目を凝《こ》らしても、もちろん鋼鉄の巨城《きょじょう》は見つからない。事件発生直後に、アルヴヘイムの空を周回していた新生《しんせい》アインクラッドもこの世界に転移したのだが、飛行力を喪失《そうしつ》してここから二十キロも南の《バットランカ高原》に墜落《ついらく》、大爆発《だいばくはつ》し、当時内部にいたプレイヤーはほとんど即死《そくし》したらしい。

アインクラッドの外壁《がいへき》や構造材は大部分が鉄だったはずなので、墜落《ついらく》地点に行けば大量の、しかも鉱石ではなく精錬《せいれん》済みの鉄を入手できる気もするが、元ムタシーナ軍のプレイヤーたちによれば墜落《ついらく》地点周辺には恐《おそ》ろしく強いモンスターが徘徊《はいかい》していてとても近づけないという。

つまるところ──。

「どこか、新しい採掘《さいくつ》ポイントを開拓《かいたく》しないとですねえ……」

シリカがそう呟《つぶや》くと、リズベットも頷《うなず》いた。

「そういうことよねー。キリトが、マルバ川をずーっと下ってってったとこにある《滝裏《たきうら》の洞窟《どうくつ》》にたくさん鉄鉱石が湧《わ》くって言ってたけど、ちょっと遠すぎるし、あの魔女《まじょ》っ子《こ》に知られたら面倒《めんどう》なことになるしね。どうせなら街の北で見つけたいわ」

リズベットの言った《魔女《まじょ》っ子《こ》》とはもちろんムタシーナのことだ。一昨夜の決戦で、百人ものプレイヤーを支配していた恐《おそ》るべき窒息魔法《ちっそくまほう》《忌《い》まわしき者の絞輪《こうりん》》は、その発生源だと思われるロングスタッフともども破壊《はかい》された。しかしムタシーナと、仲間の魔法使《まほうつか》いマジス、双子《ふたご》剣士ビオラとダイア、そして名前不詳《ふしょう》の影武者《かげむしゃ》は煙幕《えんまく》に紛《まぎ》れて逃走《とうそう》してしまった。

シリカは彼らと直接戦う、あるいは会話する機会はなかったが、《絞輪《こうりん》》のリアルすぎる窒《ちっ》息感《そくかん》はまだ喉《のど》の奥《おく》に染《し》みついている。あれほどの闇魔法《やみまほう》を操《あやつ》るムタシーナが、いちどの敗北で諦《あきら》めるとは思えない。もう《絞輪《こうりん》》は使えないはずだが、こうしているいまもどこかで新たな企《たくら》みを巡《めぐ》らせ、牙《きば》を研《と》ぎ直《なお》しているだろう。

「……スティス遺跡《いせき》には、元ALO組のプレイヤーがまだまだ何千人もいるはずですもんね。鉄装備を報酬《ほうしゅう》にすれば、もういちど百人規模の軍隊を作るのも難しくないでしょうし……」

「そんなのに攻《せ》められたら、いまのあたしたちじゃ守り切れないだろうしねー……」

シリカとリズベットは顔を見合わせてから、同時に後方の天幕を見やった。

あの中では、まだヤエルがすやすやと眠《ねむ》っているはずだ。そして東エリアのパッテル族《ぞく》居住地では、数日前に生まれた子供たちが元気に走り回っているだろう。両種族を移住させたのはシリカたちなのだから、外敵から守り抜く責任がある。

「……リズさん、ちょっと北側の探索《たんさく》に行ってみませんか？」

「あたしもそう言おうと思ったとこ」

再び視線を交《か》わすと、二人同時にニマッと笑う。

一度でも死んだらそれで終わりのユナイタル・リングでは無謀《むぼう》な行動は禁物だが、だからと言って街に閉じこもってばかりいるわけにもいかない。シリカとリズベットはいまレベル16で、仲間うちでは高いほうだが、ボス級モンスターと戦いまくっているキリトは早くも20を超《こ》えている。彼が不在のうちにせめて一つ、いや二つは差を詰《つ》めたい。

そろそろ、他の仲間もログインしてきているだろう。四人パーティーにピナとミーシャがいれば、森を探索《たんさく》するには充分《じゅうぶん》な戦力だ。

足早に歩いていたシリカとリズベットは、いつしかログハウス目指して走り始めていた。

やっぱり、ＶＲＭＭＯは楽しい。仲間と一緒《いっしょ》に未知のフィールドへ乗り出す時の高揚感《こうようかん》は、他のどんな体験でも代替《だいたい》できない。

たとえ、いつか終わるのだとしても——だからこそ、いまを全力で楽しもう。

シリカの決意を感じたのか、頭に乗っているピナが翼《つばさ》を広げ、「きゅいー！」と鳴いた。

6

冷蔵庫に残っていた野菜を片《かた》っ端《ぱし》から刻み、軽く炒《いた》めて缶詰《かんづめ》のトマトと煮込《にこ》んだだけの簡単ミネストローネと、これも残り物のバタールで遅《おそ》めの朝食を済ませると、朝田詩乃《あさだしの》／シノンはさて、と考えた。

今日は、キリト、アスナ、アリスの三人が朝からアンダーワールドの調査に行っていて夕方まで戻《もど》らないので、ユナイタル・リングの本格攻略《こうりやく》は十九時開始の予定になっている。金曜に出た課題は昨夜のうちにほぼ終わらせたが、古典Bのワークブックだけやり残してしまった。ALOなら課題をゲーム内に持ち込み、仲間たちと相互《そうご》監視《かんし》したり、助けを求めたりしながら楽しく終わらせることができたが、ユナイタル・リングには外部コンテンツの読み込み機能はない。

日頃《ひごろ》は学業優先を信条としているし、そもそも未着手の課題が頭の隅《すみ》に引っかかっていたらゲームを百パーセント楽しめない。ゆえに、午前中はワークブックに集中して、ダイブは午後からにするべき……と思いつつも、ラスナリオの街の状況《じょうきょう》を知りたいという気持ちがむくむく頭をもたげてくる。

課題が気がかりでゲームでのパフォーマンスが落ちるのと、ゲームが気になって課題に集中できないのでは、後者のほうが学業をおろそかにしていると言えるのではないだろうか。先にラスナリオをひとまわりして、皆《みな》で築き上げた街がちゃんと機能していることを確かめてから、憂《うれ》いなく課題に取りかかるべきなのでは。

——なんだか、キリトみたいなこと考えてるなあ……。

と自覚しつつも、詩乃はアミュスフィアを被《かぶ》り、ベッドに横たわった。

「リンク・スタート」

いくばくかの罪悪感を呑《の》み込み、ボイスコマンドを唱える。街を一周するだけ！　と自分に言い聞かせながら光のトンネルを通過し、銃使《じゅうつか》いシノンとなってログハウスのリビングルームに出現した、その瞬間《しゅんかん》。

「後衛ゲットぉ〜〜！」

という叫《さけ》び声《ごえ》とともに後ろから襟首《えりくび》を摑《つか》まれ、「うにゃあっ⁉」というような悲鳴を上げてしまう。

「な、何なに⁉」

見回すと、目の前に並んでいるのはシリカとクライン。後ろでシノンを捕《つか》まえているのは、先ほどの声からしてリズベットだ。

「……何なの、いったい？」

瞬《まばた》きしながら訊《たず》ねるシノンに、シリカがにっこり笑いかけてくる。

「おはようございます、シノンさん！　あたしたち、これから北の森を探索《たんさく》に行くんですけど、一緒《いっしょ》にどうですか？」

「わ、私は街をちょっと見て回るだけのつもりで……」

と答えてから、これはイエスと言わないと襟《えり》を離《はな》してもらえないやつだと悟《さと》る。

「……あー、まあ、いいわよ。あんまり長くならなければ」

「な〜らないならない！　未踏《みとう》エリアをちーっとマッピングするだけ！」

とクラインが笑顔《えがお》で請《う》け合《あ》い、

「そーそー、ついでに鉄湧《てつわ》きポイントをちょこっと探すだけ！」

と背後のリズベットも叫《さけ》んだ。

うっそくさいなぁ……と思いながらも、「はいはい」と答えてしまうシノンだった。

装備のチェックと消耗品《しょうもうひん》の補充《ほじゅう》を済ませた四人は、厩舎《きゅうしゃ》でトゲバリホラアナグマのミーシャをパーティーに加え、北東の二時門から街を出た。

ユイが不在な理由は、キリトたちのアンダーワールド調査に合わせて、リソースの大部分をネットワークの監視《かんし》に振り向けているかららしい。となるとラスナリオにキリトチームが一人もいなくなってしまうが、南エリアにはインセクサイト組が何人もいるし、これから本格的に攻略《こうりゃく》を始めれば、街に誰《だれ》かを残しておく余裕《よゆう》もなくなるだろう。中継《ちゅうけい》地点として機能し始めたラスナリオを、物理的に破壊《はかい》しようとする乱暴者が出てこないことを祈《いの》るしかない。

門から北に三十メートルも進むと、木材運搬用《うんぱんよう》に作った小道も消滅《しょうめつ》し、手つかずの原生林が行く手に立ちはだかる。《ゼルエテリオ大森林》の名にふさわしい荘厳《そうごん》な光景だが、現実世界の森と違《ちが》って、薮《やぶ》や灌木《かんぼく》で進むに進めないということはない。地面は柔《やわ》らかい下草に覆《おお》われ、そこに金色の木漏《こも》れ日《び》が幾筋《いくすじ》も降り注いでいるさまは、まるでイヴァン・シーシキンの絵画のようだ。

「うぅーん、森はいいねぇ〜〜」

前衛を務めるクラインが大きく伸びをしながらそう言うと、しんがりを歩くミーシャが賛同するかのように「ごるる……」と唸《うな》った。

気持ちいいのは確かだが、ピクニックに来たわけではない。

「ちょっとクライン、ちゃんと索敵《さくてき》してるんでしょうね」

「あと、鉄鉱石もしっかり探してよね」

シノンとリズベットが立て続けに指摘《してき》すると、曲刀使いはびしっと右手の親指を立てる。

「任せとけって！　オレ様のセンサーに引っかからないのはオバケとカメレオンくらいのモンだぜ」

「昼間の森にオバケが出ないって保証ないでしょ」

シノンの切り返しに、クラインは「えぇー、出ねぇだろ……」と応じたが、それでも周囲を小刻みに見回し始めた。

　少なくとも、ユナイタル・リング世界にオバケ――アストラル系アンデッド・モンスターが出現することは、キリトとアリスが確認《かくにん》している。四日前、スティス遺跡《いせき》までアルゴを迎《むか》えに行った時、《ヴェンジフルレイス》というクエストモンスターの出現条件を意図せず満たし、危《あや》うく死にかけたのだそうだ。

　出現条件は《銀のアイテムをオブジェクト化して持っていること》だったのだが、シノンがアリスに預けたたった一枚の銀貨が見事に該当《がいとう》してしまったらしい。預けた理由は、スティス遺跡《いせき》のＮＰＣショップでマスケット銃《じゅう》の弾丸《だんがん》と炸薬《さくやく》が売っていたら買ってきてほしかったからだが、残念ながら見つからなかったと言っていた。

　弾丸《だんがん》は鉄から作れるのでしばらく弾切《たまぎ》れの心配はしなくていいが、問題は炸薬《さくやく》だ。シノンにマスケット銃《じゅう》を譲《ゆず》ってくれたオルニト族《ぞく》の兄妹《きょうだい》によれば、炸薬《さくやく》は炭の粉に《ハジケコガネ》という虫の分泌物《ぶんぴつぶつ》を混ぜて作るのだと言う。

　そのハジケコガネは、ギヨル平原の西側に生えているサボテンの根元で見つかるらしいが、ラスナリオからは三十キロメートルも離《はな》れているうえに、途中《とちゅう》に万里《ばんり》の長城《ちょうじょう》めいた巨大《きょだい》な壁《かべ》がそびえ立っていて、容易には越《こ》えられない。

　手持ちの炸薬《さくやく》は残り六十個ほど。それを使い果たしたら、強制コンバートの直後に死んだ元ＧＧＯプレイヤーの遺品である光学銃《こうがくじゅう》《ベラトリクスＳＬ２》を使うしかないが、当然ながらエネルギーの再チャージはできないので、こちらも撃《う》ち尽《つ》くせばそれまでだ。やはり、早めに炸薬《さくやく》製造の目処《めど》を付けなくては……。

そんなことを考えながら美しい森の中を進んでいくと、やがて前方から低い振動音《しんどうおん》のようなものが聞こえてきた。

背後のミーシャが「がう」と短く警告する。前を歩くクラインとリズベットもぴたりと立ち止まる。

ぶぅぅ――ん……という音は、ガン《G》ゲイル《G》・オンライン《O》に出現する大型機械系モンスターの駆動音《くどうおん》を思い起こさせるが、微妙《びみょう》にピッチが上下している気がする。行く手に目を凝《こ》らしても、古木の枝からツル性植物がカーテンのように垂れ下がっていて見通せない。

クラインが口の前に人差し指を立ててから、その指を緑のカーテンが薄《うす》くなっている箇所《かしょ》に向ける。シノンたちも頷《うなず》き、足音を殺しつつ前進する。

ツル性植物をそっとかき分けると、その先は灌木《かんぼく》がアーチ状に連なるトンネルになっていた。振動音《しんどうおん》はトンネルの先から聞こえてくるようだ。ミーシャがぎりぎり通れる程度の幅《はば》はあるが、クマにバックダッシュができるとは思えないので、もし前方からモンスターが突進《とっしん》してきたら面倒《めんどう》なことになる。

再びハンドサインでシノンとクラインが偵察《ていさつ》することを決め、二人でトンネルに踏《ふ》み込む。歩きながら左右に密生する灌木《かんぼく》を調べると、頑丈《がんじょう》そうな枝に鋭《するど》いトゲがびっしりと生えている。

恐《おそ》らく、触《ふ》れただけでダメージを受ける破壊《はかい》不能の障壁《しょうへき》だろう。このトゲ灌木《かんぼく》が東西に長く連なっていて、森を分断しているに違《ちが》いない。

幸い、トンネルの長さは十メートル程度だった。出口もツル性植物で覆《おお》われていて、その奥《おく》からは例の振動音《しんどうおん》がうねるように響《ひび》いてくる。

クラインと横並びになって、指先で慎重《しんちょう》にカーテンをかき分ける。途端《とたん》——。

「うげっ」

と曲刀使いが声を漏《も》らした。自分でシーってやってたくせに！　と突っ込みたいところだがそう言いたい気持ちはよく解《わか》る。

トンネルの奥《おく》は、差《さ》し渡《わた》し五十メートルはありそうなドーム状の空間だった。真ん中には、いままでユナイタル・リング世界で見た中でも最大級の古木がそびえ、地面にもラフレシアの如《ごと》き巨大花《きょだいばな》があちこちに毒々しい色の花弁を広げている。だが、クラインにうげっと言わしめたのはそのどちらもでない。

古木の節くれ立った幹と曲がりくねった枝を、黒褐色《こつかつしょく》の塊《かたまり》が呑《の》み込んでいる。表面にウロコ状の縞模様《しまもよう》がある楕円体《だえんたい》は、スズメバチの巣にそっくりだ。しかし楕円体《だえんたい》一つの直径はゆうに五メートル以上、それが五、六個も融合《ゆうごう》し、まるでハチの巣マンションのような様相を呈《てい》している。

そのマンションの住民は、当然ながら巨大《きょだい》なハチだった。

巣のあちこちにある穴を、体長五十センチほどもある細長いハチが盛《さか》んに出入りしている。全身が金属光沢《こうたく》のあるダークグリーンで、翅《はね》は薄《うす》いブラウン。お尻《しり》からは、やや湾曲《わんきょく》した長い針が伸びる。

巣から飛び立ったハチは、ぶぅぅーん、ぶぅぅーんと重い羽音を響《ひび》かせてドーム内を飛翔《ひしょう》し、やがて地面のラフレシアに着地すると、花芯《かしん》に頭を突っ込む。しばらくするとまた飛び立ち、巣へと戻《もど》っていく。全部で何匹《なんびき》いるのかは想像もできない。

「こりゃ、ウカツに近づいたらヤベェやつだな……」

クラインの囁き声《ささやごえ》に、たいていのモンスターはそうだけどね、と思いつつもシノンは深々と頷《うなず》いた。触《さわ》らぬ神に祟《たた》りなし。速《すみ》やかに撤退《てったい》したいところだが、周辺の地形からして、眼前のハチの巣ドームは恐《おそ》らく——。

「おい。おい、あんたたち」

不意にそんな声が聞こえて、シノンは反射的にマスケット銃《じゅう》を構えた。さっと左右に視線を走らせると、右に少し離《はな》れた壁際《かべぎわ》の、岩と灌木《かんぼく》に囲まれた天然の退避《たいひ》ゾーンのような場所に、男が一人うずくまっているのに気付く。

——この距離《きょり》で私が見落とすなんて、かなりのハイディング能力ね。

と少々悔《くや》しく思いながら、シノンはじっと男を凝視《ぎょうし》した。ユナイタル・リングでは、視線を合わせただけではカーソルが出ないが、顔には見覚えがある。ムタシーナの命令でラスナリオを偵察《ていさつ》しに来て、インセクサイト組に摑《つか》まった元ALOプレイヤーだ。名前は確か——。

「あれ、フリスコルじゃねーか」

クラインがそう囁《ささや》くと、男はこくこく頷《うなず》き、シノンたちに手招きした。

フリスコルがハチの巣ドームをずっと偵察《ていさつ》していたのならぜひ話を聞きたいが、トンネルの入り口にリズベットたちを待たせている。いまごろはもう、やきもきメーターが限界に達しているだろう。これ以上放置したらミーシャと一緒《いっしょ》にここまで来てしまいそうなので、シノンは手招きを返しながら囁《ささや》いた。

「あなたが来て」

するとフリスコルは一瞬《いっしゅん》渋面《じゅうめん》を作ったものの頷《うなず》き、ハチの様子を窺《うかが》ってから、四《よ》つん這《ば》いで退避《たいひ》ゾーンを出た。ほとんど物音を立てず、するすると壁際《かべぎわ》を移動してトンネルの中に入ってくる。

そこでようやく立ち上がったフリスコルは、何とも奇妙《きみょう》な格好をしていた。全身をすっぽり覆《おお》うフーデッドローブを着ているのだが、褪《あ》せた緑色のそのローブは表面にふさふさの麻糸《あさいと》が植えられていて、まるで狙撃手《そげきしゅ》が身を隠《かく》すために着るギリースーツのよう……というか、機能はまったく同じだろう。

「ん？　コレか？」

シノンの視線に気付いたか、フリスコルは自分の体を見下ろしながらニヤッと笑った。

「いいだろ。ラスナリオのネズ……じゃなくてパッテル族《ぞく》が売ってるんだけど、一着作るのに四日かかるって言ってたぜ」

「へえ……」

次に入荷《にゅうか》したら買ってみよう、と考えてからそんな場合ではないと気付く。

フリスコルを伴《ともな》ってトンネルから出ると、シノンは待ちぼうけを喰《く》らわせてしまったシリカとリズベットに謝《あやま》り、ドーム内の状況《じょうきょう》を説明した。途端《とたん》、二人ともあからさまに顔をしかめる。

「ハチかぁ～～」

「お馴染《なじ》みの敵ではありますけど……」

シリカの言葉どおり、ハチ系モンスターはALOにもGGOにもいるし、きっとSAOにも出現したのであろう定番モンスターだ。しかし、与《くみ》しやすい相手では決してない。《飛行》に《毒》、そして《群れ》という三大危険要素を兼《か》ね備《そな》えているだけあって、大抵《たいてい》のゲームでは序～中盤《ちゅうばん》の強敵に設定されている気がする。

同じことを考えていたらしいクラインが、無精《ぶしょう》ヒゲをじょりじょり擦《こす》りながら言った。

「ありゃどう見てもヤベェぜ、巣が一軒家《いっけんや》並《な》みにデカかったからな。迂回《うかい》したほうが利口じゃねーかな」

「と思うだろ、オッサン」

なぜか得意げに口を挟《はさ》んだのはフリスコルだ。クラインは「おめーも似たようなトシだろ！」

と憤慨《ふんがい》したが、意に介《かい》せずシノンたちに問いかけてくる。

「あんたら、ユナリン世界の構造はもう知ってるよな?」

「ええ……半径七百キロの円形で、いろんなVRMMOから来たプレイヤーが外周にぐるっと配置されて、真ん中のゴールを目指すんでしょ」

アルゴに聞いた話をかいつまんで口にすると、フリスコルは再びニヤリと口角を上げた。

「だいたい合ってるが、ちと情報が古いな」

足許《あしもと》に落ちていた枯《か》れ枝《えだ》を拾い上げ、土が剝《む》き出しになっている場所にガリガリと大きな円を描《えが》く。次いで、その内側にもう一つ別の円を足し、さらにもう一つ描《か》き込む。

「いろんなシードゲーププレイヤーの話を総合すると、どうもこの世界は単純な平面じゃなくて、ゴール地点を中心にした段々構造になってるらしいんだよな」

「段々……ですか? ウェディングケーキみたいな?」

首を傾《かし》げるシリカに、フリスコルはやや早口になりながら説明した。

「そうそう。同心円っつうの? 半径が七百キロとして、最外周の海岸線から百キロぐらいのとこで一段高くなってて、その先でもまた一段高くなってるらしいのよ。スティス遺跡《いせき》のすぐ北にも崖《がけ》があったけど、落差はあれの六、七倍……二百メートル以上もあるらしいぜ。まあ、マップ全体をこの縮尺で俯瞰《ふかん》すりゃ厚紙一枚ぶんくらいのモンだろうけど、素手《すで》でよじ登るのは自殺行為《こうい》だわな」

「じゃあ、どうやってその段を登んのよ？」

リズベットの問いに、フリスコルはまたしてもニマッと笑った。

「こっからは有料……と言いたいトコだけど、ムタムタのクソクソ魔法《まほう》を解除してもらった恩があっから、タダにしとくぜ」

ムタムタとはムタシーナのことだろう。そんな呼び方してるのがバレたら殺しに来るんじゃないの、と思ったが自業自得《じごうじとく》もいいところなので聞き流し、「それで？」と先を促《うなが》す。

「いいか、コレはマジモンの激レア情報だから、お前らもよそでベラベラ喋《しゃべ》るなよ。――この段々には、上に登れる場所が用意されてんのよ。たいていは崖《がけ》の内側を通るダンジョンだけど、中には崖《がけ》に掘《ほ》られた階段とか、いつ崩《くず》れてもおかしくねえ梯子《はしご》とかもあるらしいぜ」

フリスコルはいかにも極秘《ごくひ》情報と言わんがばかりの顔と口調でそう囁《ささや》いたが、正直なところ「それはそうだろう」としか思えない。崖《がけ》をよじ登れないし登るための道もないなら、そこでゲームが終わってしまう。

という感想をシノンたちの顔から読み取ったのだろう、フリスコルは慌《あわ》てた様子で付け加えた。

「そんでだな、その崖登《がけのぼ》りポイントに至るルートには、必ずヤバめの障壁《しょうへき》が配置されてるって話なんだ。落ちたら死ぬ系のパズルギミックとか、三十人のレイドが全滅《ぜんめつ》する級のフィールドボスとかな」

「……つまり、さっきのハチの巣も、そのフィールドボスってこと？」

シノンの問いに、フリスコルはしかつめらしい顔で頷《うなず》いた。

「ああ、間違《まちが》いねーよ。オレ、このトンネルの東西を相当先までチェックしてきたけど、刃物《はもの》も火も無効なトゲトゲの藪《やぶ》がずーっと延びてて迂回《うかい》できねーの。たぶんあのハチハチエリアが、スティス遺跡《いせき》スタート組に用意された最初の障壁《しょうへき》なんだろーな」

「なるほどね……」

その情報は、シノンの推測とも合致《がっち》する。つまり、あのハチの巣ドームをどうにかして突破《とっぱ》しなければ、《極光の指し示す地》には辿《たど》り着《つ》けない——。

いや、もう一つ、正攻法《せいこうほう》とは言えない方法があるにはある。

「ねえ、あんたの話が本当なら、ここから西か東にずーっと移動していけば、他のゲームから来たプレイヤー用の障壁《しょうへき》と崖登《がけのぼ》りルートがあるってことでしょ。そこがもう突破《とっぱ》されてれば、便乗して同じルートで崖《がけ》を登れるんじゃないの？」

「あー……まあ、そうだけどな」

フリスコルはギリースーツをわさわさ言わせながら、両腕《りょううで》を胸の前で組んだ。

「つか、もう実際に最初の障壁《しょうへき》を突破《とっぱ》してる奴《やつ》らもいるらしいぜ」

「マジかよ！」

叫《さけ》んだクラインが、一歩前に出る。

「どのゲームから来た連中だよ？」

「ったく、これでオレが知ってるネタは打ち止めだからな。キイハナで裏は取ってねーけど、今朝の時点で第一障壁《しょうへき》を突破《とっぱ》してる勢力は二つ。まず一つは《アポカリプティック・デート》っつう、獣人《じゅうじん》しかいねぇゲームだ」

「あっ、アポデ、聞いたことあります！」

即座《そくざ》に反応したシリカが、頭の三角耳をぴこぴこさせながらまくし立てる。

「プレイヤーがモッフモフで可愛《かわい》いんですよ！　爬虫類《はちゅうるい》とか両生類もいるみたいですけど……そのうち、ちょっとコンバートしてみようと思ってたんですよねー」

「あのなあお嬢《じょう》ちゃん、あいつら見た目は可愛《かわい》いけどドえらい武闘派《ぶとうは》だぜ。攻略《こうりゃく》が早い理由は、自前の毛皮やら爪《つめ》の性能が高くて、武器防具の生産が最小限で済むからだって聞いたぞ」

水を差すフリスコルに、シリカはぷうっと頬《ほお》を膨《ふく》らませた。

「見た目が可愛《かわい》ければ、あとはどうだっていいんですよ！　それより、もう一つのゲームは何なんですか？」

「あー、こっちは有名だからあんたらもよく知ってるだろ」

そう前置きしてから、フリスコルはわざとらしく声を低めて言った。

「《アスカ・エンパイア》だ」

「…………」

思わず仲間たちと顔を見合わせてしまう。

GGOとALO以外のVRMMOにあまり詳《くわ》しくないシノンでも、どんなゲームなのかよく知っているくらい有名なタイトルだ。和風の世界観に基《もと》づいた美麗《びれい》なワールドマップと、侍《さむらい》や忍者《にんじゃ》、法師、巫女《みこ》といった多彩《たさい》なジョブが多くのゲーマーの心を掴《つか》み、アクティブプレイヤーの数はALOに迫《せま》るほどだと聞いている。

「……でもよう、アスカはアポデと違《ちが》って装備を生産しなきゃなんねーだろ。なんでそんなに攻略《こうりやく》が進んでんだ？」

「簡単に言やぁ、ゴタゴタしなかったからだな」

クラインの問いかけに、フリスコルは腕組《うでぐ》みをしたまま器用に肩《かた》をすくめてみせた。

「オレらALO組がムタムタのおかげで盛大《せいだい》に内ゲバしまくったみてーに、ほとんどの勢力がスタート直後からゴタついてんのよ。左隣《ひだりどなり》のGGOは銃弾《じゆうだん》の奪《うば》い合《あ》いでドンパチやってっし、右隣《みぎどなり》のインセクサイトも六本足《シックス》と八本足《エイモア》以上が殺し合いしてるっつう話だろ？　どのゲームも主導権《ヘゲモニー》が固まるまでは本格的な攻略《こうりやく》には乗り出せないってな状況《じようきよう》で、どういうわけかアスカはかなり序盤《じよばん》からがっつり協力態勢キメて、スタート地点の近くにドでけぇ生産拠点《きよてん》おっ立てたらしいぜ」

「………………」

シノンたちは再び口を閉ざした。

元ALOプレイヤーがこの六日間、フリスコルの言う内ゲバに明け暮れていたのは事実だ。しかしそれは魔女《まじょ》ムタシーナの一派が初日から多くの陰謀《いんぼう》を巡《めぐ》らせ、《忌《い》まわしき者の絞輪《こうりん》》という極大魔法《きょくだいまほう》で百人もの攻略組《こうりゃくぐみ》プレイヤーを拘束《こうそく》、支配してしまったからに他ならない。ムタシーナの企《たくら》みはひとまず打《う》ち砕《くだ》かれたが、影響《えいきょう》はまだ色濃《いろこ》く残っている。再び《絞輪《こうりん》》に捕《と》らえられることを恐《おそ》れ、攻略《こうりゃく》を諦《あきら》めてしまった者も少なくないのだ。

　この出遅《でおく》れは、もう致命的《ちめいてき》なのでは……とシノンが唇《くちびる》を噛《か》んだ、その時。

「おいおい、ヘコたれんなよシノシノ」

　ヘコたれざるを得ない情報を散々吹《ふ》き込んでくれたフリスコルが、シノンの右肩《みぎかた》をばしっと叩《たた》いた。

「確かにアスカとアポデにはだいぶ先行されてっけど、オレらにもでっけえアドバンテージがあんべ？」

「……何よ、そのアドバンテージって？」

「決まってんだろ、我《わ》がラスナリオさぁ！　スタート地点から三十キロも先に進んだ場所に、あんだけの規模の拠点《きょてん》を作れた勢力はまだ他にはいっこもねぇはずだ。今日中にあのハチハチエリアを突破《とっぱ》できりゃ、その後の兵站《へいたん》能力の差で、アスカやアポデに充分《じゅうぶん》追いつけるとオレは思うぜ？」

「……まあ、それは、そうかもね」

シノンはゆっくり頷《うなず》いた。ALOは色々と便利な魔法《まほう》があるので大長編の連続クエストでも意外とゴリ押しが利いてしまうが、GGOではとにかく弾《たま》とエネルギーと治療《ちりょう》キットの補給が重要で、街から遠い場所で大規模クエストに挑《いど》む時は、荒野《こうや》にキャンプを設営するところから始めたものだ。

ユナイタル・リングには魔法《まほう》スキルがあるが、現状では水や食べ物の生成まではできない。世界の中心を目指すには前線と生産拠点《きょてん》を何度も往復する必要があるはずで、その点で巨大《きょだい》な前線基地と言っていいラスナリオの存在は非常に心強い。

あの街は、新生《しんせい》アインクラッドから落下したログハウスをキリトとアスナとアリスが必死に守り抜いたからこそ、いまの規模にまで成長できたのだ。今日は夜までログインできない三人のためにも、少しでも踏破《とうは》地点を先に進めておかなくては。

「……よし、あのハチの巣ドーム、突破《とっぱ》するわよ」

シノンがそう告げると、クライン、リズベット、シリカ、そしてフリスコルが揃《そろ》ってニッと笑った。すっかり仲間のような顔をしている新参者をじろりと睨《にら》み、シノンは付け加えた。

「あと、私をもう一度シノシノって呼んだら、その燃えやすそうなギリースーツに火を点《つ》けるからね」

7

――ほら、起きろよキリト。

誰《だれ》かが耳許《みみもと》でそう囁《ささや》いた気がして、俺はゆっくり瞼《まぶた》を持ち上げた。

途端《とたん》、目の前に満天の星が広がる。外で寝ちゃったんだっけ……とぼんやり考えてから、体に伝わってくる穏《おだ》やかな振動《しんどう》に気付く。

屋内でも屋外でもない。ここは機竜《きりゅう》《ゼーファン十三型》のコクピットだ。

首を持ち上げると、操縦席に座《すわ》るエオライン団長のヘルメットが見えた。微動《びどう》だにしないが、もちろん寝ているわけではなく操縦に集中しているのだろう。邪魔《じゃま》をするのも悪いかと思い、頭をヘッドレストに戻《もど》す。

もういちど目をつぶり、起きる直前に見ていた夢を思い出そうとするが、記憶《きおく》は淡雪《あわゆき》の如《ごと》く溶《と》け去《さ》ってしまった。そっとため息をついた途端《とたん》、まるでその気配を察知したかのように――。

「起きたのかい、キリト君」

柔《やわ》らかな声が聞こえ、俺は慌《あわ》てて上体を起こした。

「う、うん。よく解《わか》ったな」

「それくらい解《わか》らないと機士《きし》団長《だんちょう》は務まらないのさ」

本気なのか冗談《じょうだん》なのか判断しづらい台詞《せりふ》を口にすると、エオラインはコクピットの左前方を指差した。

「ほら、もうすぐ着くよ」

リクライニングさせていたシートの角度を戻《もど》し、キャノピー越《ご》しに外を見やる。途端《とたん》、

「うおっ……」

という声が俺の口から零《こぼ》れた。

機体に対して斜《なな》め下方向に、巨大《きょだい》な球体が浮《う》かんでいる。宇宙空間では距離《きょり》や大きさが摑《つか》みづらいが、あれこそが目的地の惑星《わくせい》アドミナに違《ちが》いない。

太陽の光を受けているところは淡《あわ》い黄色に輝《かがや》き、その反対側は真っ暗なので、確かにこれは俺が二百年前に人界《じんかい》から見上げていた月《ルナリア》と同じ星なのだと実感できる。誰《だれ》かと、あの月にも街があって人が住んでいるのだろうか、という会話をしたような記憶《きおく》がうっすらと残っている気がするが、相手は思い出せない。

「……あの星に、人はどれくらい住んでるんだ……？」

小声で訊《たず》ねると、エオラインも囁《ささや》くように答えた。

「五種族合わせて、五千人くらいかな」

「え……そんなもんなのか？　惑星《わくせい》一つにたった五千人……？」

「人界《じんかい》も暗黒界も土地は有り余ってるし、《終わりの壁《かべ》》の外にはほぼ未開拓《みかいたく》の《外大陸《がいたいりく》》が

広がってるからね。暗黒界の緑化も進んでる状況《じょうきょう》で、敢《あ》えてアドミナに移住しようとする人はなかなかいないさ」

「でも……移住した人たちに子供が生まれれば……」

俺がそう言うと、エオラインは不思議そうな声を返してきた。

「子供が生まれても総人口は変わらないよ？」

「え……？」

「世を去る者と世に来たる者の数は同じ……リアルワールドはそうじゃないのかい？」

言葉の意味を即座《そくざ》に理解できず、何度か瞬《まばた》きを繰《く》り返《かえ》してからようやく気付く。

アンダーワールドには、人口の上限が存在するのだ。

この世界に暮らす人々の魂《たましい》、すなわちフラクトライトは、オーシャン・タートルの中枢部《ちゅうすうぶ》に設置されたライトキューブ・クラスターに保存されている。クラスターを構成するキューブの総数は確か二十万個ほどだったはずなので、それを超《こ》える数のフラクトライトを生み出すことはできない。

二百年前の人界《じんかい》の総人口が約八万、暗黒界も同じくらいだったとして、その時点で未使用のキューブはわずか四万個。世界から争いがなくなれば、あっという間に使《つか》い尽《つ》くされてしまうであろう数――いや、実際にそうなったのだ。現在のアンダーワールドの人口は、物理的上限である二十万人に達していて、誰《だれ》かが死んでキューブが初期化されないと、そこに新しい魂《たましい》をロードできない。エオラインが口にした、「去る者と来たる者の数は同じ」という言葉はつまりそういうことだ。

「……いや、リアルワールドには、そういう制限はない」

俺が答えると、機士団長《きしだんちょう》は怪訝《けげん》そうに眉《まゆ》を寄せる。

「えっ……それじゃあ、人口が際限なく増えるじゃないか」

「増えるよ」

頷《うなず》いた俺は、これ信じてもらえるかな……と思いながら続けた。

「いまのリアルワールドの人口は、八十億人を超《こ》えてるんだ」

「は………」

さしものエオラインも、たっぷり三秒ほども絶句した。限界まで上体を左に回し、少し低くなっている操縦席から唖然《あぜん》とした顔を向けてくる。

「い、いま八十億って言ったかい？　十万の八万倍？」

「え、ええと」

脳内で素早《すばや》くゼロの数をかぞえ、頷《うなず》く。

「うん、十万の八万倍」

「…………いやはや……」

小さくかぶりを振ると、機士団長《きしだんちょう》は体の向きを戻《もど》した。

「異界戦争《いかいせんそう》では、数万人規模のリアルワールド軍が次から次に転移してきたと記録されているから、人口も相当多いんだろうと思っていたけど……まさか億の単位とはね。ということは、もしも……」

そこで言葉を切り、小声で「いや、なんでもないよ」と続ける。

エオラインが何を言いかけたのかは、察しの悪い俺にも解《わか》った。もしも、新たな異界戦争《いかいせんそう》が起きたら。アンダーワールドとリアルワールドに二百年前を超《こ》える規模の争いが勃発《ぼっぱつ》したら、それは二十万対八十億の戦いとなる。彼はそう考えたのだ。

その事態を回避《かいひ》するために、菊岡《きくおか》二佐や神代《こうじろ》博士やアリスや、そして俺もアスナも仲間たちも努力しているわけだが、絶対に戦争を防げると軽々しく断言はできない。だから俺は、一度吸い込んだ息をそっと吐《は》き出してから、気分を切《き》り替《か》えて言った。

「アドミナの一日も、カルディナと同じ長さなのか？」

「そうだよ。でもアドミナの首都オーリはセントリアと対称《たいしょう》の位置にあるから、いまは真夜中だね」

「オーリ……」

名前の由来はなんだろうと考えるが、まるで思い当たらない。こんな時ユイがいれば色々な言語から候補をずらずらと挙げてくれるのだろうが、彼女はいま俺とアスナ、アリスのダイブに合わせてネットワークを監視《かんし》するという任務に就《つ》いているし、そもそもアンダーワールドにログインすることはできない。

そんなことを考えながら、惑星《わくせい》アドミナの夜の領域に目を凝《こ》らすと、人工の光らしきものがかろうじて見て取れた。しかし機竜《きりゅう》はそこにまっすぐ向かうのではなく、かなり東に離《はな》れた地点を目指しているようだ。

「えーと……街の飛行場に直接降りてくわけにはいかないんだよな？」

俺の質問に、エオラインは当然とばかりに頷《うなず》く。

「そりゃそうだよ、いくら欺瞞《ぎまん》装置があっても夜だと噴射光《ふんしゃこう》をごまかしきれないからね」

「なら、離《はな》れた場所に降りたとして、そこから街まではどう移動するんだ？」

「キリト君の長い脚《あし》はなんのためにあるんだい？」

――マジか。ていうかべつに長くないし。

という俺の思考を読んだかのようにフフッと笑うと、エオラインは操縦桿《そうじゅうかん》を押し込んだ。白銀の機竜《きりゅう》は、昼と夜の境界線めがけて滑《なめ》らかに降下していった。

惑星《わくせい》アドミナが黄色いのは、まったく予想外の理由だった。

俺はてっきり空の色だと思っていたのだが、地表から見上げる空はカルディナと同じ澄《す》んだブルーだ。しかし地面の大部分が、淡《あわ》い黄色に染まっている。正確には、黄色い花に埋《う》め尽《つ》くされているのだ。

高度千メートルで滑《すべ》るように飛ぶ機竜《きりゅう》の中から、地平線の果てまで続く花畑を眺《なが》めながら、俺は呆然《ぼうぜん》と呟《つぶや》いた。

「この花……人間が植えたのか？」

「いいや、星王《せいおう》が初めて降り立った時からこうだったらしいよ」

エオラインが、俺の質問を予期していたかのようにすらすらと解説する。

「この高さからだとよく解《わか》らないけど、実際には何種類もの黄色い花が入り交じって咲《さ》いてるんだ。それらの花が季節によって少しずつ入《い》れ替《か》わるから、アドミナは一年中黄色く見えるんだよ」

「ふぅーむ……」

仮に惑星《わくせい》アドミナの地形をデザインしたのがラーススタッフの誰《だれ》かなら、手抜きやん！　と言いたくなるところだが恐《おそ》らく違《ちが》う。アドミナは、アンダーワールド人の誰《だれ》かが――噂《うわさ》どおりなら星王《せいおう》が、それまでは月《ルナリア》と呼ばれていた星に近づいた時点で、カーディナル・システムによって詳細《しょうさい》なマップが自動生成されたのではないか。だとすれば、どうしてこんなデザインが採用されたのかを知り得るのは《図書室の賢者《けんじゃ》》カーディナルだけだが、彼女はもういない。分身である最高司祭《さいこうしさい》アドミニストレータとともに、二つの惑星《わくせい》の名前に面影《おもかげ》を残すのみだ。

無限の花畑から、前方の空へ視線を移す。茜色《あかねいろ》から藍色《あいいろ》へと沈《しず》むグラデーションは、夕焼けではなく朝焼けの色だ。俺たちは朝日に背を向け、夜を追いかけて飛んでいる。まだ行く手に街明かりは見えない。

「……なあ、首都にこっそり近づくなら、昼の領域からじゃなくて夜の領域から進入したほうが良かったんじゃないか？」

ふとそう訊《たず》ねると、エオラインは空中に指先を走らせながら答えた。

「まあそうなんだけど、その場合は惑星《わくせい》をぐるっと回り込む必要があるから、飛行距離《きょり》が二倍になっちゃうんだよ。いちおう、首都オーリからは星の丸みに遮《さえぎ》られて見えないコースで進入したから、気付かれる可能性は限りなく低い……と思う」

確かに、機竜《きりゅう》が大気圏《たいきけん》——アンダーワールドでは《気圏《きけん》》と呼ぶらしい——に突入《とつにゅう》したのは首都の街明かりが完全に見えなくなる位置だった。それにこの世界にはレーダーも人工衛星も存在せず、長距離《ちょうきょり》の観測手段は大型望遠鏡だけなのだから、広大な空の一点を飛ぶ機竜《きりゅう》を発見するのは途轍《とてつ》もなく困難だろう。

ゼーファン十三型は、何十年もの眠《ねむ》りから目覚めたばかりとは思えないほどスムーズな駆動《くどう》音《おん》を響《ひび》かせながら、黄色い花畑の上を飛行していく。ところどころに点在している樹《き》の葉っぱも全て黄系統だ。アスナとアリスにもこの光景を見せてやりたかったが、機竜が二人乗りでは致し方ない。アドミナでの任務を達成し、セルカとロニエ、ティーゼを目覚めさせることができれば、いつか全員でもう一度この星を訪《おとず》れる機会もあるはずだ。

機竜《きりゅう》が前進するにつれ、空の茜色《あかねいろ》が背後に遠ざかり、夜の藍色《あいいろ》が大きくなっていく。これはつまり、惑星《わくせい》アドミナの自転速度を超《こ》えるスピードで飛んでいるということだ。なのに空気の抵抗《ていこう》をほとんど感じないのは、ここが仮想世界だからか、それとも機竜《きりゅう》に何か仕掛《しか》けがあるのか。

確か、異界戦争《いかいせんそう》の時に心意《シンイ》力《りょく》で全速飛行を試みた時は、風素《ふうそ》のバリアーで向かい風を防ぐ必要があったように記憶《きおく》している。つまり、気体分子は存在せずとも空気の抵抗《ていこう》はシミュレートされているということだ。ならばこの機竜《きりゅう》には、風素《ふうそ》バリアーと似たような仕掛《しか》けが施《ほどこ》されているに違《ちが》いない。思い返してみれば、宇宙から気圏《きけん》に突っ込んだ時も、映画やアニメのように機体が赤熱したり、バラバラになりそうなほど揺《ゆ》れたりはまったくしなかった。

「なあ、エオライン……」

どういう仕組みで空気抵抗《ていこう》をキャンセルしているのか訊《たず》ねるべく、またしても機士《きし》団長《だんちょう》閣下に呼びかけた、その時だった。

びびーっ、びびーっ、という切迫《せっぱく》した警告音がコクピット全体に鳴《な》り響《ひび》き、計器盤《けいきばん》の各所に赤いランプが灯《とも》った。

「な、なんだ⁉」

うろたえる俺の耳に、張《は》り詰《つ》めてはいるが落ち着いた声が響《ひび》く。

「心意《シンイ》反応《はんのう》だ。キリト君、きみ、何かしたかい？」

「な、何もしてないよ！」

「なら攻撃《こうげき》だな。僕は上を見るから、君は下のほうを監視《かんし》してくれ」

「わ、解《わか》った！」

攻撃《こうげき》って誰《だれ》が何でどうやって、と訊《き》きまくりたいのはやまやまだが、いまはそんな場合ではない。両目を見開き、機体の右下方と左下方を交互《こうご》に見回す。と——。

左斜《ひだりなな》め前方、夜と夕方の境界線あたりからこちらに近づいてくるいくつもの赤い光が見えた。

「十時の方向に発光体！」

と叫《さけ》んでからクロックポジションが通じるかどうか慌《あわ》てたが、幸いエオラインは即座《そくざ》に反応した。

「こちらも視認《しにん》！　あれは……心意誘導弾《シンイゆうどうだん》だ、ちょっと揺《ゆ》れるよ！」

その声に、甲高《かんだか》い駆動音《くどうおん》が重なる。ゼーファンは生き物のように巨体《きょたい》を震《ふる》わせ、右上方へと弾《はじ》かれたように上昇《じょうしょう》する。

座席に押し付けられた体がみしみしと軋《きし》む。カルディナを離脱《りだつ》した時の加速が上限なのだと思っていたが、星王《せいおう》専用機の底力はあんなものではなかったらしい。呼吸もままならないほどの急加速の中、俺は懸命《けんめい》に首を回し、キャノピー越《ご》しに後方を睨《にら》んだ。

赤い光の群れはまだはっきり視認《しにん》できる。それどころか、じり、じりと近づいてくる。

「エオライン、振り切れない！」

「だろうね！　五百メルまで近づいたら教えてくれ！」

——そう言われても。

と思ったが、何の目印もない空の上なのに、不思議と光までの距離《きょり》がはっきり体感できる。

残り七百メル……六百メル……。

「——五百！」

叫《さけ》んだ瞬間《しゅんかん》、再び駆動《くどう》機関が猛々《たけだけ》しく吼《ほ》えた。虚空《こくう》を蹴《け》り飛《と》ばすような、急角度の宙返り。一見華奢《きゃしゃ》なゼーファンが分解するのではという恐怖《きょうふ》に襲《おそ》われるが、座席にめり込む体には機体の圧倒的《あっとうてき》な剛性《ごうせい》が伝わってくる。

歯を食《く》い縛《しば》って重圧に耐《た》えつつ、頭上の夕闇《ゆうやみ》を凝視《ぎょうし》する。視界の端《はし》に、赤い煌《きら》めきを捉《とら》える。心意誘導弾とやらの総数は、十二、三にも及《およ》んでいる。そのうち三割ほどはこちらを見失ったのかあらぬ方向に飛んでいったが、七割は生き物のようにターンして追ってくる。

「あ……あいつら、誰《だれ》かが操作してるのか⁉」

俺の喚《わめ》き声《ごえ》に、エオラインはこんな状況《じょうきょう》でも律儀《りちぎ》に答えた。

「いや、目標を自動追尾《ついび》する心意兵器《シンイへいき》だよ！　どこかにあれを発射した機車《きしゃ》か機竜《きりゅう》がいるはずだけど……ね！」

言い終えると同時に、機体を右にロールさせ、再びの鋭角《えいかく》ターン。誘導弾《ゆうどうだん》は再びいくつかが追尾《ついび》しきれずに脱落《だつらく》したが、まだ五、六発が追いかけてきている。距離《きょり》はもう三百メートルもあるまい。目を凝《こ》らすと、誘導弾《ゆうどうだん》の本体が灰色の金属でできた筒状《つつじょう》物体——まさしくミサイルであることが見て取れる。赤く光っているのは、先端《せんたん》に埋《う》め込まれたレンズのようなパーツらしい。

誘導弾《ゆうどうだん》の長さは一メートル強、現実世界の空対空ミサイルと比べるとだいぶ小さい気がするが、それでもあのサイズの物体が間近で爆発《ばくはつ》したら、ゼーファンといえどもただでは済むまい。

後方を睨《にら》んだまま、エオラインに予告する。

「おい、当たりそうになったら心意《シンイ》を使うぞ！」

「やむを得ないね、でも最小限にしてくれ！」

どうせもうこっちの存在は露見《ろけん》しているのにと思ったが、攻撃者《こうげきしゃ》が俺たちを整合機士《せいごうきし》団長《だんちょう》と元星王《せいおう》だと認識《にんしき》しているのか、それとも正体不明の侵入者《しんにゅうしゃ》だと思っているのかは定《さだ》かでない。

もし後者なら、確かに心意をフルパワーで使うのは正体を宣伝するようなものだ。

ゼーファンは三度目の宙返りを敢行《かんこう》し、追ってくる誘導弾《ゆうどうだん》を三発にまで減らした。しかし、間合いも二百メートルを切っている。これ以上宙返りしてスピードを失ったら、振り切る前に食いつかれてしまうだろう。

心意であいつらを撃退《げきたい》する方法は二つ。キャノピー越《ご》しに熱素《ねつそ》を山ほど生成し、攻撃《こうげき》するか。あるいは単純に防壁《ぼうへき》を展開するか。撃《う》ち落《お》とせばスカッとするだろうが、もし大爆発《だいばくはつ》したら、余波がこちらまで届いてしまうかもしれない。

ここはおとなしくバリヤーにしておこう。そう考えた俺は、「防御《ぼうぎょ》するぞ！」とエオラインに伝えてから、宇宙獣《うちゅうじゅう》アビッサル・ホラーの光弾《こうだん》を防いだ時の一割ほどの強度で、機体を包む心意防壁《シンイぼうへき》を展開した。

半秒後、三発の誘導弾《ゆうどうだん》が立て続けに防壁《ぼうへき》と接触《せっしょく》した。

爆発《ばくはつ》。さらに爆発《ばくはつ》。

黄色い閃光《せんこう》が夕空を眩《まばゆ》く照らす。爆炎《ばくえん》が心意防壁に沿ってボール状に広がり、俺の意識にもそれなりの衝撃《しょうげき》がフィードバックしてくるが、威力《いりょく》は熱素《ねつそ》を五、六個同時に解放《バースト》した程度で、宇宙獣《うちゅうじゅう》の攻撃《こうげき》には遠く及《およ》ばない。

防壁《ぼうへき》に接触《せっしょく》した誘導弾《ゆうどうだん》は三つで爆発《ばくはつ》は二回だったが、残り一つは起爆《きばく》する前に破壊《はかい》されたか遠くに吹《ふ》き飛《と》ばされてしまったのだろう。そう推測しつつも、念のために防壁《ぼうへき》を維持《いじ》したまま、俺はエオラインに結果を報告しようとした。

「誘導弾《ゆうどうだん》、全部消え……」

その時。

ひやり、あるいはぬるり、とする異質な感覚が、俺の意識を舐《な》めた。

何かが心意防壁に潜《もぐ》り込もうとしている。俺がイマジネーションで作り出した硬質《こうしつ》な壁《かべ》を、破壊《はかい》するのではなく侵食《しんしょく》してごく小さな穴を穿《うが》ち、そこから押し入ってくる感覚。あたかも、たっぷりと粘液《ねんえき》をまとった寄生生物のように。

素早《すばや》く振り向き、機体の右後方を凝視《ぎょうし》する。爆炎《ばくえん》がほぼ消えた夕空の一角で、奇妙《きみょう》な代物《しろもの》が

蠢《うごめ》いている。長さ一メートル、太さ五センチほどの、黒くて細長いチューブ状の物体。金属でできた兵器ではない。ヘビのような、ミミズのような、生きた何かだ。

目も口もない先端《せんたん》は、内部から赤く発光している。他の誘導弾《ゆうどうだん》は確かに灰色の金属でできていたので、十数発の中に一つだけ、あの生物兵器めいた代物《しろもの》が交じっていたらしい。

黒ミミズは、すでに体の中ほどまで心意防壁《シンイぼうへき》の中に入《はい》り込んでいる。そちらに向けて左手を伸ばし、防壁《ぼうへき》に穿《うが》たれた穴を閉じようとするが、どれだけ圧力を加えてもミミズの体表を覆《おお》う粘液《ねんえき》に心意自体が溶《と》かされてしまう感覚がある。そんなことが可能だとは思いもしなかったが、心意力《シンイりょく》というのはつまるところイマジネーションによる《事象操作》だ。エオラインが「心意を隠《かく》す心意」に言及《げんきゅう》していたが、同様に「心意を侵《おか》す心意」が存在するとしたら、仮に全力で防壁《ぼうへき》を強化してもあの生物兵器は防げない。

操縦席のエオラインも、虚空《こくう》で蠢《うごめ》いている黒ミミズに気付いたようだった。コクピットに、嫌悪感《けんおかん》を隠《かく》さない声が響《ひび》く。

「な、なんだいあれは」

「俺に訊《き》くなよ。ていうか……もうすぐ防壁《ぼうへき》の中に入ってくるぞ！」

「解《わか》った。もうちょっと踏《ふ》ん張《ば》ってくれ」

そう言うや、エオラインはキャノピーに左手を押し当てた。

分厚いガラスの向こう側に、青く光る凍素《とうそ》が十個も生成される。術式省略もさることながら、

《指一本で操《あやつ》れる素因《エレメント》は一つ》という神聖術《しんせいじゅつ》の原則を無視した超高等技術だ。

エオラインがさっと左手を振ると、凍素《とうそ》たちはブルーの軌跡《きせき》を引きながら黒ミミズめがけて飛んでいった。接触《せっしょく》した瞬間《しゅんかん》、立て続けに大量の氷を生み出す。

わずか数秒で、防壁内《ぼうへきない》に侵入《しんにゅう》していた黒ミミズの前半分は巨大《きょだい》な氷塊《ひょうかい》の中に閉じ込められた。凍素《とうそ》を操作したのはエオラインの心意《シンイ》だが、氷そのものは実体なので《心意を侵《おか》す粘液《ねんえき》》では溶《と》かせないはずだ。事実、黒ミミズの後ろ半分はまだジタバタ暴れているのに、前半分は完全に動きを止めている。警告音も鳴り続けているが、これはミミズが生きているあいだは止まらないだろう。

「よし……ゼーファンを着陸させるから、防壁《ぼうへき》はそのまま保持してて」

エオラインの指示に、俺はこくこく頷《うなず》いた。

「わ、解《わか》った」

心意を黒ミミズに侵食《しんしょく》されたままの状態はどうにも気色悪いが、しばし我慢《がまん》するしかない。念のためにミミズの周囲の防壁《ぼうへき》を厚くするべくイメージを凝《こ》らした、その刹那《せつな》を狙《ねら》い澄《す》ましたかのように。

体の真下で、再びぬるりという感覚が生まれた。

あっ、と思った時にはもう、細長い軟体《なんたい》が心意防壁《シンイぼうへき》を貫通《かんつう》していた。

「エオライン！　下から……」

必死にそこまで叫《さけ》んだ俺の声を、巨大《きょだい》な爆発《ばくはつ》が掻《か》き消《け》した。

8

ちりっ、とうなじのあたりで何かが弾《はじ》けたような感覚に襲《おそ》われ、アスナは足を止めた。

振り向いてみても、赤い絨毯《じゅうたん》を敷《し》かれた大階段が続いているばかりで変わった様子はない。かすかな胸騒《むなさわ》ぎを抑《おさ》え込みながら前を向くと、やはり奇妙《きみょう》な表情を浮《う》かべて立ち止まるアリスと目が合った。

「……アスナ、いま何か……」

「アリスも……？」

囁《ささや》き交《か》わしてから、再び周囲を見回す。しかし、セントラル・カセドラルを形作る大理石の壁《かべ》は内と外を完全に遮断《しゃだん》していて、薄暗《うすぐら》い階段ホールを満たすのは数百年もの歴史を内包した静寂《せいじゃく》だけ。

「アスナさん、アリスさん、どうしたんですかー？」

その声に大階段の先を見上げると、次の踊《おど》り場《ば》で立ち止まったスティカとローランネイが、怪訝《けげん》そうに首を傾《かたむ》けていた。二人の奥《おく》に立つエアリーも、その腕《うで》に抱《だ》っこされたナツも、異変を感じてはいないようだ。

「ごめんなさい、何でもない！」

そう答えると、アリスと並んで足早に階段を上る。

九十階の大浴場で、キリトとエオラインが乗る機竜《きりゅう》を見送りがてら汗《あせ》を流したアスナたちは、併設《へいせつ》された脱衣《だつい》所兼休憩所《じょけんきゅうけいじょ》で薄手《うすで》のバスローブを羽織り、冷たい飲み物と色とりどりの果物を楽しみながらお喋《しゃべ》りに興じた。

午後一時三十分の時鐘《じしょう》が鳴ったのを区切りに、元の服に着替《きが》えて浴場を出た。次の目的地は九十四階にあるというキッチンだ。戻《もど》ってきたキリトたちをたっぷりのご馳走《ちそう》で出迎《でむか》えようという計画で、スティカたちは早くも何を作るか言い合いをしている。

二人が戻《もど》ってくるのは恐《おそ》らく四時過ぎだろうから、料理をするための時間はたっぷりある。エアリーによれば、星王妃《せいおうひ》時代のアスナは、そのキッチンで新しい料理の開発に邁進《まいしん》していたらしい。その頃《ころ》の記憶《きおく》がないのは残念のひと言だが、幸いレシピは全て詳細《しょうさい》に記録されているようなので、再現は難しくないだろう。

むしろ問題は、食べる人たちが余裕《よゆう》を持って帰ってくるかどうかだ。アスナたちは午後五時になったら強制的にログアウトさせられてしまうので、キリトの帰還《きかん》が四時五十五分だったりするとせっかくのご馳走《ちそう》を五分で詰《つ》め込まなくてはならない。

——せめて三十分前には帰ってきなさいよね。

そろそろ惑星《わくせい》アドミナに到着《とうちゃく》しているはずの元星王《せいおう》に、心の中でそう語りかけると、アスナは最後の数段を勢いよく駆《か》け上《のぼ》った。

9

シリカと仲間たちは、ひとまずハチの巣ドームに繋《つな》がるトンネルの手前に仮設の拠点《きょてん》を築くことにした。

藪《やぶ》を刈《か》り取《と》り、樹《き》を伐採《ばっさい》して、十メートル四方ほどの平地を拓《ひら》く。そこにシノンとクラインが石工スキルで土台を造り、リズベットが大工スキルで簡素な小屋を建てる。大型モンスターに攻撃《こうげき》されたらひとたまりもなく粉砕《ふんさい》されてしまうだろうが、ハチの巣を攻略《こうりゃく》するまで保《も》てばいい。

わざわざ拠点《きょてん》を作った理由は、素材アイテム、ことに木材を大量に蓄積《ちくせき》するためだ。何百匹《びき》といるであろう巨大《きょだい》バチは広範囲《こうはんい》でリンクしているはずなので、端《はし》から誘《おび》き出して倒《たお》すという定番の手法が通用しない可能性が高い。大量のハチに囲まれればトンネルからの脱出《だっしゅつ》も難しくなるので、それを防ぐべくエリア内に簡易的な防御物《ぼうぎょぶつ》——発案者のシノンは掩体《バンカー》と呼んでいたが——を造りながら戦う作戦だ。

ALOではプレイヤーがフィールドに建造物を設置することは許されていないが、ユナイタル・リングではダンジョン内だろうと川の中だろうとクラフト可能だし、単純な壁《かべ》くらいなら設置にかかる時間も数秒程度。操作に慣れていれば、掩体《バンカー》を造りながら戦うことも難しくないだろう。

問題は、木製の掩体《バンカー》が巨大《きょだい》バチの攻撃《こうげき》にどれくらい耐《た》えられるかだが、それは実験してみるしかない。どうせ、最低限の攻略《こうりゃく》メンバーが揃《そろ》うのにあと一時間はかかる。

ラスナリオへの伝令役は、隠密《おんみつ》行動が得意なフリスコルが買って出てくれた。どこまで信用していいのかいまひとつ確信が持てないが、彼の目的がゴールに一番乗りすることだとしても、この段階で裏切るメリットはあるまい。

というようなことをあれこれ考えながら、シリカはピナとミーシャに餌《えさ》を与《あた》えた。ハベ肉と、藪《やぶ》を刈《か》るついでに採取したブルーベリー的な木の実をたらふく食べたミーシャは、小屋の横手で丸くなり、昼《ひる》寝を始めた。ピナも熊の巨体《きょたい》をベッド代わりにして寝てしまう。

シリカの隣《となり》で、口許《くちもと》を綻《ほころ》ばせてペットたちの様子を眺《なが》めていたリズベットが、不意に笑《え》みを消して呟《つぶや》いた。

「……ユナイタル・リングがクリアされたら、この世界はまた元のALOやGGOに戻《もど》るんだよね？」

「え……それは、そうなんじゃないですか？」

ノータイムで答えてから、リズベットが思案顔をしている理由を悟《さと》る。誰《だれ》かが世界の中心に辿《たど》り着《つ》き、ユナイタル・リングが消滅《しょうめつ》したら、ミーシャや他のペットたち、そしてバシン族《ぞく》もパッテル族《ぞく》も消えてしまうのだ。今日生まれたばかりのヤエルとて例外ではない。

仮想世界の儚《はかな》さは、VRMMOプレイヤーなら誰《だれ》でも知っているだろう。ザ・シードを利用したゲームは、イニシャルコストを低く抑《おさ》えられるぶん、運営者の見切りも早い。この一年半でサービス終了《しゅうりょう》したタイトルは数十を下らないはずなので、それらの世界で生きていたNPCたちも、全て消えてしまったことになる。

だが、ユナイタル・リング世界のNPCたちは、AIのレベルが他のゲームよりも数段高い。ALOでは神族や巨人族《きょじんぞく》しか持っていない高度な思考力を、全てのNPCが備えている印象がある。ペットであるミーシャやクロも、行動がパターン化されていないし複雑な命令を難なく理解するので、やはり独自のAIを与《あた》えられているのだろう。

半径七百キロにも及《およ》ぶというユナイタル・リング世界で生きている、何千という住民たちが一瞬《いっしゅん》で残らず消滅《しょうめつ》してしまう……というのは、どうしようもないことではあるがやはり残酷《ざんこく》だ。

しかし——。

「……あたしたちがクリアしなくても、結局誰《だれ》かがクリアしちゃいますもんね……」

思考過程を省略したシリカの言葉に、リズベットはこくりと頷《うなず》いた。

「いまは、とにかくゴールを目指すしかないよね」

「ええ。ハチの巣攻略《こうりゃく》、頑張《がんば》りましょう」

リズベットと拳《こぶし》をこつんとぶつけ合わせていると、広場の端《はし》から二人を呼ぶ声が聞こえた。

シリカは大きく手を振ってから、シノンとクラインが待つ場所へと走った。

増援《ぞうえん》を待つ間、四人はひたすら素材集めに精励《せいれい》した。

ちゃんとした木造建築物を造るには鉄の釘《くぎ》や製材された板が必須《ひっす》だが、掩体《バンカー》は戦闘《せんとう》の間だけ保《も》てばいいので、丸太と細縄をひたすら生産し、小屋の中のストレージに溜《た》めていく。

四十分ほどかけて小屋に設定された保管容量がほぼいっぱいになった頃《ころ》、南西方向から複数の足音が聞こえてきた。いちおう警戒《けいかい》しつつ見守っていると、木立の奥《おく》から現れたのは、予想を超《こ》える規模の集団だった。

先導するのは、ミノムシのようなローブを着たままのフリスコル。そのすぐ後ろにエギル、アルゴ、リーファ。さらに、元ムタシーナ軍のホルガー、ディッコスと仲間数人、元インセクサイト組のザリオン、ビーミング他数人、そしてバシン族《ぞく》とパッテル族《ぞく》からも三、四人ずつが加わっている。総数は二十人近い。

警戒《けいかい》を解いて駆《か》け寄《よ》ったシリカは、挨拶《あいさつ》を省略してリーファに話しかけた。

「よ、よくこんなに集まりましたね！　いくら土曜日でもまだ昼間なのに……」

「それがさー」

と前置きしたリーファは、エギル、クラインと何やら話しているフリスコルを見やりながら続けた。

「あのヒトがラスナリオ中走り回って、あっという間に集めちゃったんだよね。いつの間にかバシン語もパッテル語もそこそこマスターしてるっぽいし……」

「まったく、オイラの商売あがったりだヨ」

とアルゴもしかめっ面《つら》をしたが、すぐにニヤッと笑って付け加えた。

「もっとも、ザリオンたちに声掛《か》けたのはオイラだけどナ」

「仲間うちで英語ぺらぺらなの、エギルさんとアルゴさんとアスナさんだけですもんねー」

というリーファの言葉は事実だ。キリトもアメリカへの留学を考えていただけあってかなり話せるが、ネイティブ並みとまではいかない。シリカはアンダーワールドでの異界戦争《いかいせんそう》の時、海外のプレイヤーとまったく意思疎通《そつう》できなかったという反省から勉強を頑張《がんば》ってはいるが、まだゆっくり話してもらってどうにか内容を摑《つか》める程度で、話すほうはいっそう覚束《おぼつか》ない。

せっかく元インセクサイト組が仲間になってくれたのだから、昆虫《こんちゅう》の見た目に尻込《しりご》みせずにどんどんコミュニケーションしていこうと決意したシリカは、少し離《はな》れた場所でパッテル族《ぞく》と何やら話しているザリオンたちに歩み寄った。

だがシリカが声をかける前に、ぐるっと振り向いたゾウカブトのザリオンが、シリカに聞き取れるギリギリの速さで話しかけてきた。

「Hi girl《お嬢さん》, these fluffs《このモフモフたちが、》 say they know the giant hornets we'll fight.《俺たちがこれから戦うデカいハチを知ってるって言ってるぜ》」

「Are you sure?《ほんとですか》」

どうにかそう返すと、シリカは三人のパッテル族《ぞく》に向き直った。

先頭に立っているのは、女性リーダーのチェットだ。頭に黄緑色のバンダナを巻き、丁寧《ていねい》な仕上げの革鎧《かわよろい》を身につけ、黒光りするピッチフォークを背負っている。一メートルそこそこの身長で、ザ・ライフハーベスターにも臆《おく》せず立ち向かった勇者——なのだが、いまは耳と鼻が少し下がってしまっている。

「シリカ、緑色の大きいハチと戦うって本当？」

パッテル語スキルを頑張《がんば》って上げたおかげで、チェットの言葉はちゃんと理解できた。

「うん、森の先に進むには、ハチの巣がある場所を通《とお》り抜けないといけないの」

そう答えた途端《とたん》、チェットの背後に立つ二人のパッテル戦士たち——たしか右側がチノーキ、左側がチルフという名前だったはずだ——が揃《そろ》って鼻先のヒゲを震《ふる》わせた。巨大《きょだい》バチの群れが脅威《きょうい》であることは間違《まちが》いないが、実物を見る前からそこまで怯《おび》えるのはなぜだろう、とシリカが瞬《まばた》きしていると——。

「アタイ、子供の頃《ころ》、ばあちゃんから聞いたよ。ずーっとずーっと昔、パッテル族《ぞく》を平原から追い出したのは、緑色の怖《こわ》い怖《こわ》いハチだったって」

そう前置きしてから、チェットは一族の歴史を語り始めた。

遥《はる》か遥《はる》か昔、パッテル族《ぞく》はギョル平原の北部にある岩山に立派な街を築き、トウモロコシを育て、蜜蜂《みつばち》を飼って、平和に暮らしていた。

だがある日、大地が激しく揺《ゆ》れ動《うご》き、岩山の側面が崩《くず》れてしまった。続いて見たこともないほど巨大《きょだい》な緑色のハチの群れが現れて、パッテル族《ぞく》を襲《おそ》った。立ち向かった者も逃《に》げ隠《かく》れた者《もの》も殺され、都はあっという間にハチに占拠《せんきょ》された。生き残った者たちは南の平原へ逃《のが》れたが、獰猛《どうもう》な恐竜《きょうりゅう》に東へ、東へと追い立てられて、ほんの数十人だけが《ガイユーの大壁《おおかべ》》に辿《たど》り着《つ》いた。

以来、パッテル族《ぞく》は大壁《おおかべ》の中でカエルやトカゲに脅《おびや》かされながら、細々と命を繋《つな》いできた。いつか、東の果てにあるという約束の地に移り住むことを夢見て——。

一同が輪になって耳を傾《かたむ》ける中、そこまで話し終えたチェットは、つぶらな瞳《ひとみ》からぽろりと涙《なみだ》を零《こぼ》した。

泣きたくなる気持ちはよく解《わか》る。一族の悲願だったゼルエテリオ大森林に辿《たど》り着《つ》いたのに、かつて都を滅《ほろ》ぼしたという巨大《きょだい》バチが近くに巣を構えていたとあっては、絶望するのも無理はない。パッテル族《ぞく》が残らずラスナリオから去ってしまうという展開も有り得る……とシリカが気を揉《も》んでいると。

「だったら、これは絶好の機会でしょ、チェット」

シリカの隣《となり》で話を聞いていたシノンが、冷静な声でそう発言した。チェットは何度か両目を瞬《しばたた》かせてから、くりっと首を傾《かし》げる。

「機会って、なんの？」

「ご先祖様の敵《かたき》を討《う》つ機会よ。まあ……都を滅《ほろ》ぼしたハチとは別の群れかもしれないけど、同種であるには違《ちが》いないわ。それに、ここで攻略法《こうりゃくほう》を摑《つか》めば、いつか都を取《と》り戻《もど》せるかもしれないでしょ。まだそこにハチの巣があれば、だけど」

「都を、取《と》り戻《もど》す……」

呟《つぶや》いたチェットの、垂れ下がっていた両耳が少しずつ持ち上がっていく。黒い瞳《ひとみ》に光が宿り、萎《しお》れていたヒゲもぴんと伸びる。

左右に立つチノーキ、チルフと順に顔を見合わせたチェットは、思わぬ言葉を口にした。

「アタイたちのご先祖様、緑のハチに滅《ほろ》ぼされたけど、勇敢《ゆうかん》に戦った。戦いの中でハチの弱点見つけて、長《おさ》の子供に、そのまた子供に伝えてきた。アタイ、いまの長《おさ》チグヌークの子。ハチの弱点知ってる」

パッテル語が解《わか》らない者にスキルを持っている者が通訳した途端《とたん》、あちこちで「おお～～」という声が上がった。

恐《おそ》らく、巨大《きょだい》バチの攻略法《こうりゃくほう》を教わるには、元ALO組のスタート地点であるスティス遺跡《いせき》でNPCに話を聞きまくり、断片的《だんぺんてき》な情報を辿《たど》ってガイユーの大壁《おおかべ》まで到達《とうたつ》し、そこで何らかのクエストをクリアしてパッテル族《ぞく》の信頼《しんらい》を得る……というプロセスを経る必要があったのではないか。しかしシノンを迎《むか》えにいったキリトたちが、パッテル族《ぞく》をラスナリオまで連れてきて

くれたおかげでその過程を丸ごと省略できたわけだ。これは、ALO組に先行しているという
アポカリプティック・デート組やアスカ・エンパイア組に追いつくチャンスかもしれない。

そう考えたシリカは、一歩前に出てチェットに訊《たず》ねた。

「そ、その弱点って何なの？」

「ロベリアの花」

というのが、勇敢《ゆうかん》なネズミ戦士の答えだった。

10

「この花、名前はついてるのか？」

茎《くき》の半ばから千切れてしまった花を拾い上げながらそう訊《たず》ねると、エオラインは張りのない声で答えた。

「……ついてるのかもしれないけど、僕は知らないな」

「たぶん、カルディナにはない花だよな」

呟《つぶや》きながら、薄絹《うすぎぬ》のように繊細《せんさい》な黄色い花びらを覗《のぞ》き込む。しかし直後、花は天命を全損し、光の粒《つぶ》となって俺の手から消え去る。

足許《あしもと》からも無数の粒子《りゅうし》が立ち上り、ひんやりとした夜風に儚《はかな》く溶《と》けていく。それらは全て、不時着したゼーファン十三型が押《お》し潰《つぶ》してしまった花や灌木《かんぼく》の天命だ。薄黄《うすき》色《いろ》の花畑に黒々と刻まれた滑走痕《かっそうこん》は長さ五十メートルにも及《およ》び——これでも心意《シンイ》力《りょく》で最小限に抑《おさ》えたのだ——、たぶん何かの法律に抵触《ていしょく》しそうな気がするが、その責任はゼーファンにミサイルをぶっ放した何者かに取らせたいところである。

問題は、それがどこのどいつなのか……そしてなぜ俺たちが狙《ねら》われたのかということだが、何らかのアイデアを持っていそうな機士《きし》団長《だんちょう》閣下は、滑走痕《かっそうこん》の端《はし》っこに膝《ひざ》を抱《かか》えて座《すわ》り込み、ぼんやりとゼーファンの機体を眺《なが》めている。伝説の星王《せいおう》専用機を壊《こわ》してしまったことが相当にショックらしい。

実際、ゼーファン十三型の損傷はなかなかのものだ。真下から飛んできた謎《なぞ》の生体ミサイルに下っ腹の装甲《そうこう》を引《ひ》き裂《さ》かれ、その奥《おく》の駆動《くどう》機関もパイプが千切れたり、亀裂《きれつ》が入ったりしてしまっている。不思議と焼《や》け焦《こ》げた痕跡《こんせき》はないし、永久熱素《ねつそ》と永久風素《ふうそ》を閉じ込めた封密缶《ふうみつかん》も無事のようだが、応急修理でどうにかなるダメージではあるまい。

無言で視線を持ち上げる。俺たちは惑星《わくせい》アドミナの昼の領域に降下し、夜の領域へと飛んできたので、東の空は朝焼けに染まりつつあるが、真上にはまだ夜空が残る。その中心に、驚《おどろ》くほど巨大《きょだい》な青い星——惑星《わくせい》カルディナが浮《う》かんでいる。

エオラインによれば、二つの星の距離《きょり》は約五十万キロメートル。ゼーファンはそこをわずか一時間半で飛んできたので、最高速度は時速三十万キロ以上……ざっくりマッハ三〇〇というとんでもない数字になる。惑星《わくせい》カルディナの自転による慣性を加味するとしても、現実世界の飛行機では有り得ない加速力だ。確か、ロケットの地球脱出《だっしゅつ》速度でも時速四万キロ程度だった気がする。

飛竜《ひりゅう》に乗る以外に空を飛ぶすべを持たなかったアンダーワールド人が、二百年でこれほどの技術発展を成《な》し遂《と》げたことは素晴《すば》らしいと思うが、裏返せばゼーファンが損傷したいま、俺とエオラインはカルディナに戻《もど》る手段を失ってしまったということでもある。厳密には心意力《シンイりょく》で飛ぶことは可能だが、とても時速三十万キロは出せない。

ゼーファンから降りる直前に見た計器盤《けいきばん》の時計は、カルディナ時間で午後二時を少し回ったところだったから、神代《こうじろ》博士と約束した午後五時まであと三時間しかない。俺とエオラインの目的を果たせるかどうかもかなり怪《あや》しいし、アスナとアリスが待つセントラル・カセドラルに戻《もど》るのはいっそう困難だ。しかし、ともかく、座《すわ》り込んでいるだけでは何も解決しない。

「なあ、エオライン」

呼びかけると、ヘルメットを脱《ぬ》いだ機士《きし》団長《だんちょう》が、白革《しろかわ》のマスクを少しだけこちらに向けた。その正面に回《まわ》り込み、膝《ひざ》に手をついて目線を合わせる。

「お前、俺が星王《せいおう》本人だってまだ信じてるか？」

その問いに、エオラインはマスクの奥《おく》で両目を何度か瞬《しばた》かせてから、こくりと頷《うなず》いた。

「うん……信じてるよ」

「だったら、ゼーファンを破損させたことは、星王《せいおう》キリトの名において俺が許す。だいたい、下からも黒ミミズが飛んできてることに気付かなかったのは俺のミスだしな。だからそろそろしょげるのは終わりにして、これからのことを相談しようぜ」

「…………」

エオラインは唖然《あぜん》としたようにしばらく口を開けてから、淡《あわ》い苦笑《くしょう》を浮《う》かべた。

「別に、しょげてはいないけどね」

「ウソつけ、カセドラルの地下牢《ちかろう》に入れられた時とそっくり……」

そこで俺は口を閉じ、大きくかぶりを振った。

「いや、なんでもない。ともかく、立てよ」

胸に走った痛みを呑《の》み込んで右手を差し出すと、エオラインは訝《いぶか》しそうに目を細めながらもその手を取った。引っ張って立たせ、機士服《きしふく》の背中に貼《は》り付《つ》いた葉っぱを払《はら》ってやってから、もう一度ゼーファンを見る。

「あれはここに置いておくしかないな。ていうか……俺たちを撃墜《げきつい》した奴《やつ》、どうして襲《おそ》ってこないんだろうな？」

不時着後、俺が真っ先に警戒《けいかい》したのは、心意《シンイ》誘導弾《ゆうどうだん》を発射した何者かの追撃《ついげき》だった。だが、もう五分以上経《た》つのに空も地上も静かなままだ。

エオラインもそれは考えていたらしく、即座《そくざ》に答えた。

「あの誘導弾《ゆうどうだん》を発射したのが無人の自動警戒《けいかい》設備だったか、あるいは僕らをアドミナに足止めすることが主要な目的だったか……だね」

「自動警戒《けいかい》設備……？　そんなもんまであるのか？」

「地上軍で、実現可能性の検討まではしてたはずだ。でも、索敵《さくてき》装置にどうやって敵と味方を識別させるかという問題が解決できなくて、お蔵《くら》入りになったと記憶《きおく》してるけど……」

「なるほどね……」

現実世界の敵味方識別装置は当然ながら電波信号を利用しているが、アンダーワールドには電波の概念《がいねん》はない。アラベル家や皇帝家《こうていけ》の別荘《べっそう》にあった《伝声器》も、携帯《けいたい》電話とはまったく違《ちが》う仕組みで動いているはずだ。

「つまり、探知した機竜《きりゅう》に問答無用で誘導弾《ゆうどうだん》をぶっ放す装置なら作れるってことか？」

「……理論上は」

俺の問いにエオラインはそっと頷《うなず》いたが、すぐに難しい顔で続けた。

「でも、問題は、誘導弾《ゆうどうだん》に交じってたアレ……キリト君言うところの黒ミミズだ。あんな代物《しろもの》を、自動発射装置に搭載《とうさい》できるかな……」

「あー、そりゃそうだな……」

頷《うなず》いた俺は、エオラインと同時にゼーファンの後方を見やった。

そこには、巨大《きょだい》な氷の塊《かたまり》が一つ転がっている。表面は土埃《つちぼこり》で汚れているが、元々の透明度《とうめいど》が高いので、内部に閉じ込められたものがはっきりと視認《しにん》できる。

俺たちは無言で足を動かし、氷塊《ひょうかい》に歩み寄った。

至近距離《しきんきょり》から見る黒ミミズ——生体ミサイルは、予想よりずっとおぞましい姿をしていた。長さ一メートル、太さ五センチ、黒くて長いチューブ状というところまでは戦闘中《せんとうちゅう》に把握《はあく》したとおりだが、体表には六角形の小さな鱗《うろこ》がびっしりと並び、半透明《はんとうめい》の頭部には、カタツムリの目に入《はい》り込む寄生虫を思わせるリング状の模様と黒い斑点《はんてん》がある。ゼーファンを追っていた時の赤い光は消えているが、死んだとは限らない。

「……なあ、エオライン」

「……何だい」

「お前、家族にはなんて呼ばれてるの？」

「はあ？」

機士団長《きしだんちょう》は口をおかしな形に開けてから、呆《あき》れ声《ごえ》で続けた。

「それ、いま訊《き》くことかい？」

「難しい話をする時は、呼びかけを短縮したくなるだろ？　俺のこともキリトって呼んでいいからさ」

「………………」

本当にこれが星王《せいおう》なのかなあ、という気持ちがありありとこもった雄弁《ゆうべん》なため息を漏《も》らすと、エオラインは言った。

「母さ……母親は、エオとかエオルって呼んでたよ」

「なるほどね。じゃあ俺もエオでいい？」

「どうぞ」

芝居《しばい》がかった仕草でひらりと右手を動かす機士団長《きしだんちょう》に、俺は咳払《せきばら》いしてから再度呼びかけた。

「ごほん……なあエオ、前にこれと同じようなのを見たことあるか？」

「ない。でも…………」

エオラインは躊躇《ためら》いがちに右手を伸ばし、自分が作った氷塊《ひょうかい》に指先を少しだけ触《ふ》れさせた。まるで痛みを感じたかのようにさっと引っ込め——。

「……昔の文献《ぶんけん》に、この黒ミミズを連想する記述があった」

「文献《ぶんけん》……？」

「星界統一会議《せいかいとういつかいぎ》の評議員しか閲覧《えつらん》できない、異界戦争《いかいせんそう》の詳細《しょうさい》な記録さ。——《東の大門》での戦いの終盤《しゅうばん》で、ダークテリトリー軍の術師部隊が、味方兵士の天命を空間力に直接変換《へんかん》するという禁術を使って、自動追尾《ついび》能力を持つ生体兵器を作り出したんだ。術式の名前は……確か、《死詛蟲《しそちゅう》》だったかな……」

「……死詛蟲《しそちゅう》……」

異質な響《ひび》きの言葉を繰《く》り返《かえ》した途端《とたん》、両腕《りょううで》の肌《はだ》がかすかに粟立《あわだ》った。

《大門の戦い》の時点では、俺はまだ心神喪失《しんしんそうしつ》状態でロニエとティーゼに守られていたが、戦場での出来事はおぼろげながらも感じ取れた。

峡谷《きょうこく》を突進《とっしん》する人界軍《じんかいぐん》の別働隊に、飢《う》えた虫の大群を思わせる闇素《あんそ》属性の術式が襲《おそ》いかかり、それをたった一人の整合騎士《せいごうきし》が全て自分に引きつけ、命と引《ひ》き替《か》えに味方を守ったのだ。

その騎士《きし》が、カセドラルの薔薇迷路《ばらめいろ》で剣を交えたエルドリエ・シンセシス・サーティワンであったことを、俺は終戦後に知った。エルドリエの神器《じんき》《霜鱗鞭《そうりんべん》》は、彼の師だったアリスがいまも大切に保管している。

二百年前の戦争で使われたおぞましい殺戮《さつりく》用術式が、いまになって、しかも惑星《わくせい》アドミナの上で使われたということなのか……？

俺の疑問を読み取ったかのように、エオラインも頷《うなず》いた。

「有り得ないことだ、と僕も思うよ。異界戦争《いかいせんそう》で使われた大規模攻撃術《こうげきじゅつ》は、終戦後に全て破棄《はき》されたはずだ。でも……実際に詠唱《えいしょう》を行った術師は、当たり前だけど術式を暗記していたわけだからね……。人知れず、術式の写しをどこかに残したという可能性はある」

「……確かに、そうだな」

《システム・コール》の起句から始まる術式は原始的なプログラミング言語のようなもので、式句の意味さえ理解していれば、暗記も記述も、そして改変も難しくない。《死詛蟲《しそちゅう》》術式をモディファイしてこの黒ミミズを生み出すことは、時間はかかるだろうが高位の術師なら可能だろう。

しかしいまは、これを詳《くわ》しく調べている余裕《よゆう》はない。

「とりあえず……このミミズ、どうするんだ？」

俺の質問に、エオラインは「うーん」と唸《うな》ってから答えた。

「氷が溶《と》けたら、また動き出すかもしれないね。かと言って、下手に傷つけて爆発《ばくはつ》したら大変だし。キリト君、きみの心意《シンイ》でどうにかならない？」

「キリトでいいって。ていうか……心意、使っていいのか？」

「誘導弾《ゆうどうだん》を防いだ時や、ゼーファンを不時着させた時も使ったんだから、いまさら気にしても仕方ないさ。まあ、多少控《ひか》えめにしてくれると助かるけど」

「控《ひか》えめって言われてもなあ……」

心意による事象操作は、それがこの世界の常識や通念からかけ離《はな》れたものであればあるほど、大きなイマジネーションを必要とする。たとえば何かを燃やすという単純な心意でも、対象が紙や木の時より、石や鉄である時のほうが大がかりになるわけだ。

フルパワーで念じれば、黒ミミズを周りの氷ごと消滅《しょうめつ》させることも不可能ではない。だが、控《ひか》えめにというエオラインの注文に応えるには、黒ミミズの属性に沿った操作が求められる。

「えーと……」

唸《うな》りながら、俺は氷塊《ひょうかい》に右手を押し当てた。

ごく微弱《びじゃく》な心意を三次元スキャナーのように放射し、黒ミミズに触《ふ》れてみる。例の《心意を侵《おか》す粘液《ねんえき》》に阻《はば》まれることを予想していたが、赤い光と一緒《いっしょ》にそれも消えたらしい。

真っ先に感じたのは、「寒い」という感覚だ。俺ではなく、まだ生きている黒ミミズ自身が熱を求めている。恐《おそ》らく、この疑似《ぎじ》生命を生み出した何者かは、寒さという原始的な危機感を植え付けることによって、最も近い熱源──たとえば機竜《きりゅう》の永久熱素《ねつそ》──を追跡《ついせき》し続《つづ》けるよう黒ミミズをプログラミングしたのだろう。

さらにスキャンを続ける。黒ミミズの腹の中には、闇素《あんそ》が四つも封《ふう》じ込められている。熱素《ねつそ》に接近すると、この闇素《あんそ》がバーストする仕掛《しか》けか。つまりゼーファンの装甲《そうこう》を引《ひ》き裂《さ》いたのは単純な爆発《ばくはつ》ではなく、熱を持たないマイクロブラックホールだったわけだ。

まずはこの闇素《あんそ》をどうにかしないと、危なっかしくて黒ミミズ本体に手が出せない。

少し考えてから、俺は右手の心意《シンイ》スキャンを維持《いじ》したまま、左手を横に突き出した。

「エオ、光素《こうそ》くれ」

「……くれって、自分で作ればいいじゃないか」

ぶつぶつ言いながらも、エオラインは右手の人差し指を俺の掌《てのひら》に近づけ、仄白《ほのじろ》く輝《かがや》く光素《こうそ》を一つ無詠唱《むえいしょう》で生成した。それを受け取り、掌《てのひら》ごとそっと氷塊《ひょうかい》に押し付ける。

光素《こうそ》は、鏡には反射するが透明《とうめい》な物体はすり抜ける性質がある。エオラインが凍素《とうそ》から生成した氷塊《ひょうかい》は不純物がほぼゼロなので、光の粒《つぶ》は抵抗感《ていこうかん》なく沈《しず》んでいく。黒ミミズの体に心意でごく小さな穴を開け、そこに光素《こうそ》を滑《すべ》り込ませる。

紫色《むらさきいろ》の光がちかっと閃《ひらめ》き、消えた。反属性の闇素《あんそ》と光素《こうそ》が互《たが》いを打ち消し合ったのだ。

同じ操作を三回繰《く》り返《かえ》し、黒ミミズの中の闇素《あんそ》を全て消滅《しょうめつ》させると、俺は細長く息を吐《は》いた。

これでブラックホール化する危険は除かれたが、ミミズ本体はまだ生きているし、熱を求める衝動《しょうどう》もそのままだ。氷塊《ひょうかい》から解放されたら、損傷したゼーファンの機関部に潜《もぐ》り込み、爆発《ばくはつ》はせずともパイプか何かを詰《つ》まらせる可能性はある。

「うーん……」

しばし悩《なや》んでから、俺は改めて黒ミミズの全身をスキャンした。

すると半透明《はんとうめい》の頭部とは別に、闇素《あんそ》を除去された体からも、微弱《びじゃく》だが意識の手応えのようなものが返ってきた。頭の縞模様《しまもよう》を見た時に「寄生虫のようだ」と感じたが、実際に別の生き物が頭部に寄生していて、熱を求めているのはそいつらしい。恐《おそ》らく、心意《シンイ》防壁《ぼうへき》を溶《と》かした粘液《ねんえき》の発生源も同じだろう。

両手の指を氷塊《ひょうかい》に押し当てて、心意のメスで黒ミミズの頭部を切り開く。露出《ろしゅつ》した寄生体を、慎重《しんちょう》に引っ張り出していく。

「うわあ、何してるんだよキリト」

エオラインが気色悪そうに言いながら一歩下がった。やっと俺の名前から《君》が取れたが、いまは反応している余裕《よゆう》はない。

楕円形《だえんけい》の寄生体は、お尻《しり》から生えた細長い管を黒ミミズの体内に食い込ませている。それを千切らないよう、じわじわと引き出していく。

やがて全ての管が抜け、完全に分離《ぶんり》した……と思ったその直後、寄生体は氷の中でみるみる萎《しぼ》み始《はじ》めた。どうやら単体では生きられない生物だったらしい。ほんの数秒で形を失い、黄色い粘液《ねんえき》になってしまう。

「……これで、危険はなくなったと思う」

肩《かた》の力を抜きながらそう告げたが、機士団長《きしだんちょう》は近づこうとしない。

「でも、まだ生きてるんだろ、それ」

「まあね……このまま氷ごと押《お》し潰《つぶ》せば死ぬだろうけど」

「うう……それもあんまり見たくないな……」

「俺だってやりたくないよ」

苦笑《くしょう》しつつ右手を下ろそうとした時、俺はまたしてもごくかすかな欲求を感知した。

寄生体を取り除かれた黒ミミズの胴体《どうたい》からも、本能的な衝動《しょうどう》らしきものが放射されている。求めているのは……やはり熱？　いや、違《ちが》う。単なる熱源ではなく、もっと抽象的《ちゅうしょうてき》な温《ぬく》もりのようなもの。

その正体に気付いた途端《とたん》、俺は鋭《するど》く息を吸い込んでいた。

「……どうしたんだい、キリト」

エオラインの囁《ささや》き声《ごえ》に、ぼそりと答える。

「こいつ、子供……赤《あか》ん坊《ぼう》だ」

「あ、赤《あか》ん坊《ぼう》？」

「生まれたばっかりってことさ。こいつを作った何者かは、赤《あか》ん坊《ぼう》に闇素《あんそ》を呑《の》み込ませたり、頭に別の生き物を寄生させたりして、誘導弾《ゆうどうだん》に仕立て上げたんだ」

俺の口調に何かを感じたのだろう。エオラインは少し躊躇《ためら》う気配を滲《にじ》ませてから、小声で訊《き》いてきた。

「キリト……この生き物に同情してるの？」

「や、そういうわけじゃないけど……作った奴《やつ》にはムカついてる」

「同じことだと思うけどね……」

その指摘《してき》には答えず、俺は再び氷塊《ひょうかい》に両手を押し当てた。

黒ミミズは闇《やみ》属性の人造生物だ。普通《ふつう》の生き物とは違《ちが》って、光素《こうそ》由来の術式では天命を回復できない。だからと言って生の闇素《あんそ》をそのまま接触《せっしょく》させれば、物質をえぐり取る性質のせいで体表を傷つけてしまう。

幸い、冷たい氷は属性的には光よりも闇《やみ》に近い。意識を集中し、氷塊《ひょうかい》の中心部にある氷を、霧状《ミストシエイプ》の闇素《あんそ》に直接変換《へんかん》していく。炎《ほのお》から闇《やみ》を作るのに比べれば、必要な心意《シンイ》強度はずっと低いはずだ。

黒ミミズが紫色《むらさきいろ》の霧《きり》に包まれるのを見て、エオラインが囁《ささや》いた。

「うわ……物質変換術《へんかんじゅつ》を無詠唱《むえいしょう》で使えるのか。さすがは伝説の……」

「それはもういいって。だいたい俺の変換術《へんかんじゅつ》なんて、最高司祭《さいこうしさい》サマに比べればなんてことないさ」

と応じてから、エオラインの前で公理《こうり》教会《きょうかい》最高司祭《さいこうしさい》アドミニストレータに言及《げんきゅう》するのはこれが初めてだと気付いたが、機士《きし》団長《だんちょう》は軽く首を傾《かし》げただけで何も言わなかった。

視線と意識を氷塊《ひょうかい》の中に戻《もど》す。目論見《もくろみ》どおり、黒ミミズは闇《やみ》属性の霧《きり》を全身で吸収し、天命を回復させていく。

寄生生物を除去するために俺が切開した頭部の傷もたちまちふさがり、そこに新たな器官が形成される。両側面に三つずつ並んだルビーのような小球は、たぶん目だろう。口はないが、体を覆《おお》う鱗《うろこ》とあいまって、ミミズというよりヘビを連想させる。恐《おそ》らくこれが、兵器化手術を施《ほどこ》される前の本来の姿なのだ。

黒ミミズ改め黒ヘビは、氷塊《ひょうかい》の中心にできた空間の中で盛《さか》んに身動きし始めた。頭の先っぽを壁《かべ》のあちこちに押し当て、出口を探しているらしい。

「……どうするつもり？」

そう囁《ささや》いたエオラインに、俺は目論見《もくろみ》を説明した。

「たぶんこいつ、解放されたら自分が生まれた場所に戻《もど》ろうとすると思うんだよな」

「ああ……なるほど」

マスクの奥《おく》の双眸《そうぼう》に、鋭《するど》い光が宿る。

「それを追いかけていけば、これを作った者の正体……それが無理でも、製造施設《しせつ》の所在地は突き止められるわけか。いい作戦だと思うけど……」

「問題は、誘導弾《ゆうどうだん》並みのスピードで空を飛んでいったらどうするか、だな」

先回りしてそう言うと、俺は右足で軽く地面を叩《たた》いた。

「まあ、頑張《がんば》って走るしかないか。エオ、マラソン……じゃなくて長距離走《ちょうきょりそう》は得意？」

「苦手じゃないけど好きでもないよ」

「俺もだ。じゃあ、こいつを外に……」

そこで言葉を切ると、俺は東の空を見やった。

なだらかな丘《おか》の彼方《かなた》には、茜色《あかねいろ》の朝焼けが広がっている。太陽が昇《のぼ》れば、黄色い花畑に黒々と刻まれた滑走痕《かっそうこん》と〝白銀のゼーファン十三型はさぞかし目立つだろう。

まず滑走痕《かっそうこん》に左手を伸ばし、イメージする。

露出《ろしゅつ》した土の中から、小さな芽が無数に顔を出す。それらはみるみる育ち、葉を広げ、蕾《つぼみ》をつけて、あでやかな花を咲《さ》かせる。

滑走痕《かっそうこん》が消えたことを確認《かくにん》すると、俺は左手を動かし、傷ついたゼーファンに向けた。多様な花の中から、ツル性のものだけを選んで意識を同調させ、ゼーファンの機体に這《は》い上《のぼ》らせる。機種から尾翼《びよく》まで隙間《すきま》なく覆《おお》ったところで花を咲《さ》かせると、巨大《きょだい》な機竜《きりゅう》は小さな丘《おか》にしか見えなくなった。

「……物語の《花呼びホーヤー》みたいだね」

というエオラインのコメントに、俺は三回瞬《まばた》きしてから「まあな」と答えた。そんな題名の物語はまったくもって初耳だが、追及《ついきゅう》していたら完全に夜が明けてしまう。

ともあれ隠《かく》すべきものは隠《かく》せたので、再び氷塊《ひょうかい》を見やる。閉じ込められたままの黒ヘビは、ますます元気に動き回っている。念のためにもう一度意識をフォーカスさせてみたが、俺たちへの敵意は感じない。

「じゃあ、氷を割るぞ」

俺が宣言すると、機士団長《きしだんちょう》は無言で頷《うなず》いた。二人とも革製《かわせい》の機士服《きしふく》を着たままだが、気温は肌寒《はだざむ》いくらいだし走れないということはあるまい。むしろ両腰《りょうこし》に下げた夜空《よぞら》の剣と青薔薇《あおばら》の剣の重量のほうが気になる——とは言え、まさか置いていくわけにもいかない。

いざとなったら心意《シンイ》でズルさせてもらおう、と思いながら俺は夜空《よぞら》の剣を抜いた。

星王《せいおう》が最後にこの剣を使ってからアンダーワールド時間で何年経《た》っているのかは不明だが、漆黒《しっこく》の刀身には曇《くも》りひとつない。カセドラル八十階の解錠《かいじょう》装置に差し込んだ時は意識を向ける余裕《よゆう》もなかったかつての愛剣に、改めて心の中で「またよろしくな」と囁《ささや》きかけると、切っ先を氷塊《ひょうかい》のてっぺんに触《ふ》れさせる。

「…………！」

ごくわずかに力を込めると、ピキッ！　という鋭《するど》い音が響《ひび》いた。

巨大《きょだい》な氷塊《ひょうかい》は、音もなく左右に分離《ぶんり》していく。鏡のように滑《なめ》らかな断面が、朝焼けを反射して茜色《あかねいろ》に光る。

二つの氷が地面に倒《たお》れた瞬間《しゅんかん》、解放された黒ヘビがふわりと空中に浮《う》かび上がった。どんな仕組みで飛んでいるのかはさっぱり解《わか》らないが、傷は完全に癒《い》えているようだ。

三対《つい》の赤い目が、俺とエオラインを見下ろす。だが何の興味もないかのようにすぐさま頭を巡《めぐ》らせると、まだ暗い西の空へと飛び去っていく。

「追うぞ！」

夜空《よぞら》の剣を鞘《さや》に戻《もど》しながらそう叫《さけ》ぶと、俺は地面を蹴《け》った。エオラインもすぐ後ろをついてくる。

幸いなことに、空中をうねりながら進む黒へビのスピードは、ミサイル化していた時よりはずっと遅《おそ》い。それでもこちらはほとんど全力疾走《しっそう》で、現実世界の俺なら一分と保《も》たないだろう。もちろんアンダーワールドでも走れば体に負荷《ふか》がかかるが、持久力はオブジェクト操作権限の数字と直結している。エオラインの権限値が確か62だったが、これは往時の整合騎士《せいごうきし》たちをも超《こ》える数字なので、簡単にへばったりはしないはずだ。俺の１２９という数字については、真《しん》剣《けん》に考える気にもなれない。

「エオ、きつくなったら言えよ！」

それでもいちおうそう声をかけると、すぐに勝ち気な言葉が返ってきた。

「そっちこそ、キリト！」

その声音《こわね》と口調は、ハッとするほど亡《な》き親友に似ていて、俺は一瞬《いっしゅん》駆《か》け足《あし》のピッチを乱してしまった。

だが歯を食《く》い縛《しば》り、思い切り地面を蹴《け》る。どうにか体勢を立て直すと、藍色《あいいろ》の空を見上げる。

十メートル先を飛ぶ黒ヘビは、少しでも気を散らすと暁闇《ぎょうあん》に紛《まぎ》れて見失ってしまいそうだ。いまは為《な》すべきことを全力で遂行《すいこう》しなくてはならない。カルディナでセルカとの再会を心待ちにしているであろうアリスのためにも。

自分にそう言い聞かせると、俺は少しだけペースを上げた。

11

「ロベリアの花……」

小声で呟《つぶや》きながら、シノンはそのアイテム名が自分の記憶《きおく》領域に存在していないことを確認《かくにん》した。

だが、パッテル族《ぞく》のチェットに詳細《しょうさい》を訊《たず》ねるより早く、隣《となり》にいるシリカとリズベットが同時に叫《さけ》んだ。

「「ロベリアの花⁉」」

「え……知ってるの？」

視線を向けると、二人は揃《そろ》って小刻みに頷《うなず》く。しかもその顔には、恐怖《きょうふ》と驚愕《きょうがく》が色濃《いろこ》く滲《にじ》んでいる。

「……レベル5の麻痺《まひ》毒兼《どくけん》ダメージ毒の素材です」

シリカが掠《かす》れ声《ごえ》でそう言ったので、シノンは思わず首を傾《かし》げた。

「ALOにそんな素材あったっけ……？」

「ALOじゃないわ」

大きくかぶりを振ったリズベットに、全員の視線が集まる。続けて発せられたのは、思いも寄らぬ言葉だった。

「ロベリアの花があったのは、ＳＡＯよ」

消滅《しょうめつ》してから二年近くが経過するソードアート・オンライン世界に咲《さ》いていた猛毒《もうどく》の花が、なぜユナイタル・リング世界に存在しているのか——という謎《なぞ》を追及《ついきゅう》するのは後回しにして、シノンたちはチェットから詳《くわ》しい話を聞き出した。

緑色の巨大《きょだい》バチを攻略《こうりゃく》するために必要なロベリアの花は、枯死《こし》した古木の根元にひっそりと咲《さ》くという。乾燥《かんそう》したギヨル平原にはそもそも木が少ないうえに死んだ木はすぐに朽《く》ち果《は》ててしまうので、パッテル族《ぞく》の祖先はロベリアの花を大して集められずに巨大《きょだい》バチに敗れたらしいが、ゼルエテリオ大森林にはいやというほど木が生えているし、枯《か》れ木《き》も簡単には消滅《しょうめつ》しない。実際、森を歩いているあいだに、葉を全て落とした枯死木《こしぼく》をあちこちで見かけた。

こうなると知っていれば、前もってロベリアの花を集めておいたのにと思わなくもないが、それができないのがＲＰＧというものだし、だいいち花の外見を知らない。チェットも実際にロベリアの花を見たことはないので、本来ならば彼女が父親から伝えられた特徴《とくちょう》だけを頼《たよ》りに探さなくてはならないところだが、元ＳＡＯプレイヤーであるリズベット、シリカ、アルゴ、クライン、エギルはアインクラッドで本物を見ている。

まず全員で大きな朽《く》ち木《き》を探し、周辺をＳＡＯ出身の五人が丹念《たんねん》に見回す。やがてエギルが

「あったぞ」と右手を挙げたので、慎重《しんちょう》に近づく。

斧使《おのつか》いが指差す先には、朽《く》ち木《き》の根に隠《かく》れるようにして、小さな花が咲《さ》いていた。

四枚の花弁は美しいバイオレットブルーだが、まるで身もだえるように捻《ねじ》れているのが少々不気味だ。葉の色は紫《むらさき》がかった緑、おしべとめしべは真っ黒。

「なんだ、可愛《かわい》い花じゃん。ぜんぜん猛毒《もうどく》には見えねーなー」

という感想を口にしたのは、チーム《雑草を喰《く》らう者ども》のリーダーを務めるディッコスだった。スケイルアーマーをじゃらじゃら言わせながら花に屈《かが》み込み、右手を伸ばす。

「あっ！」

とシリカやエギルが叫《さけ》んだが間に合わなかった。グローブを外した指先でロベリアの根元を摘《つ》まみ、ぷちっと千切り取った、その瞬間《しゅんかん》。

「ほんぎゃあっ！」

ディッコスが奇声《きせい》を漏《も》らしつつ仰《の》け反《ぞ》った。そのまま左に傾《かたむ》いていき、地面に横倒《よこだお》しになる。

急いで視線をフォーカスさせると、出現したＨＰバーには、黒地に青い花という図案のデバフアイコンが点灯している。ディッコスは硬直《こうちょく》したまま動けず、ＨＰもゆっくりと減少しているので、確かに麻痺毒《まひどく》とダメージ毒両方の効果があるようだ。

「オイオイ、素手《すで》で千切るなよナー」

呆《あき》れ声《ごえ》でそう言ったアルゴが、ベルトポーチから小瓶《こびん》を取り出し、栓《せん》を抜いてディッコスの口に突っ込んだ。製薬スキルを持っているアスナとシノンが作った解毒《げどく》ポーションだが、材料はそのへんで採取した葉っぱや木の実だし、スキルの熟練度も低い。もしこれが効かなければ、ディッコスのユナイタル・リング攻略《こうりやく》はここで終了《しゅうりょう》ということも有り得る。

と思ったのだが、幸いなことにＨＰの減少は三割ほどで止まり、少ししてデバフアイコンも消えた。よろよろと上体を起こしたディッコスが、目の前に落ちているロベリアの花から距離《きょり》を取りつつ呻《うめ》く。

「いやー、ナメてたわ……。《耐毒《たいどく》》と《抵抗《ていこう》》アビ取ってんのに、千切っただけで毒喰《く》らうとはなー」

「言ったでしょ、ロベリアはほんとにヤバいのよ。もし食べてたらいまごろ死んでたわよ」

リズベットの叱責《しっせき》に続いて、チェットもしみじみした口調で言った。

「アタイ、人族《ひとぞく》はみんな利口だと思ってた」

余計な騒動《そうどう》はあったものの全員がロベリアの花の実物を見ることができたので、そこからは三、四人ずつに分かれてひたすら捜索《そうさく》と採取に励《はげ》んだ。

午後三時にいったん集合し、クラインがストレージから出した大きな土鍋《どなべ》に花を入れていく。二十数人でかなりの面積を探し回ったのに、集まったのは土鍋《どなべ》半分にも満たない量だったが、チェットによればこれで充分《じゅうぶん》らしい。

資材小屋の前にかまどとテーブルを設置し、土鍋《どなべ》にロベリアの花がひたひたに浸《つ》かるくらいの水を入れてとろ火に掛《か》ける。すぐに湯気が立ち上り始めるので、見守っていたシノンは小声でチェットに訊《き》いた。

「この湯気、吸い込んでも平気なの？」

「だいじょうぶ。でも、煮汁《にじる》は絶対舐《な》めるなって父ちゃんが言ってた」

「舐《な》めないわよ」

苦笑《くしょう》してから、そっと湯気に顔を近づける。途端《とたん》、この世のものとは思えないほど——事実、仮想世界はこの世ではないのだが——いい香りが頭の真ん中まで突き抜け、シノンは一瞬《いっしゅん》だが放心してしまった。

もちろん使ったことなどないが、ハイブランドの何万円もする香水《こうすい》はこんな感じなのではと思わせる、甘《あま》くて爽《さわ》やかで濃密《のうみつ》なのにすっきりとした芳香《ほうこう》だ。気付けば、シリカやリズベット、リーファたちもかまどの周囲に集まり、盛《さか》んに鼻をくんくんさせている。

シノンも負けじと香りを堪能《たんのう》してから、小さく息をついた。

「……なるほど、これはちょっと舐《な》めてみたくなるわね」

「ですよねー、すっごく甘《あま》そう……」

シリカも深く頷《うなず》く。

いつの間にか、土鍋《どなべ》の中の煮汁《にじる》は花弁と同じ鮮《あざ》やかなブルーに染まっている。代わりに花のほうは小さく萎《しお》れ、いずれ跡形《あとかた》もなく溶《と》け崩《くず》れてしまいそうだ。

素手《すで》で一輪摘《つ》んだだけで死にかけるほどの代物《しろもの》を、鍋《なべ》一つぶん煮詰《につ》めたらどれほどの猛毒《もうどく》になるのか。仮にいま誰《だれ》かが土鍋《どなべ》を摑《つか》んで周囲にぶちまければ、この場の全員を殺すことも可能なのではないか……とそこまで考え、シノンは軽く身震《みぶる》いした。

「……この毒、私たちに作れるってことは、他の勢力……たとえばムタシーナたちにも作れるってことだよね」

呟《つぶや》くと、仲間たちも同じことを考えていたのか揃《そろ》って頷《うなず》く。いつも陽気なクラインまでもが、苦虫を嚙《か》み潰《つぶ》したような顔で言う。

「SAOでも、PK連中の毒技《ドクワザ》に散々してやられたからな。もしコイツが本当にレベル5相当の毒なら、この段階で作れるのはヤベェよな……」

「早いトコ、コイツを解毒《げどく》できる薬も開発しとかねーとナ」

アルゴがそう応じた時、チェットが細長い尻尾《しっぽ》を振りながら割《わ》り込んだ。

「ロベリアの毒、怖《こわ》いけど怖《こわ》くないよ」

「ど、どういうこと？」

首を傾《かし》げるリズベットの隣《となり》で、チェットは小さな体を精一杯《せいいっぱい》反らしながら続けた。

「この毒、完成してから三十分で色と匂《にお》いが抜ける。そしたら、ただの水になる」

「………」

思わず仲間たちと顔を見合わせてしまう。

毒としての効力が三十分しか持続しないなら、確かに大規模PKに使うのは難しい。しかしそれはつまり、毒が完成してから三十分以内にハチの巣の攻略《こうりゃく》を開始、いや完了《かんりょう》させなくてはいけないということだ。

「チェット、これ、あと何分くらいでできるの？」

シノンの質問に、パッテル族《ぞく》の少女は土鍋《どなべ》を覗《のぞ》き込むと、しかつめらしい口調で答えた。

「花がぜんぶ煮溶《にと》けたら完成。たぶん、あと五分くらい」

「おい、こりゃノンビリしてらんねーぞ」

クラインとエギル、アルゴが広場のあちこちで談笑《だんしょう》している攻略《こうりゃく》メンバーたちのところまで走り、状況《じょうきょう》を伝える。シノン、シリカ、リズベットは素焼《すや》きの小瓶《こびん》をテーブルに並べ、毒液を小分けする準備を始める。

ぶっつけ本番の作戦が成功するかどうかは、正直なんとも言えない。昨夜の対ムタシーナ戦のように、予定外の事態に陥《おちい》る可能性も決して低くないだろう。だが、どんな状況《じょうきょう》でも考えることをやめず、あれやこれやの手段でしぶとく踏《ふ》ん張《ば》ることがVRMMOプレイヤーの強さだ。シノンはそれを、いまはこの場にいないキリトから学んだし、きっと仲間たちもそうだろう。泥臭《どろくさ》くても不格好でも最後まで生き残った者が勝利者——それはGGOの《バレット・オブ・バレッツ》も、そしてこのユナイタル・リングも同じはずだ。

シノンは薄曇《うすぐも》りの空を見上げ、ここととは違《ちが》う世界で戦っているのであろうキリトやアスナ、アリスに向けて、「私たちも頑張《がんば》るからね」と心の中で呼びかけた。

12

いままで、現実世界はもちろん、仮想世界でもこんなに一生懸命《いっしょうけんめい》走ったことはない。

そう確信しながら、俺は空飛ぶ黒ヘビをひたすら追いかけた。

幸いだったのは、連続するなだらかな丘《おか》という基本地形がどこまで行っても変化しなかったことと、権限値による基礎《きそ》体力の上昇幅《じょうしょうはば》が思っていた以上に大きかったことだ。走れば呼吸は荒《あら》くなるし筋肉の疲労《ひろう》も感じるが、現実世界ならとっくにぶっ倒《たお》れているであろうペースを、俺もエオラインもどうにか維持《いじ》し続《つづ》けている。

考えてみれば、二百年前の異界戦争《いかいせんそう》で、人界軍《じんかいぐん》の別働隊や暗黒界軍の拳闘士《けんとうし》隊《たい》は何百キロも自分の足で走って移動したのだ。彼らより遥《はる》かに権限値が高い俺が、数十キロ走ったくらいでへこたれていいはずがない。

と自分を叱咤《しった》しつつ、疾駆《しっく》すること三十分。

ついに黒ヘビが高度を下げ始め、俺は半ば祈《いの》るような気持ちで呟《つぶや》いた。

「やっとゴールかな」

「だといいけどね……」

という声に、ちらりと右を見る。

機士団長《きしだんちょう》閣下は、つなぎの機士服《きしふく》を胸の下まではだけさせ、額から幾筋《いくすじ》も汗《あせ》を垂らしている。革《かわ》のマスクがいかにも暑苦しそうで、外せよと言いたいところだがさすがにそれは躊躇《ためら》われる。いや、エオラインがマスクを装着しているのは、《目《め》のあたりの肌《はだ》が太陽の光に弱いから》だったはずだ。まだソルスはぎりぎり東の稜線《りょうせん》から顔を出していないので、いまなら外しても問題なさそうに思えるが……と考えた、その時。

「あっ、キリト、あれ！」

エオラインが張《は》り詰《つ》めた声を上げ、俺は視線を前方に戻《もど》した。

いま登っている丘《おか》の向こうに、何かが見える。

夜明け前の闇《やみ》を残す大きな盆地《ぼんち》の底にひっそりと横たわるのは、明らかに人工の建築物だ。高さは三階建て程度で広さもさほどではないが、すぐ横に長さ五百メートルはありそうな道路、いや滑走路《かっそうろ》が併設《へいせつ》されている。つまりあれは——。

「……基地か？」

「そのようだね……」

頷《うなず》いたエオラインが、俺の右肩《みぎかた》を摑《つか》んで押し下げた。慌《あわ》てて上体を屈《かが》めながら丘《おか》の頂上まで進み、そこで腹ばいになる。

空を見ると、黒ヘビは四角い建物めがけて一直線に飛んでいき、やがて影《かげ》に紛《まぎ》れて見えなくなった。あの建物の内部に、黒ヘビを生み出した《何か》が存在することはほぼ確定と思っていいだろう。

「キリト、見えるかい？　滑走路《かっそうろ》の奥《おく》」

　不意にエオラインがそう囁《ささや》いたので、俺は視線を左に動かした。

　滑走路《かっそうろ》の突き当たりに、黒々とした何かがうずくまっている。一瞬《いっしゅん》巨大《きょだい》なエイかと思ったが、すぐにあれも人造物だと悟《さと》る。ゼーファン十三型を上回るほどのボリューム感がある、大型の機竜《きりゅう》だ。

「……やたら翼《つばさ》がでかいな……」

　俺が呟《つぶや》くと、エオラインも頷《うなず》いた。

「うん、速さじゃなくて積載量《せきさいりょう》を重視した機体みたいだね。あの大きな主翼《しゅよく》の下には支持架《しじか》がたくさんあると思うよ」

「てことは……俺たちに向けて誘導弾《ゆうどうだん》を山ほどぶっ放したのはあいつか？」

「たぶん」

　首肯《しゅこう》すると、機士団長《きしだんちょう》は声を低めて続けた。

「でも、だとすると、僕らのアドミナ入りが事前に察知されていたということになる。情報が漏《も》れたのか、あるいは僕も知らない超高性能の索敵《さくてき》装置が実用化されているのか……」

　俺はもちろん軍事や諜報《ちょうほう》に関しては完全な素人《しろうと》だが、エオラインにとってはどちらも大問題であろうということは解《わか》る。いつものノリで適当なことを言うわけにもいかず、返事に詰《つ》まっ

ている と。

「……キリト。僕はあの基地を調べなきゃいけない。当然、それなりの危険はあるだろうから、君に一緒《いっしょ》に来てくれとは……」

「一緒《いっしょ》に行くよ、決まってるだろ」

慌《あわ》てて割《わ》り込むと、俺はエオラインが反駁《はんばく》する前に早口でまくし立てた。

「一人で行かせてもしお前に何かあったらスティカとローランネイにどう謝《あやま》ればいいか解《わか》らないし、あそこに俺が求めるものがあるかもしれないしさ。ていうか……心意《シンイ》を使っていいなら、わざわざ忍《しの》び込まなくても、建物を地面から引っこ抜いて壁《かべ》や天井《てんじょう》をバラバラに分解することもできると思うけど……」

「…………」

呆《あき》れたのか感心したのか――恐《おそ》らく前者だろう――、エオラインは三秒ほども絶句したが、やがてそっとかぶりを振った。

「いや、あそこにいる連中は、僕らが墜落《ついらく》したことは知ってても、この基地を突き止めたことはまだ知らないはずだ。首謀者《しゅぼうしゃ》は他の場所にいる可能性もあるし、隠密《おんみつ》行動を維持《いじ》できるならそれに越《こ》したことはない」

「確かにそうだな……。じゃあ、ここからはお前の指示に従うよ」

俺がそう宣言すると、エオラインはちらりと胡散臭《うさんくさ》そうな視線を向けてきたものの、すぐに頷《うなず》いた。

「解《わか》った。と言っても、指示は一つだけだけどね。僕の手をしっかり握《にぎ》って離《はな》さないこと」

「て、手を握《にぎ》る……？　さすがに迷子になるような歳《とし》じゃないぞ」

「そうじゃなくて、《クウの心意》を使うからさ」

「く、くう……？」

咄嗟《とっさ》に字面《じづら》が浮《う》かばず、首を傾《かし》げる俺の目の前で、エオラインの人差し指が素早《すばや》く動いて《空》という漢字、ではなく汎用《はんよう》文字を描《えが》いた。

「空……って、どういう……？」

「前に言った《心意を隠《かく》す心意》の発展形、《存在を消す心意》だよ」

「存在を……消す……」

今度は俺が絶句する番だった。白革《しろかわ》のマスクをまじまじと眺《なが》めてから、小声で訊《たず》ねる。

「それってつまり、自分の消滅《しょうめつ》をイメージするってことか？」

「いや、そうじゃない」

エオラインは大きくかぶりを振ると、警告するような声音《こわね》で続けた。

「心意の力で自分自身を実際に消滅《しょうめつ》させるのは不可能だ……ってことになってる。なぜなら、心意の源もまた自分なんだからね。清掃機《せいそうき》の吸引管で清掃機《せいそうき》の本体を吸い込もうとするようなものだ」

——へえ、この時代には掃除機《そうじき》っぽい機械もあるのか。

と余計なことを考えてしまってから、俺は「なるほど、確かに」と頷《うなず》いた。だがエオラインの口許《くちもと》の険しさは消えない。

「……でも、キリトほどの心意力《シンイりょく》があれば、その摂理《せつり》すらもねじ曲げてしまうかもしれない。だから、自分を消す心意なんて、冗談《じょうだん》でも試《ため》したりしちゃいけないよ」

「き、肝《きも》に銘《めい》じます」

右手を軽く持ち上げてそう誓《ちか》うと、俺は質問を重ねた。

「けど、となると、空《くう》の心意ってのは何なんだ……？」

「簡単に言えば、他人が認識《にんしき》する自分を消す心意……だね。いや、消すのともちょっと違《ちが》うな……希釈《きしゃく》するというか、融合《ゆうごう》するというか……」

「希釈《きしゃく》？　融合《ゆうごう》……？」

首を傾《かし》げる俺の隣《となり》で、エオラインは腹ばいになったまま肩《かた》をすくめた。

「詳《くわ》しく説明しようと思ったら一時間以上かかっちゃうよ。いまは、僕にくっついてれば衛兵には見つからないってことだけ信じてほしい」

「わ、解《わか》った……信じる」

「よし。じゃあ、僕の手を握《にぎ》って」

差し出された左手を、俺はしっかりと掴《つか》んだ。

エオラインがマスクの奥《おく》で両目を瞑《つぶ》り、細く、長く息を吐《は》く。

直後、奇妙《きみょう》な感覚が俺を襲《おそ》った。視界の中央に波紋《はもん》にも似た揺《ゆ》らぎが生まれ、後方へ抜けていく。自分と世界の境界が曖昧《あいまい》になり、肉体がふわりと拡散するかの如《ごと》き浮遊感《ふゆうかん》が訪《おとず》れる。

その感覚はすぐに遠ざかったが、完全には消えない。確かにこれは《希釈《きしゃく》》だ。自分という存在が薄《うす》くなっている。

隣《となり》を見やると、俺の右手を握《にぎ》るエオラインの輪郭《りんかく》が、ほんの少しだが実際に揺《ゆ》らいでいる。まるで二人とも幽霊《ゆうれい》になってしまったかのようだ。思わず右手に力を込めると、大丈夫《だいじょうぶ》だよと言わんがばかりに握《にぎ》り返《かえ》してくる。希薄化《きはくか》したのは見た目だけで、実体はちゃんとここにあるらしい。

この摩訶不思議《まかふしぎ》な現象がイマジネーションによる事象操作だとするなら、エオラインの心意は単純な強度こそ俺に及《およ》ばないとしても、技術では遥《はる》かに上回っている。

——防壁《ぼうへき》を作ったり機竜《きりゅう》を浮かせたりする程度でいい気になってる場合じゃないぞ。

そう自分に言い聞かせながら、俺はエオラインと歩調を揃《そろ》えて丘《おか》を下り始めた。

謎《なぞ》の基地は、最初の印象よりかなり本格的な造りだった。

建物は鉄骨と石材を組み合わせた頑丈《がんじょう》そうな構造で、壁《かべ》の厚みは一メートル近くありそうだ。さっきは威勢《いせい》のいいことを言ってしまったが、これを心意力だけで持ち上げるのは鼻歌交じりとはいくまい。

大きさは縦横五十メートル、高さが十メートルほどか。滑走路《かっそうろ》に面した西側の壁《かべ》には格納庫らしき巨大《きょだい》な扉《とびら》があり、人間用のエントランスは南側のようだが、俺たちが向かっている北側にも裏口であろうゲートが見える。

ゲートの両脇《りょうわき》には、黒っぽい制服を着た衛兵の姿がある。彼らが両手で抱《かか》えているのは剣でも槍《やり》でもなく、どう見ても銃《じゅう》だ。現実世界のライフルとは仕組みが違《ちが》うようだが、撃《う》たれれば痛いだけでは済むまい。

しかしエオラインは歩みを止めることなく、まっすぐゲートに近づいていく。もう衛兵たちからもこちらを視認《しにん》できるはずなのに、二人とも身じろぎひとつしない。

丘《おか》を下りきると、地面が花畑から砂利《じゃり》敷きに変わった。ブーツで踏《ふ》むと耳障《みみざわ》りな音が響《ひび》き、思わず首を縮めてしまうが、やはり衛兵が反応する様子はない。エオラインの《空《くう》の心意《シンイ》》がいわゆる隠《かく》れ身《み》の術なら足音まではごまかせないはずなので、先の説明どおり他人の認識《にんしき》能力そのものに介入《かいにゅう》する超高等技術なのだろう。

となると、そんな代物《しろもの》を長時間維持《いじ》し続《つづ》けられるのか心配になるが、ここまできたら信じるしかない。エオラインと歩調を合わせ、最短コースで基地の裏口を目指す。

幸いなことに、ゲートの柵《さく》は開け放たれていた。もっとも、衛兵の認識《にんしき》を阻害《そがい》しているなら扉《とびら》を開けても気付かれないのかもしれないが、敢《あ》えて試《ため》したくはない。

地面の砂利《じゃり》が、石タイルの舗装《ほそう》に変わる。もう衛兵の無表情な顔や、黒光りするライフルがはっきりと見える。

思い返してみると、俺が修剣学院《しゅうけんがくいん》の生徒をしていた頃《ころ》の央都《おうと》セントリアには、こんなふうに立ち番をしている衛兵はほとんどいなかった。なぜならアンダーワールド人は、決して規則を破らないからだ。《入ってはならない》と定められた場所に侵入《しんにゅう》する者などいないのだから、門番も必要ない。その原則は二百年後の現在も同じはずなのに、なぜこの基地やカルディナのセントラル・カセドラルは厳重に警備されているのか。

隣《となり》のエオラインに理由を訊《き》きたいところだが、《空の心意》の発動中に話しかけていいのか確認《かくにん》し忘《わす》れてしまった。もし俺のせいで心意が乱れ、衛兵に見つかったら大惨事《だいさんじ》だ。ひとまず疑問を棚上《たなあ》げし──そのまま忘れてしまうことも多々あるが──、歩くことだけに意識を集中させる。

ゲートは、建物本体からコの字に突き出た塀《へい》の先端《せんたん》に設けられている。裏口なので、ゲートの幅《はば》は三メートルほどしかない。つまり並んで歩く俺たちは、衛兵の真横を通過するわけだ。SAOやALOで似たようなシチュエーションは何度も経験したが、これは筋書きのあるクエストではない。実は衛兵たちは気付いていないふりをしているだけで、最接近した瞬間《しゅんかん》に銃《じゅう》を撃《う》ちまくってくることだって有り得る。

万が一の時は瞬時《しゅんじ》に心意防壁《ぼうへき》を展開できるよう心の準備をしながら、俺は最後の数メートルを歩いた。厳《いか》めしいヘルメットを被《かぶ》った衛兵の視線がこちらに向けられ、通り過ぎ、また戻《もど》る。繋《つな》いだ右手に汗《あせ》が滲《にじ》むが、エオラインの左手は乾《かわ》いたままで、そのひんやりとした感触《かんしょく》が俺をいくらか落ち着かせてくれる。

――ユージオの手もこんな感じだったな。

そんなことを考えながら、俺は衛兵の横を通り過ぎ、塀《へい》の内側への侵入《しんにゅう》を果たした。

基地本体の裏口には、衛兵は配置されていなかった。ガラス戸をそっと開けて中に入ると、薄暗《うすぐら》い通路がまっすぐ延びている。守衛の詰《つ》め所《しょ》も受付カウンターもないのは、やはりここが非正規の施設《しせつ》だからか。

通路を進んでいくと、右手に階段ホールが見えてきた。上りと下り――通路もそのまま先に続いている。どうするのかと思うより先に、エオラインは階段ホールに入り、壁際《かべぎわ》で俺の手を離《はな》して大きく息を吐《は》いた。

途端《とたん》、視界の揺《ゆ》らぎが収まり、不思議な乖離感《かいりかん》も消える。《空《くう》の心意《シンイ》》が解除されたらしい。

深呼吸を繰《く》り返《かえ》しているエオラインに、俺は小声で問いかけた。

「エオ、大丈夫《だいじょうぶ》なのか？」

「……うん、問題ないよ。すぐに回復する」

機士団長《きしだんちょう》はそう答えたが、通路の暗さを差っ引いても明らかに顔色が青白い。俺は機士服《きしふく》のベルトを探《さぐ》り、三連ループから金属の小瓶《こびん》を引き抜いた。ローランネイが高濃度《こうのうど》の回復剤だと言っていたそれを開栓《かいせん》し、エオラインに差し出す。

心意力《シンイりょく》の行使に伴《ともな》う疲労《ひろう》は、数値的な天命の減少ではなくフラクトライト——魂《たましい》そのものの消耗《しょうもう》であるはずなので回復剤がどれほど効くのかは不明だが、エオラインは素直《すなお》に受け取ると「ありがとう」と囁《ささや》いた。

小瓶《こびん》を口許《くちもと》にあてがい、ひと息に飲み干す。戻《もど》した顔には何とも微妙《びみょう》な表情が浮《う》かんでいるので、つい訊《き》いてしまう。

「……それ、美味《おい》しくないのか？」

「うーん……深煎《ふかい》りのコヒル茶にシラルの皮を漬《つ》け込んだみたいな味かな……」

「なるほど」

つまり濃縮《のうしゅく》レモンコーヒーか、と思いながら俺は階段ホールを見回した。案内板のたぐいがないので、何階にどんな施設《しせつ》があるのかは不明だ。

「……で、どこから調べる？」

「君はどう思う？」

そう訊《き》き返《かえ》され、俺は瞬《まばた》きしてから答えた。

「そりゃまあ、地下だろうな」

「なぜ？」

「怪《あや》しげな実験をするなら地下って相場が決まってるだろ」

と答えてから、セントラル・カセドラルの地下には牢屋《ろうや》しかなかったことを思い出す。だがあれはアドミニストレータ猊下《げいか》が唯一無二、唯我独尊《ゆいがどくそん》なメンタリティの持ち主だったからで、ゼーファンを撃墜《げきつい》した奴《やつ》が常識的な悪者なら、やはり隠《かく》すべき施設《しせつ》は地下に配置したくなるだろう。

エオラインもいちおうは納得《なっとく》したらしく、壁《かべ》から背中を離《はな》して言った。

「じゃあ、まずは地下から調べてみよう。ここからは《空《くう》の心意《シンイ》》なしだから、後ろの警戒《けいかい》はよろしく頼《たの》むよ」

「了解《りょうかい》」

頷《うなず》き合《あ》うと、俺たちは忍《しの》び足《あし》で地下への階段を下り始めた。

13

完成した《ロベリアの毒》は、ちょうど小瓶《こびん》二十本ぶんだった。

一口飲んだだけで死んでしまうほどの猛毒《もうどく》なのだから、これだけあればプレイヤーを百人以上も殺せる計算だが、緑色の巨大《きょだい》バチはいかにも毒耐性《どくたいせい》が高そうだし、そもそも飲めと言って飲んでくれるはずもない。

いったいどうやって虫に毒を盛るのかとシリカは遅《おそ》まきながら疑問に思ったが、パッテル族《ぞく》のご先祖様はその問題を、想像もつかない方法で解決していた。

チェットによれば、巨大《きょだい》バチは人族《ひとぞく》や亜人族《あじんぞく》を含《ふく》む大型動物がたくさん暮らしている場所を襲《おそ》い、殺した動物の死骸《しがい》を苗床《なえどこ》にして、巨大《きょだい》な花を育てるのだという。その花が分泌《ぶんぴつ》する蜜《みつ》を餌《えさ》に巨大《きょだい》バチは数を増やし、やがて一群がコロニーから飛び立って、新たな巣を作る。

シリカたちが見つけたドーム状の空間にも、ラフレシアのような花がたくさん咲《さ》いていた。つまりあの場所はかつて他の動物の住《す》み処《か》だったが、巨大《きょだい》バチに襲《おそ》われて全滅《ぜんめつ》し、花の養分にされてしまったということだ。

「……ということは、もしあの巣が大きくなりすぎたら、一部のハチが新しい住《す》み処《か》を作るために旅立つわけですか……」

シリカがそう言うと、クラインが訳知り顔で割《わ》り込んだ。

「そういうの、《分蜂《ぶんぽう》》って言うんだぜ！」

「いまは雑学知識とかいらないのよ」

すかさず突っ込んだリズベットが、表情を引《ひ》き締《し》めて続ける。

「もしそうなったら、次に襲《おそ》われるのはラスナリオかもしれないよね。その意味でものんびりしちゃいられないわ。毒の耐久度《たいきゅうど》もあるし、攻略《こうりゃく》を急がないと」

「そうね。みんな、準備いい？」

今回のレイドリーダーを務めるシノンの声に、一同が「おー！」と答える。

ロベリアの花を煮出《にだ》しているあいだに、それ以外の準備は全て完了《かんりょう》している。作戦に加わるプレイヤーは総勢二十四人。それを三人から五人ずつ六パーティーに分割《ぶんかつ》し、一パーティーに毒の瓶《びん》を三本ずつ分配する。残り二本は、最も素早《すばや》いアルゴとチェットが予備として持つ。

資材小屋に溜《た》め込んだ丸太も、すでに筋力型プレイヤーのストレージに移してある。各自が持っていた食料と飲み物を分け合い、飢えポイント《SP》と乾きポイント《TP》、英気《えいき》も補充《ほじゅう》済み。あとは、パッテル族《ぞく》が代々守り伝えてきた攻略法《こうりゃくほう》が巨大《きょだい》バチに通用することを祈《いの》るだけだ。

午後三時三十分、一同は再びトンネルを抜けて、大樹の枝葉で作られたドームに侵入《しんにゅう》した。

フリスコルによれば、入り口付近に点在している岩や灌木《かんぼく》の内側はハチの反応圏外《けんがい》ということなので、まずそのラインに丸太で壁《かべ》を築いて橋頭堡《きょうとうほ》とする。続いて、隠密《おんみつ》能力に長《た》けた斥候型《せっこうがた》ビルドのプレイヤー六人が、チェットたちに作り方を教わったギリースーツを着て巨大《きょだい》バチの生息圏《せいそくけん》に忍《しの》び込む。

目的は、地面に何十輪も咲《さ》いているラフレシア――正式名称《めいしょう》《ガルガーモルの花》の、蜜《みつ》をたっぷりと湛《たた》えた壺状《つぼじょう》の花芯《かしん》にロベリアの毒を注ぎ入れること。ハチたちは甘《あま》い香りに騙《だま》されて毒入りの蜜《みつ》を吸い、麻痺《まひ》してしまうらしい。

成功すれば敵戦力を大幅《おおはば》に削減《さくげん》できるが、毒を仕込むプレイヤーには相応のリスクがある。ギリースーツも完璧《かんぺき》ではないので、万が一ドームの奥《おく》でハチに気付かれれば、橋頭堡《きょうとうほ》まで退避《たいひ》できずに殺されてしまうかもしれない。

その危険な役目に立候補したのは、意外にも《俊敏《しゅんびん》》アビリティを選んでいたディッコス、ハンミョウ型昆虫人間《シックス》のシシー、フリスコルとアルゴとシリカ、そしてパッテル族《ぞく》のチェット。

正直、NPCの命を危険に晒《さら》したくはないが、チェットは絶対にやると言って聞かなかった。ロベリアの花の探し方、毒の抽出法《ちゅうしゅつほう》と使い方、果てはギリースーツの作り方まで教えてくれたのは彼女なので、ここは受け入れるしかない。

いざという時は銃《じゅう》でチェットたちを援護《えんご》してくれるようシノンに耳打ちしてから、シリカはアルゴに続いて橋頭堡《きょうとうほ》を出た。

大森林の探索中《たんさくちゅう》にレベル17になったので、いままで獲得《かくとく》した総アビリティポイントは16。その半分は温存していたのだが、さきほど《俊敏《しゅんびん》》ツリーの階層《ティア》4アビリティである《隠《かく》れ身《み》》

を取得した。これでハイディング能力は大きく底上げされたはず——ではあるが、VRMMOは前世代のゲームと違《ちが》って、ぬかるみで滑《すべ》ったり石につまずいたりして転ぶ危険が常にある。上空に気を取られて足許《あしもと》をおろそかにしないこと、と自分に言い聞かせつつ慎重《しんちょう》に進む。

シリカの受け持ちは、円形のドームを放射状に六分割《ぶんかつ》したうちの、時計の文字盤《もじばん》に喩《たと》えれば九時のエリアだ。ルート上には背の高い草むらが点在しているので、巨大《きょだい》バチが近くにいないタイミングを選んで、草むらから草むらへと移動していく。

天然ドームの直径は約五十メートルなので、橋頭堡《きょうとうほ》から受け持ちエリアまでの距離《きょり》はほんの二十メートル足らず。ルートの中ほどにある大きな草むらに九十秒ほどで辿《たど》り着《つ》き、一息つきながらちらりと右側を見ると、最も遠い二エリアの担当に立候補したシシーとアルゴは早くもドームの中央部に差《さ》し掛《か》かっていた。

シリカはハンミョウという昆虫《こんちゅう》のことは名前くらいしか知らなかったが、オーストラリアに棲息《せいそく》する種類は、地上を最も速く走る虫と言われているらしい。その触《ふ》れ込みどおり、シシーは細長い足を目まぐるしく動かし、草むらから草むらへとテレポートじみた速さで進んでいく。いっぽうアルゴの、地面を滑《すべ》るかの如《ごと》きスムーズな動きはまるで忍者《にんじゃ》のようだ。

二人に負けてはいられないと、シリカが草むらから離《はな》れようとしたその時。

ぶうぅぅーん……という重く不吉《ふきつ》な羽音が、真上で響《ひび》いた。

即座《そくざ》に動きを止める。全身を草むらと一体化させつつ、どっか行け！　と念じるが、なぜか羽音は上空を行ったり来たりするだけで遠ざかろうとしない。

隠《かく》れ身《み》が見破られたなら、とっくに襲《おそ》いかかってきているはずだ。状況《じょうきょう》を確認《かくにん》するためには顔を仰向《あおむ》ける必要があるが、その動きでターゲットされては元も子もない。

ピナは橋頭堡《きょうとうほ》の中でミーシャと一緒《いっしょ》に待機させているし、ギリースーツからはみ出すような武器や防具も装備していない。いったい何がハチの注意を引いているのか、必死に考えていると──。

何かが擦《す》れるような音と感覚が、左肩《ひだりかた》のあたりから伝わってきた。

うずくまったままゆっくりと右手を伸ばし、音の発生源を探《さぐ》る。指先に何やら丸っこい塊《かたまり》が触《ふ》れたので、摑《つか》んで肩《かた》から引《ひ》き剝《は》がし、目の前まで持ってくる。

「────!!」

口から迸《ほとばし》りかけた絶叫《ぜっきょう》を、シリカは全精神力を振《ふ》り絞《しぼ》って押《お》し戻《もど》した。

右手の中でジタバタと肢《あし》を動かしているのは、全長十センチほどもある巨大《きょだい》な虫だ。巨大《きょだい》と言っても、上空でホバリングしているハチよりはずっと小さいが、現実世界の尺度なら怪物級《かいぶつきゅう》のサイズである。ボールのように膨《ふく》れた胴体《どうたい》は半透明《はんとうめい》で、中には金色の液体が詰《つ》まっている。頭は細長く、口も鋭利《えいり》なニードル状。恐《おそ》らくこの口を植物に突き刺して樹液を吸うのだろうが、動物の血だって吸うかもしれない。

手で摑《つか》んだことが攻撃《こうげき》判定されたのか、虫の頭上に《コハクミツスイダニ》というカーソル

が浮《う》かんだ。どうやら昆虫《こんちゅう》ではなくダニだったようだが、それが解《わか》っても気持ち悪さは薄《うす》れるどころか三割増しだ。ともあれ、巨大《きょだい》バチが上空に留《とど》まっている理由がこのダニなら——。

「……っ！」

シリカは手首のスナップだけで、琥珀色《こはくいろ》のダニを左側に放り投げた。たっぷりと蜜《みつ》を吸ってまん丸く膨《ふく》れたダニは、地面を勢いよく転がっていく。

突然《とつぜん》、ひときわ大きな羽音を響《ひび》かせながら緑色のハチが舞《ま》い降《お》りてきた。六本の肢《あし》でダニを抱《かか》え、上空に飛び去っていく。やはり、狙《ねら》われていたのはミツスイダニだったようだ。気付くのが少し遅《おく》れたらハチはシリカめがけて降下してきて、その瞬間《しゅんかん》にハイディングが破れていたはずだ。

改めて周囲を仔細《しさい》に眺《なが》めると、草地のあちこちを同種のダニが歩いている。これは恐《おそ》らく、ドーム内を隠密《おんみつ》行動しようとするプレイヤーを標的とした罠《わな》だ。体にダニがたかっていることに気付かずにいると、ダニを狙《ねら》ったハチに接触《せっしょく》、発見されてしまう。

他の五人に危険を知らせたいが、大声を出すわけにはいかない。メッセージを飛ばす方法もあるが、チェットには届かない。

——いや、仲間たちはみんな経験豊かなベテランだし、チェットだって賢《かしこ》くて勇敢《ゆうかん》な戦士だ。コハクミツスイダニの存在に気付けば、その危険性も察知できるはず。

そう信じ、シリカは移動を再開した。上空の羽音に加えて地面のダニにも注意を払《はら》いつつ、残る十メートルを走破し、受け持ちエリアに辿《たど》り着《つ》く。

エリア内に咲《さ》いているガルガーモルの花は六輪。ロベリアの毒は三瓶《びん》持ってきているので、一輪に瓶《びん》半分ずつ注いでいけばいい計算だ。だが花には次々とハチが舞《ま》い降《お》りてきて、花芯《かしん》に溜《た》まった蜜《みつ》を吸っていく。そのタイミングを見極《みきわ》めなくてはならない。

シリカは最初の花から三メートルほど離《はな》れた草むらに潜《ひそ》み、ドーム中央にそびえ立つ大樹を見上げた。

樹《き》も大きいが、その幹に悪性腫瘍《あくせいしゅよう》の如《ごと》く貼《は》り付《つ》いたハチの巣の威容《いよう》は空恐《そらおそ》ろしいほどだ。巣に出入りするハチの数は、視界内だけで百匹《びき》を超《こ》える。この世界ではこちらから攻撃《こうげき》するか、向こうにターゲットされるかしないとカーソルが表示されないので、ハチたちの固有名はまだ解《わか》らない。

シリカたちがここに到着《とうちゃく》する以前から偵察《ていさつ》していたフリスコルによれば、ハチの採餌《さいじ》行動は完全なランダムに見えるが、一つの花でハチが蜜《みつ》を吸うと、次のハチは最低三十秒経《た》たないと吸いにこないらしい。つまり、ハチが花から飛び立った直後なら、安全にロベリアの毒を注入できるわけだ。

そのガルガーモルの花は、間近から見ると実に気味の悪い姿をしている。

直径は、大きいものだと二メートル近くある。肉厚の花弁は鮮《あざ》やかな赤紫色《あかむらさきいろ》で、そこに蛍光《けいこう》グリーンの斑点《はんてん》がびっしり浮《う》いているので、じっと見ていると目がチカチカしてくる。

確か現実世界のラフレシアには茎《くき》がなく、地面から直接咲《さ》いていたはずだが、ガルガーモルには長さも太さも五十センチほどの茎《くき》というか幹がある。そこには例のコハクミツスイダニが数匹《ひき》取り付き、硬《かた》そうな表皮に鋭《するど》い口を突き刺している。

見ていると、巨大《きょだい》バチが一匹《ぴき》舞い降《お》りてきて、ガルガーモルの分厚い花びらに止まった。しばらく触角《しょっかく》を動かしてから、壺状《つぼじょう》に凹《へこ》んだ花芯《かしん》に近づき、頭を突っ込む。金属光沢《こうたく》のある腹節《ふくせつ》が、3Dオブジェクトとは思えないほどリアルに伸縮《しんしゅく》する。

ハチは十秒ほどで花芯《かしん》から頭を抜き、前肢《まえあし》で大あごを掃除《そうじ》してから、茶色の翅《はね》を広げて飛び立った。

――ここだ。

シリカは草むらから出ると、ガルガーモルの花へと走った。右手に準備していた毒瓶《どくびん》の栓《せん》を抜き、花弁越《ご》しに思い切り手を伸ばす。どうにか花芯《かしん》の穴まで届いたので、慎重《しんちょう》に瓶《びん》を傾《かたむ》ける。

わずかに粘性《ねんせい》のある青い液体がとろりと流れ出し、花芯《かしん》に吸い込まれていく。目分量で半分注ぎ、素早《すばや》く瓶《びん》の向きを戻《もど》す。

だがその動きが乱暴すぎたのか、瓶《びん》の口から液体が何滴《てき》か飛び散り、シリカの右手を掠《かす》めて花弁の上に落ちた。

ぎくりと体をすくめてしまってから、左手に持っていた栓《せん》をしっかりと瓶《びん》の口に押し込む。

すでに、さっきのハチが飛び去ってから二十秒近く経過している。次のハチが舞《ま》い降《お》りてくるまで、最短ならあと十秒。

再び上体を屈《かが》め、ガルガーモルの花から離《はな》れる。目星を付けておいた草むらに辿《たど》り着《つ》くと、詰《つ》めていた息をはあっと吐《は》き出す。

ミーティングの時には、毒の注入作業そのものは難しくないと思ったのだが、やはり想像と実践《じっせん》は違《ちが》う。もしもさっき飛び散った毒液が右手を直撃《ちょくげき》していたら、シリカは即座《そくざ》に麻痺《まひ》し、花の上に倒《たお》れてしまったはずだ。

リズベットが作ってくれた鉄甲《てっこう》つきのグローブを嵌《は》めれば毒耐性《どくたいせい》は上がるだろうが、指先の感覚が阻害《そがい》される。それもまた、VRMMOならではの苦労だ。仲間の誰《だれ》かが革細工《かわざいく》スキルを習得できたら、キリトが愛用しているような指ぬきグローブを作ってもらおう、と考えながらシリカは次の花めがけて走った。

二つ目、三つ目、四つ目のガルガーモルに毒を注ぎ終えると、瓶《びん》は残り一本となった。

作戦が始まってから――ではなくロベリアの毒の抽出《ちゅうしゅつ》作業が終わってから、すでに十五分が経過している。毒の効果が消える前になるべく多くのハチに摂取《せっしゅ》させなくてはならないので、のんびりしている余裕《よゆう》はない。

五つ目のガルガーモルからハチが飛び立つのをじりじりしながら待ち、隠《かく》れ場所《ばしょ》を離《はな》れた、その瞬間《しゅんかん》。

「キイイイイッ！」

という甲高《かんだか》い悲鳴が背後から聞こえた。

反射的に振り向くと、十五メートルほど離《はな》れた場所から、巨大《きょだい》な影《かげ》が飛び立つのが見えた。最初は超《ちょう》大型のハチかと思ったが、すぐに違《ちが》うと気付く。二匹《ひき》のハチが、協力して何かを運んでいるのだ。もさもさした植物の塊《かたまり》……ではない。

あれは、ギリースーツを着たチェットだ。

頭と背中を摑《つか》まれているのにまったく抵抗《ていこう》せず、手足と尻尾《しっぽ》をだらりと垂らしたままなので、すでに気を失っているらしい。カーソルを表示させると、HPはまだ八割以上残っているが、バーの右側に毒針を図案化したデバフアイコンが点灯している。恐《おそ》らく、ハチの針に刺されて麻痺《まひ》してしまったのだ。

六人のうち最も小柄《こがら》で隠《かく》れ身《み》にも長《た》けたチェットが、なぜハチに発見されてしまったのか……いや、あれこれ考える前に助けなくては。

シリカは右手の瓶《びん》を地面に置くと、その手をギリースーツの懐《ふところ》に突っ込み、左腰《ひだりこし》に装備した《上質な鋼《はがね》のダガー》を握《にぎ》った。だが、ハチはすでに六、七メートルもの高さに達している。跳躍系《ちょうやくけい》のソードスキルを使っても、恐《おそ》らく届かない。

「……シノンさん！」

シリカは懸命《けんめい》に声を抑《おさ》えながら、ドーム南側の橋頭堡《きょうとうほ》を見やった。

開口部では、すでにシノンが膝立《ひざだ》ちになり、マスケット銃《じゅう》を構えている。だが、一秒、二秒と経過しても、銃口《じゆうこう》は火を噴《ふ》かない。

撃《う》って！　と叫《さけ》びそうになってから、シリカはようやく気付いた。

二匹《ひき》のハチは、麻痺《まひ》したチェットに覆《おお》い被《かぶ》さっている。あの状況《じようきよう》でハチだけを狙《ねら》い撃《う》つのは、名手のシノンでも困難なのだろう。だがこのままでは、チェットが遥《はる》か上空の巣へと連れ去られてしまう。

ここに、キリトかアスナがいてくれたら――！

そう考えてしまってから、シリカは思い切り歯を食《く》い縛《しば》った。

二人もいまごろアンダーワールドで頑張《がんば》っているはずだ。脊髄《せきずい》反射的に頼《たよ》ろうとするのではなく、自分の頭で考えなくてはならない。

チェットは二匹《ひき》のハチに見つかって攻撃《こうげき》されたが、ドーム内を飛《と》び交《か》っている他のハチたちには連鎖《リンク》していない。恐《おそ》らく二匹《ひき》は小柄《こがら》なパッテル族《ぞく》を、外敵ではなく獲物《えもの》と判断したのではないか。だからその場で殺そうとせず、毒で麻痺《まひ》させた。

ならば巣に運ばれても、すぐには殺されないだろう。考えたくないことだが、食料にされるまでにはいくらかの猶予《ゆうよ》があるはずだ。そのあいだにハチの群れを全滅《ぜんめつ》させられれば、きっとチェットは助かる。

シリカは、頭上を運ばれていく仲間――友達から断腸の思いで視線を外した。

残りのガルガーモルに急いでロベリアの毒を注入し、空になった瓶《びん》を放り捨てる。橋頭堡《きようとうほ》に戻《もど》るべく移動し始めた時、少し離《はな》れた場所にボトッと音を立てて墜落《ついらく》してきたものがあった。麻痺《まひ》した巨大《きょだい》バチだ。

レイドメンバーであるチェットが攻撃《こうげき》されたので、ハチの頭上にカーソルが出現している。表示された固有名は、《ギルナリス・ワーカー・ホーネット》。頭の単語は見覚えがないが、後ろは働きバチという意味だろう。HPバーの右側には、黒地に青い花という図柄《ずがら》のアイコン。ロベリアの毒が触《ふ》れ込みどおりの効果を発揮し、麻痺毒《まひどく》を持つハチを麻痺《まひ》させたのだ。

もう一匹《ぴき》……さらにもう一匹《ぴき》。ハチは次々と落下してくる。群れの半数を無力化できれば、二十四、いやチェットを除いて二十三人という中規模のレイドでも勝機を摑《つか》めるはずだ。

上空では、仲間の異変を察知したのか、毒入り蜜《みつ》を吸っていないハチたちが警戒感《けいかいかん》も露《あら》わに飛《と》び交《か》っている。戦端《せんたん》が開かれれば、ドーム内は瞬時《しゅんじ》に修羅場《しゅらば》と化すだろう。

そこからはもう、あれこれ考えている余裕《よゆう》はない。状況《じょうきょう》を広く把握《はあく》し、最善の判断を最速で下し続けるのだ。キリトのように、アスナのように、でも自分らしく。

アルゴ、シシー、フリスコル、ディッコスとほぼ同時に、シリカも橋頭堡《きょうとうほ》に帰り着いた。すかさず覗《のぞ》き穴《あな》に右目を押し当てると、ちょうどチェットが巣に運《はこ》び込まれるところだった。

──絶対、絶対助けるからね。

シリカがそう念じた直後、レイドリーダーのシノンが凜乎《りんこ》たる声を響《ひび》かせた。

「戦闘《せんとう》開始！　建築隊、護衛隊、前進！」

14

謎《なぞ》の基地の中は、ゲートにいた衛兵が人形だったのではないかと思えてくるほどの静けさに包まれていた。

弱々しい光に照らされた下り階段は、踊《おど》り場《ば》で三回、四回と折り返しても次の階に着かない。歩きながら懸命《けんめい》に耳を澄《す》ませるが、聞こえるのは俺とエオラインの足音だけ。

地下三階ぶんくらい下りたところで、俺はふと脳裏《のうり》に浮《う》かんだ疑問を小声で口にした。

「なあ、この地下って、人力で掘《ほ》ったのかな……？」

するとエオラインが、横目で咎《とが》めるような呆《あき》れるような視線を向けてくる。

「それ、いま答えないとだめかい？」

「だ、だめってことはないけど……」

「まあ、いいけどね。この規模の地下工事だと、たいてい《闇素掘削工法《あんそくっさくこうほう》》を使うんだ」

「あ、闇素《あんそ》……？」

どういうことなの、と首を捻《ひね》りかけてから気付く。

闇素《あんそ》は、バーストさせると周囲の物質を巻《ま》き込んで消滅《しょうめつ》する。地下深くにある岩盤《がんばん》は優先度が途轍《とてつ》もなく高いので闇素《あんそ》では削《けず》れないだろうが、土壌《どじょう》は逆に優先度が低い。つまり、地面に大量の闇素《あんそ》を生成して次々にバーストさせていけば、シャベルや重機を使わずに穴を掘《ほ》れるし残土の処理も必要ないわけだ。

「なるほどなあ……。でも、危なくないのかそれ？　闇素《あんそ》の精密制御《せいぎょ》は、相当な高位術師じゃないとできなかった気がするけど」

「そのとおりだよ。安全にこの工法を使えるようになったのは、闇素《あんそ》の多重解放に耐《た》えられる《光素浸透鋼板《こうそしんとうこうはん》》術式が……」

そこで唐突《とうとつ》に説明を打ち切ると、エオラインは素早《すばや》く前方を指差した。

もう何度折り返したか解《わか》らない下り階段の突き当たりに、片開きの扉《とびら》が見える。やっと次のフロアに着いたらしいが、体感ではもう地下五階ぶんくらい潜《もぐ》っている。闇素掘削工法《あんそくつさくこうほう》とやらを使ったとしても、大工事だったのは間違《まちが》いない。これほど深い場所に設置しなくてはならないものとは、いったい何なのか。

エオラインと軽く頷《うなず》き合《あ》い、残りの階段を忍《しの》び足《あし》で下りる。扉《とびら》の前まで来ても、やはり何の音も聞こえない。扉《とびら》に鍵穴《かぎあな》は見当たらないので、押し下げ式のハンドルを握《にぎ》り、五センチほど引き開ける。

隙間《すきま》から覗《のぞ》くと、床《ゆか》も壁《かべ》も金属剝《む》き出《だ》しの通路がまっすぐ延びている。手前は薄暗《うすぐら》いが、奥《おく》には何か光源があるらしく、ぼんやりと明るい。

見える範囲《はんい》に人の姿はないので、さらにドアを開けて通路に忍《しの》び込む。夜空《よぞら》の剣と青薔薇《あおばら》の剣を両腰《りようこし》に吊《つ》った俺が全体重を掛《か》けても、足許《あしもと》の床《ゆか》がたわむ気配はない。よほど分厚い鉄板を使っているようだ。

これまでと同様に、エオラインが前、俺が後ろを警戒《けいかい》しながら進む。やがて、光源の正体が明らかになる。前方右側の壁《かべ》が一部ガラス張りになっていて、その向こうから青白い光が漏《も》れているのだ。

突き当たりにも扉《とびら》があるが、操作盤《そうさばん》が設置されているので階段ではなくエレベーターらしい。つまりあちらが正式な移動経路で、俺たちが使ったのは非常階段というわけか。通路は完全な一本道なので、エレベーターから誰《だれ》かが出てきたら隠《かく》れる場所はない。その時はエオラインにもう一度《空《くう》の心意《シンイ》》を使ってもらうしかないが、まだ顔色は完全には戻《もど》っていないようだ。もしかすると、日光に弱いという話も含《ふく》めて、もともと体が丈夫《じようぶ》ではないのかもしれない。

そこだけは、華奢《きやしや》な見た目のわりにタフだったユージオとは違《ちが》うな……と思いながら、俺は機士団長《きしだんちよう》の背中を追った。

仄《ほの》かな鉄臭《てつくさ》さが漂《ただよ》う通路を慎重《しんちよう》に進み、右の壁《かべ》がガラス張りになっている場所まで到達《とうたつ》する。下側一メートルほどは鉄壁《てつかべ》のままなので、その陰《かげ》にしゃがみ込み、二人並んでそっと頭を持ち上げる。

「…………!!」

途端《とたん》、予想もしない光景が目に飛《と》び込んできて、俺は危《あや》うく声を上げてしまうところだった。

ガラスの向こうは横長の小部屋で、正面の壁《かべ》もまたガラス張りになっている。その奥《おく》には、ちょっとした体育館並みの空間があり――広大な床《ゆか》の真ん中に、にわかに信《しん》じ難《がた》いものが存在していた。

鈍《にぶ》く光る漆黒《しっこく》の鱗《うろこ》。とぐろを巻く長大な体。先細りの尾《お》と、鋭《するど》く尖《とが》るくさび形の頭。

ヘビだ。しかし大きさがとんでもない。胴体《どうたい》は大人二人がかりでも抱《かか》えられないほど太く、長さは容易に想像できないが、二十メートルは下らないのではないか。体長だけなら整合騎士《せいごうきし》たちが乗っていた飛竜《ひりゅう》をも超《こ》えるサイズだろう。

「……神獣《しんじゅう》……」

隣《となり》のエオラインが、畏怖《いふ》の滲《にじ》む声で囁《ささや》いた。

神獣《しんじゅう》。それは遥《はる》かな昔、人界《じんかい》の各地に棲息《せいそく》していたという巨大《きょだい》な生物――ゲーム風に言えばネームドモンスターのことだ。しかし彼らの大部分は、最高司祭《さいこうしさい》アドミニストレータの命令を受けた整合騎士に討伐《とうばつ》され、強力な武具である神器《じんき》の素材になったと聞く。俺が直接目撃《もくげき》したところでは、エルドリエの《霜鱗鞭《そうりんべん》》やデュソルバートの《熾焔弓《しえんきゅう》》が神獣《しんじゅう》由来の神器《じんき》だったはずだ。

「こ、この時代にも神獣《しんじゅう》っているのか？」

思わずそう訊《き》くと、現在の整合機士団《せいごうきしだん》を統《す》べる青年は小さく頷《うなず》いた。

「そりゃあいるよ。でも、全ての神獣《しんじゅう》は星界法《せいかいほう》で厳重に保護され、彼らの支配領域に立ち入ることすら禁じられているんだ。こんな地下深くに閉じ込めるなんて、まさに神をも恐《おそ》れぬ蛮行《ばんこう》だよ……」

　エオラインが言う神とは、すなわち創世神ステイシアのことだろう。その《中の人》であるアスナのほわんほわんした笑《え》顔《がお》を思い出すと妙《みょう》な感覚に襲《おそ》われるが、ひとまず「なるほどな」と答えておいて、さらに観察する。

　大部屋の床面《ゆかめん》には赤や緑に色分けされたチューブが何本も這《は》い回《まわ》り、その中の二本が大蛇《だいじゃ》の口に突っ込まれている。杭《くい》のように太い針を使って、胴体《どうたい》に直接繋《つな》がれているチューブもある。恐《おそ》らく大蛇《だいじゃ》は単に眠《ねむ》っているのではなく、あのチューブ経由で流《なが》し込まれる薬剤《やくざい》によって昏睡《こんすい》させられているのではないか。

　いままで多くのゲーム世界で数え切れないほどのモンスターを殺してきた俺に憤《いきどお》る資格などないのかもしれないが、それでも思わず両拳《りょうこぶし》を握《にぎ》り締《し》めてしまった、その時。

　エオラインが俺の右肩《みぎかた》に触《ふ》れ、その手で大蛇《だいじゃ》の頭のあたりを指差した。

「あそこ……何か動かなかった……？」

「え……」

　両目を細めて、床《ゆか》にぐったりと投げ出された大蛇《だいじゃ》の頭を凝視《ぎょうし》する。

　確かに、巨大《きょだい》な頭が作る影《かげ》の中に何やら動きがあるようだ。分厚いガラスを二枚隔《へだ》てているせいではっきりとは視認《しにん》できないが、大蛇《だいじゃ》の鼻先でせわしなく蠢《うごめ》くのは——もしや。

「エオ、あれ、俺たちが追っかけてた黒へビじゃないか？」

「あ……確かにそうかも……。でも、どうやってこんな地下まで？」

機士団長《きしだんちょう》の疑念はもっともだ。ガラスに左頬《ひだりほお》を押し当てながら見上げると、床《ゆか》や壁《かべ》と同じく鉄板剝《む》き出《だ》しの天井《てんじょう》の隅《すみ》には、ルーバーが嵌《は》め込まれた開口部が設けられている。

「あれが換気口《かんきこう》なら、建物の屋根まで続いてるはずだ」

俺が囁《ささや》くと、エオラインもガラスに顔を押しつけながら頷《うなず》いた。

「確かに。つまり、黒へビが生まれたのはこの場所……いや、もしかすると……」

そこで言葉は途切《とぎ》れたが、エオラインが何を言おうとしたのかは俺にも解《わか》った。

黒へビを生み出した《何か》こそ、昏睡《こんすい》させられている巨大《きょだい》な神獣《しんじゅう》なのではないだろうか。この施設《しせつ》を管理している連中は、捕獲《ほかく》した神獣《しんじゅう》に何らかの手段で子供を産ませて、その子供、いや赤《あか》ん坊《ぼう》の頭に寄生虫を植え付け、腹には闇素《あんそ》をいくつも吞《の》み込ませて、生体ミサイルへと仕立てた。

神獣《しんじゅう》の子供なら、生まれたばかりでも天命値はそれなりに高いだろうし、飛行の特殊《とくしゅ》能力を持っていても不思議はない。そのうえ育てる手間もないわけで、兵器の素材としては優秀《ゆうしゅう》なのだろうが、星界法《せいかいほう》どうこう以前に人の所行とは思えない冷酷《れいこく》さだ。

赤《あか》ん坊《ぼう》のへビは、母親を起こそうとしているのだろう、尖《とが》った鼻先で大蛇《だいじゃ》の口許《くちもと》を繰《く》り返《かえ》しつついている。しかし大蛇《だいじゃ》はぴくりとも動かない。

よくよく見ると大蛇《だいじゃ》の頭の側面には、濃《こ》い灰色の膜《まく》で閉ざされた眼窩《がんか》が三つも並んでいる。膜《まく》の下の目はきっと、赤《あか》ん坊《ぼう》と同じルビー色なのだろう。だが、口に流《なが》し込まれている薬剤《やくざい》をなんとかしない限り、大蛇《だいじゃ》が目覚めることはない。

「エオ……どうするんだ？」

俺がそう問いかけても、機《き》士《し》団長《だんちょう》はすぐには答えようとしなかった。

五秒ほども経《た》ってから、悔《くや》しそうな声で囁《ささや》く。

「……残念だけど、いますぐにあの神獣《しんじゅう》と子供を助ける方法はない。基地の場所は解《わか》ったから、いったんカルディナに戻《もど》って、星界統一会議《せいかいとういつかいぎ》に報告したうえで正規の査察団を……」

エオラインがそこまで言った時、ガラス越《ご》しにかすかな金属音が聞こえた。

急いで大部屋の中に目を戻《もど》すと、俺たちから見て左側の壁《かべ》に設けられた分厚い扉《とびら》がゆっくりと開いていく。その奥《おく》から現れたのは、二つの人影《ひとかげ》。やけにずんぐりしているのは、現実世界の化学防護服を彷彿《ほうふつ》とさせる、全身をすっぽり覆《おお》うスーツを着ているからだ。

二人はまっすぐ神獣《しんじゅう》に近づいていく。前を歩く防護服は、右手に長い金属の棒を携《たずさ》えているようだ。

母親の口許《くちもと》で飛《と》び跳《は》ねる赤《あか》ん坊《ぼう》ヘビは、まだ二人に気付いていない。思わず「早く逃げろ」と念じてしまうが、もちろん伝わるはずもなく——。

先頭の防護服が、金属棒を赤《あか》ん坊《ぼう》ヘビに向けた。すると先端《せんたん》についているヤットコ状の器具が勢いよく伸び、ヘビの胴体《どうたい》をしっかりと挟《はさ》み込んだ。

ヘビは火がついたように暴れるが、鋼鉄のヤットコからは逃《のが》れられない。金属棒が元の長さに戻《もど》ると、防護服たちは捕獲《ほかく》した赤《あか》ん坊《ぼう》ヘビを高く掲《かか》げ、何やら話し始めた。

懸命《けんめい》に耳をそばだてるが、二十メートルも離《はな》れているうえにガラスを二枚挟《はさ》んでいるので、まったく聞こえない。エオラインに目配《めくば》せしてから中腰《ちゅうごし》のまま通路を進み、窓に隣接《りんせつ》している扉《とびら》を開けて、神獣《しんじゅう》の観察用であろう小部屋に忍《しの》び込む。

すると、壁《かべ》の上部に設置されたスピーカーらしき箱から、ごくかすかだが話し声が聞こえてきた。恐《おそ》らくどちらも男だ。

『……が勝手に産卵《さんらん》することなど有り得ないぞ。前回の促進剤投与《そくしんざいとうよ》は八日前だから、腹の中の卵が最低限の大きさに成長するまであと二週間はかかるはずだ』

『しかし、ならばその幼体はどこから現れたんだ？　まさか、採卵《さいらん》の時に見逃《みのが》したとでも言うのか？』

『採卵《さいらん》の手順からしてそれも考えにくいが……どうあれ、急ぎ対処しなくては。この幼体に、改めて誘導弾化処置《ゆうどうだんか》を行うか？』

『いや、もう処置可能な大きさを超《こ》えている。いまから虫を寄生させても、脳を完全には支配できない。処分するしかないな』

身振《みぶ》りからして、そう言い放ったのは金属棒を持っていないほうの男だと思われた。防護服のベルトに装着されたケースを開け、中から大型の注射器を取り出す。

『しっかり押さえてろよ』

金属棒を保持する相棒にそう言うと、男は注射器のキャップを外した。危険を察したのか、赤《あか》ん坊《ぼう》ヘビはいっそう激しく暴れるが、ヤットコ状の金具に首許《くびもと》をがっちり挟《はさ》まれていて脱《だつ》出《しゅつ》できない。

男が、ゆっくりと注射器を近づけていく。

鋭利《えいり》な針先が、ヘビの喉元《のどもと》に迫《せま》る。

瞬間《しゅんかん》――。

甲高《かんだか》い音を立てて注射器の針が根元から折れ、コンマ一秒遅《おく》れて注射器の本体も粉々に砕《くだ》け散《ち》った。

『うおっ⁉』

『な、何だ⁉』

防護服の男たちが仰天《ぎょうてん》したように飛《と》び退《の》いたのと同時に、俺とエオラインも揃《そろ》って「あっ」と声を漏《も》らした。

素早《すばや》く窓の下に隠《かく》れてから、無言で顔を見合わせる。注射器本体を砕《くだ》いたのは俺の心意《シンイ》だが、針を折ったのは俺ではないし、この状況《じょうきょう》では機士《きし》団長《だんちょう》の仕業以外には考えられない。

なんだよ、この生き物に同情してるの？　とか言ってたくせに……と指摘《してき》してやる余裕《よゆう》は、残念ながらなかった。突然《とつぜん》、騒々《そうぞう》しいサイレンの音が小部屋に、いや恐《おそ》らくは基地全体に響《ひび》き渡《わた》ったのだ。

反射的に大部屋を覗《のぞ》くと、防護服の男たちが注射器の残骸《ざんがい》とヤットコ付き金属棒を放り出し、左側の扉《とびら》に駆《か》け戻《もど》っていくところだった。解放された赤《あか》ん坊《ぼう》へビは、昏睡《こんすい》する大蛇《だいじゃ》の頭の下に潜《もぐ》り込む。ヘビの命はひとまず助かったが、喜んではいられない。

「まずいな……さっきの心意を探知されたんだ」

囁《ささや》くエオラインに、俺は慌《あわ》てて問いかけた。

「ど、どうする？　逃げるか？」

「いや……僕たちが心意を使ったのは一瞬《いっしゅん》だったから、正確な場所までは把握《はあく》できなかったはずだ。焦《あせ》って移動するより、この部屋に隠《かく》れてたほうがいい」

「で、でも、ここにだって……」

俺が言い終えるより早く、通路のほうから高圧の空気が噴射《ふんしゃ》されるような音が聞こえてきた。四《よ》つん這《ば》いで通路側の窓に飛びつき、奥《おく》を覗《のぞ》くと、エレベーターの操作《そうさ》盤《ばん》に取り付けられた階数表示器が動いている。

元《もと》の場所に戻り、言葉の続きを口にする。

「……衛兵が来たみたいだぞ」

「大丈夫《だいじょうぶ》、もう一度《空《くう》の心意》を使う」

そう答えるや、エオラインは俺の左腕《ひだりうで》を摑《つか》んでぐいっと引き寄せた。

頭が機士《きし》団長《だんちょう》閣下の右肩《みぎかた》に乗っかる体勢になり、少なからず動転してしまうが、背中をしっかり押さえ込まれているのでもう身動きはできない。

再び、例の不思議な感覚が訪《おとず》れる。肉体が希薄化《きはくか》し、霧《きり》の如《ごと》く拡散していく。エオラインの体に押し付けられている箇所《かしょ》の接触感《せっしょくかん》も曖昧《あいまい》になり、どこまでが自分なのか解《わか》らなくなる……。

不意に、痛いほどの冷気が、希釈《きしゃく》された俺の知覚を貫《つらぬ》いた。

いや、単なる冷たさとも違《ちが》う。強《し》いて言うならば、あらゆる熱や光を喰《く》らいながら渦巻《うずま》く、闇《やみ》の炎《ほのお》──。

背後で、扉《とびら》が開く音がした。

俺はほんの少しだけ顔を動かし、波紋《はもん》のように揺《ゆ》らぐ視界に冷気の源を捉《とら》えようとした。

鋼鉄の床《ゆか》を、鏡のように磨《みが》かれた黒革《くろかわ》のブーツが踏《ふ》み、鳴り続けるサイレンの中にカツンと無機質な音を響《ひび》かせた。

15

「掩体《バンカー》B、耐久度《たいきゅうど》四十パーセント！」

シノンの目の前で、ホルガーが片手剣を振り回しながら叫《さけ》んだ。

二人の左側には、二本の支柱で斜《なな》めに持ち上げた棟木《むなぎ》に左右から丸太を立てかけ、ロープで固定しただけの簡素な小屋――アウトドア用語では《Aフレームシェルター》と言うらしい――が建っている。後方に素通《すどお》しの出入り口が設けられているだけで扉《とびら》も窓も床《ゆか》もないが、最低限の素材で作れるわりに耐久度《たいきゅうど》は高い。

しかし、壁《かべ》の上に出現させたままのプロパティ窓の耐久度《たいきゅうど》は、最大値の4000からすでに1600弱まで減少している。壁《かべ》に取り付いた何匹《びき》もの巨大《きょだい》バチ――正式名称《めいしょう》《ギルナリス・ワーカー・ホーネット》が鋭《するど》い大アゴで丸太を噛《かじ》り、ダメージを与《あた》えているのだ。

「すぐ修理すっから、もうちょい踏《ふ》ん張《ば》れ！」

右のほうからディッコスの声が聞こえ、ホルガーが「早いとこ頼《たの》むぜ！」と叫《さけ》び返《かえ》す。その勢いで片手剣を斜《なな》め下からフルスイングし、急降下してきた巨大《きょだい》バチを弾《はじ》き返《かえ》す。

ハチはぐるぐる回転しながら吹《ふ》き飛《と》んだが、すぐに空中で翅《はね》と肢《あし》を広げて踏《ふ》み留《とど》まった。

瞬間《しゅんかん》、シノンはマスケット銃《じゅう》の照準を六本足の付け根に合わせ、引き金を引いた。

ダーン！　と乾《かわ》いた炸裂音《さくれつおん》が轟《とどろ》き、発射された弾丸《だんがん》が、昆虫型《こんちゅうがた》モンスター共通の弱点である胸の真ん中を貫通《かんつう》する。ハチのHPバーがゼロになり、空中で一瞬《いっしゅん》静止してから、無数の青いパーティクルとなって砕《くだ》け散《ち》る。

「ナイショッ！」

と背後で言ったのは、戦場の右側に建つ掩体《バンカー》Bの修理を終えて駆《か》けつけたディッコスだった。掩体《バンカー》Aの壁《かべ》に貼《は》り付《つ》く十匹《びき》近いハチは無視して、出入り口近くの丸太をタップする。出現したウインドウの下部に並ぶ、【情報】【取引】【修復】【分解】という四つのボタンから迷わず修復を選ぶと、三十秒のカウントダウン窓が現れる。

カウント中にディッコスが現在位置から動いたり、大ダメージを受けたりすると修復が失敗してしまうが、寄ってくるハチはホルガーが巧《たく》みに防ぐ。やがてカウントダウンがゼロに達し、小屋全体が淡《あわ》く発光すると同時に、耐久度《たいきゅうど》が最大値の4000まで戻《もど》った。

壁《かべ》には十匹《ぴき》近いハチが取り付いたままなので、数字は回復したそばから減り始めるが、丸太を齧《かじ》っているハチは敢《あ》えて無視する。この小屋は、ダメージを受けた仲間がポーションを飲むための避難《ひなん》場所であると同時に、ハチたちをおびき寄せて戦闘《せんとう》に参加させないためのトラップでもあるからだ。

それで掩体《バンカー》を破壊《はかい》されてしまったら元も子もないが、いまのところは修復役のディッコスとシシーが三つある掩体《バンカー》を持ちこたえさせている。あとは、事前に用意した修復用の丸太と細縄が、戦闘終了《せんとうしゅうりょう》まで保《も》つかどうかだ。

そんなことを考えながら、シノンはマスケット銃《じゅう》の装塡《そうてん》を終えた。弾丸《だんがん》はたっぷりあるが、炸薬《さくやく》は残り四十個と少し。しかし、まだまだハチの数が減る様子はない。

「装塡《そうてん》OK！」

叫《さけ》ぶと、護衛役のホルガーが剣を握《にぎ》る右手の親指をぐっと突き出した。

二人の前方では、メインアタッカーであるエギルやクライン、リーファたち元ALO組と、ザリオンたち元インセクサイト組、それにバシン族《ぞく》の戦士たちが横一列の戦線を築き、空から押《お》し寄《よ》せる巨大《きょだい》バチと激闘《げきとう》を繰《く》り広《ひろ》げている。

エギルとクラインの立ち回りはさすがの安定感だし、カブトムシ人間のザリオンとクワガタ人間のビーミングは黒光りする甲殻《こうかく》がハチの毒針を防いでくれる。その点、軽装のバシン族《ぞく》は見ていて少々……いやかなり不安だが、ハチ型モンスターと戦うのは初めてではないらしく、毒針攻撃《こうげき》をひらりひらりと回避《かいひ》しては素早《すばや》い反撃《はんげき》を加える。GGOで雇《やと》えるNPC傭兵《ようへい》とは、AIとしてのレベルが根本的に違《ちが》うと思わされる見事な戦いぶりだ。

戦闘《せんとう》が開始されてからすでに五分以上が経過するが、アタッカー陣《じん》で麻痺《まひ》してしまった者はまだいない。しかし急降下からの嚙《か》み付《つ》き攻撃《こうげき》や体当たり攻撃《こうげき》まで回避《かいひ》するのは難しいのだろう、視界左側に表示される前衛メンバーのHPは継続的《けいぞくてき》に削《けず》られていく。

「トモシン、下がって回復！」

シノンが叫《さけ》ぶと、ディッコスの仲間の槍使《やりつか》いがタイミングを計って戦列から離《はな》れ、最寄《もよ》りの掩体《バンカー》Cへとダッシュする。

入《い》れ替《か》わるように掩体《バンカー》Bから出てきたバッタ人間のニーディーが、黒い複眼でシノンを見て「I'm in.《戻るよ》」と言った。

「OK, to the left.《了解、左に行って》」

そう指示すると、ニーディーは無言で頷《うなず》き、トモシンが抜けた場所へと跳《は》ねるように走っていく。その背中を見送りつつ、一発で意思疎通《そつう》できたことにこっそり安堵《あんど》の息を吐《は》く。

シノンは、アスナやキリトには及《およ》ばないまでも英語力にはそれなりに自信があったのだが、やはり学校のテストでいい点を取るのと、ネイティブスピーカーと会話するのは勝手が違《ちが》う。最初からGGOの北米サーバーに参加しておけば、いまごろもっと喋《しゃべ》れるようになっていたのかも……と一瞬《いっしゅん》考えてしまうが、そうしていたら日本《にほん》サーバーのバトルロイヤル大会《BoB》でキリトに出逢《であ》うことも、アスナたちと友達になることもなかったし、必然的にいまここで巨大《きょだい》バチと戦ってもいなかっただろう。

シノンをGGOに誘《さそ》ったシュピーゲルこと新川恭二《しんかわきょうじ》は、三ヶ月前に医療《いりょう》少年院——正確には少年矯正医療《きょうせいいりょう》教育センターというところに収容された。死銃《しじゅう》事件では従犯的な役割だったとは言え、四人もの犠牲者《ぎせいしゃ》を出したので、収容期間はかなり長くなるらしい。

シノンは一度だけ面会に行ったのだが、恭二とは会えなかった。何かが……ほんの少しだけ何かかが違《ちが》っていれば、彼があんな事件に関わることはなかったのかもしれないとも思えるし、全ては変えようのないことだったのだという気もする。

少なくとも、全ての中心に、ソードアート・オンラインが存在することだけは間違《まちが》いない。死銃事件も、アリシゼーション計画も、そしてこのユナイタル・リング事件も、根源を辿《たど》ればＳＡＯ事件に行き着く。

果たしてこれが最後の一幕となるのか。あるいは、これすらも過程に過ぎないのか。

答えを知るには、生きて世界の中心──《極光の指し示す地》に到達《とうたつ》しなくてはならない。そして、大陸が多段構造になっているというフリスコルの話が本当なら、このハチの巣エリアを攻略《こうりゃく》しなくては次の段に登れない。

集中しなくては。

脳裏《のうり》を過《よ》ぎる想念を振《ふ》り払《はら》い、シノンはマスケット銃《じゅう》を構えた。

ドーム中央の大樹に貼《は》り付《つ》いた巣からは、緑色の巨大《きょだい》バチが次から次へと湧《わ》き出てくるが、十名程度の前衛部隊でどうにか処理できているのは、最初に半分以上のハチをロベリアの毒で麻痺《まひ》させられたからだ。視線を下げれば、前方の地面には数え切れないほどのハチが転がり、翅《はね》や触覚《しょっかく》をぴくぴく震《ふる》わせている。

全ては危険な任務をきっちり完遂《かんすい》してくれたシリカやアルゴ、チェットたちのおかげだが、なればこそハチに攫《さら》われてしまったチェットは絶対に救出しなくてはならない。いまのところ彼女のHPバーは残り八割を維持《いじ》しているものの、いつ幼虫の餌《えさ》にされてしまってもおかしくない状況《じょうきょう》だ。

　巣から新手のハチが出てこなくなれば、地上で麻痺《まひ》しているハチたちを片付けてチェットを助けに行ける。だが巣のハチを一掃《いっそう》する前に地上のハチが復活してしまえば、逆に後退を余儀《よぎ》なくされる。

　思わず歯噛《はが》みしたシノンの耳に、元気な声が届いた。

「お待たせ！」

　右側の掩体《バンカー》Aから飛び出してきたのは、HPを回復させたリズベットだ。

「中央に入って！　クライン、後退！」

　シノンの指示に、曲刀使いが「おいさ！」と叫《さけ》ぶや戦列を離《はな》れる。追ってきた巨大《きょだい》バチを、ホルガーがジャンプ斬《ぎ》りで迎撃《げいげき》する。

　残りHPが少なかったようで、ハチはシノンが撃《う》つまでもなく四散した。それを見たクラインは、掩体《バンカー》に入らず出入り口の脇《わき》でポーションを飲み始める。

「おうシノシノ、いまんとこイイ感じなんじゃねーの⁉」

「そう呼んだら燃やすって言ったわよね」

　シノンが人差し指を突きつけると、クラインはニヤッと笑ったがすぐに表情を引《ひ》き締《し》めた。

掩体《バンカー》の壁《かべ》を嚙《かじ》り続《つづ》けているハチたちを一瞥《いちべつ》し、自分のHPバーを確かめ、次いで二十メートル前方の巣を見上げる。やはり彼もチェットが心配なのだろう。

巣にも耐久度《たいきゅうど》が設定されているはずなので、いざとなればヘカートⅡで破壊《はかい》するという手もある。しかし現状では補充《ほじゅう》不可能な十二・七ミリ弾《だん》はあと五発しか残っていないし、巣の中のチェットを誤射してしまう可能性もゼロではない。

それに、ギルナリス・ワーカー・ホーネットは確かに強敵だが、世界の中心への道行きにはさらなる試練がいくつも用意されているはずだ。それらを軒並《のきな》み正攻法《せいこうほう》で突破《とっぱ》できるくらいの力がなければ、アスカ・エンパイアやアポカリプティック・デート、そのほか多くの世界から来た猛者《もさ》たちと伍《ご》してはいけないだろう。

――大丈夫《だいじょうぶ》。きっと勝てる。

シノンは自分にそう言い聞かせつつ、懸命《けんめい》の指揮と射撃《しゃげき》を続けた。

さらに数分が経過し、炸薬《さくやく》のストックが三十個を切った頃《ころ》。巣穴から湧《わ》いてくるハチの姿が、ついに途切《とぎ》れた。

「増援終了《ぞうえんしゅうりょう》！　いま飛んでるハチを処理したら、掩体《バンカー》に止まってるやつと、地面で麻痺《まひ》してるやつを片付けて！」

すかさずそう叫《さけ》ぶと、アタッカーたちが威勢《いせい》良く応じた。

ここまで十分近く続いた戦闘《せんとう》で、彼らが一度も毒針攻撃《こうげき》を喰《く》らわなかったのはさすがと言うしかない。プレモーションは明快だし射程も短いので、盾《たて》でのガードもバックステップ回避《かいひ》もさして難しくないが、練習なしの大規模戦闘《せんとう》でそれをやり続けるのは強靭《きょうじん》な精神力がなければ不可能だ。

そういう意味では、キリトチームの最大のアドバンテージは、いままであれやこれやの事件や試練を乗《の》り越《こ》えてきた経験そのものかもしれない。もちろん、この数日で新しい仲間がたくさん加わっているしこれからも増えるだろうが、障壁《しょうへき》を一つ乗《の》り越《こ》えるたびにチームとしての絆《きずな》も強くなっていくはずだ。

そしてたぶん、最後の最後にはそのへんが試《ため》されることになる。

そんなことを考えながら、シノンはマスケット銃《じゅう》の装弾《そうだん》を終え、槊杖《ラムロッド》を引き抜いた。

顔を上げた瞬間《しゅんかん》、背筋に氷点下の戦慄《せんりつ》が走った。

増援《ぞうえん》が尽《つ》きたはずのハチの巣の、最も高いところにある穴から何かが現れようとしている。

麻痺《まひ》したチェットを無理なく通過させたほどの直径がある巣穴を、内側から割り広げながら出現したのは、湾曲《わんきょく》した複眼と三つの単眼、禍々《まがまが》しい大あごを持つハチの頭部。だがいままで倒《たお》してきたハチの頭の、ゆうに四、五倍ほどのサイズがある。

頭に続いて、黒光りする胸部と六本の脚《あし》が現れ、大きく膨《ふく》らんだ腹部が続く。そして最後に、ちょっとした剣ほどの長さがある毒針が、木漏《こも》れ日《び》を受けてギラリと光った。

巣の表面をゆっくり這《は》い下《お》りていく超巨大《ちょうきょだい》バチの全長は、二メートルを軽く超《こ》える。頭と腹の緑色もエメラルドのように鮮《あざ》やかで、折《お》り畳《たた》まれた翅《はね》はオレンジがかっている。頭上に表示されたカーソルのHPバーは三段。固有名は《ギルナリス・クイーン・ホーネット》となっている。

「……出やがったな、女王バチ」

シノンの背後でクラインが低く唸《うな》った。

ハチの大群を巣ごと相手にするのだから、この展開は想定していた。だが、女王バチが破壊《はかい》した巣穴の奥《おく》で、なおも蠢《うごめ》く影《かげ》が見える。

続いて現れたのは、女王バチよりは小柄《こがら》ながらも、シャープな体型と発達した大あごを持つハチだった。名前は《ギルナリス・ソルジャー・ホーネット》。しかも四匹《ひき》。

女王バチと兵隊バチは、同時に巣から飛び立った。

働きバチより遥《はる》かに低く、太い羽音を響《ひび》かせながら、五匹《ひき》のハチは編隊を組んで飛行する。

ドーム内の上空をゆっくり旋回《せんかい》しながら、らせん状に高度を下げてくる。

シノンは素早《すばや》く周囲を見回し、状況《じょうきょう》を確認《かくにん》した。

空中の働きバチはほぼ駆逐《くちく》されている。しかし地面にはロベリアの毒で麻痺《まひ》した働きバチが百匹《びき》近くも残ったままだ。ハチの挙動から察するに、麻痺《まひ》はあと一、二分で解け始めるだろう。

女王と護衛に加えて、この量の働きバチに囲まれたらひとたまりもない。

となれば、こちらも奥《おく》の手《て》を出す時だ。

シノンはさっと振り向き、叫《さけ》んだ。

「シリカ、出番よ！」

「はい！」

打てば響《ひび》くような返事とともに、ドーム最南のトンネルから大小二つの影《かげ》が飛び出してきた。

小さいほうは、もちろん茶色の髪《かみ》を二つ結びにしたダガー使い。そして大きいほうは、黒褐色《こつかつしょく》の毛皮をまとった四足獣《しそくじゅう》。

シリカと彼女のペットであるトゲバリホラアナグマのミーシャは、シノンの指示でここまでの戦闘《せんとう》には参加せず、安全なトンネル内部で待機していた。万が一戦闘中《せんとうちゅう》にボスモンスターが出現したら、そのプレッシャーを受け止められる強力な予備戦力が必要になると考えたがゆえの温存策だったが、切り札はこの一枚だけだ。ここからはわずかな判断ミスも許されない、完全な総力戦。

「シリカとミーシャは女王のタゲを取って、圧《アツ》を確認《かくにん》して！　エギルとクライン、ザリオンとビーミング、リズとリーファ、ディッコスとホルガーは二人一組で護衛を一匹《びき》ずつ受け持って！それ以外は全員、働きバチの掃除《そうじ》！」

シノンが限界の早口で指示を飛ばすと、各所から「おう！」と声が上がった。

右側を、背中にシリカを乗せたミーシャが地響《じひび》きを立てて突進《とつしん》していく。HPを回復させたクラインも、負けじとすたこら走り始める。

目の前のホルガーも一歩前に出たが、さっと振り向いて言った。

「シノシノ、装塡中《そうてんちゅう》の護衛はいらないのか？」

「大丈夫《だいじょうぶ》、ヤバい時はレーザーガンを使う」

左腰《ひだりこし》のベラトリクスSL2を叩《たた》いてみせると、ホルガーは苦笑《くしょう》しつつ頷《うなず》いた。

「了解《りょうかい》、でも気をつけろよ！」

頷《うなず》くと、片手剣使いは今度こそクラインを追いかけていった。

──この戦いが終わったら、男連中に「シノシノ禁止」をしっかり叩《たた》き込もう。

そう決意しつつ、シノンは装塡済《そうてんず》みのマスケット銃《じゅう》を、舞《ま》い降《お》りてくる女王バチに向けた。

16

カツン、カツン……カツン。

磨《みが》き抜かれた黒革《くろかわ》のブーツは、小部屋の床《ゆか》を斜《なな》めに横切ると、神獣《しんじゅう》が閉じ込められた大部屋を観察するための窓の手前で止まった。直後、同じドアからさらに二人入ってきて、一人目の後方にぴしっと足を揃《そろ》えて並ぶ。タイミングを合わせたように、騒々《そうぞう》しいサイレンも止まる。

窓の真下にうずくまる俺とエオラインは、侵入者《しんにゅうしゃ》たちと三メートルほどしか離《はな》れていない。エオラインの《空《くう》の心意《シンイ》》のおかげで透明《とうめい》人間化していると頭では解《わか》っていても、自然と息が詰《つ》まってしまう。

顔を動かすのさえ躊躇《ためら》われるが、いつまでも下を向いてはいられない。音がしないよう慎重《しんちょう》に顔の向きを変え、侵入者《しんにゅうしゃ》──正確にはこの基地に侵入《しんにゅう》したのは俺たちのほうだが──の姿を視界に捉《とら》える。心意のベールの副次的効果によってあらゆるものの輪郭《りんかく》が煙《けむり》のように揺《ゆ》らいでいるが、すぐ目の前なのでかろうじて細部を確認《かくにん》できる。

後方に控《ひか》える護衛らしき二人は、地上のゲートにいた衛兵と同じダークグレーの制服姿だ。しかし例の無骨なライフルではなく、細身の剣を左腰《ひだりこし》に下げている。つばが長い帽子《ぼうし》のせいで目《め》のあたりは陰《かげ》になっているが、どちらも二十代から三十代の男だと思われる。

しかし、護衛たちの前で大部屋を眺《なが》める人物は、男か女か、若いのかそうでないのか、即座《そくざ》には判断できなかった。

裾《すそ》が膝下《ひざした》まで伸びた暗灰色《あんかいしょく》のコート。細い三本線の袖章《そでしょう》とモールつきの肩章《けんしょう》は冷たい銀色。帽子《ぼうし》は被《かぶ》っていないが、高い立《た》て襟《えり》と豊かに波打つ黒髪《くろかみ》のせいで、見えるのは鋭《するど》く伸びた鼻筋だけだ。背丈《せたけ》は俺やエオラインより少し高いくらいか。

三人が着ている服は、整合機士団《せいごうきしだん》のディープブルーの制服とも、セントリア衛士庁《えいしちょう》の灰色の制服とも、セントラル・カセドラル警備兵の白い制服とも色合いが異なる。

エオラインは以前、アドミナにも軍司令部が置かれていると言っていた。ならば三人の制服はアンダーワールド宇宙軍アドミナ駐留《ちゆうりゆう》部隊のものなのかもしれないが、だとすると大蛇型《だいじやがた》の神獣《しんじゆう》に無理やり子供を産ませて残酷《ざんこく》な生体実験を施《ほどこ》し、さらには誘導弾《ゆうどうだん》でゼーファン十三型を撃墜《げきつい》しようとしたのはアドミナ軍だということになってしまう。

基地のゲートにいた衛兵の制服がどこのものなのか、エオラインに訊《き》いておくべきだったと悔《く》やんでももう遅《おそ》い。機士団長《きしだんちよう》はいま、右手で俺をしっかり抱《かか》えながら張《は》り詰《つ》めた呼吸を繰《く》り返《かえ》していて、とても何かを質問できる状況《じようきよう》ではない。

ゲートを突破《とつぱ》するために《空の心意》を使ったあと、エオラインは顔色が真っ青になるほど消耗《しようもう》してしまった。さして間を置かずに再びの発動を強《し》いられたのだから、精神力は刻一刻と削《けず》られ続《つづ》けているはずだ。俺がエオラインを抱《かか》えて小部屋を脱出《だつしゆつ》することも考えたが、ドアの開閉まではごまかせないだろう。いまできるのは、三人が早く出ていってくれるよう祈《いの》ることだけだ。

しかし——。

「……高強度の異常心意《シンイ》を検出したのは、間違《まちが》いなくこの階の心意計《シンイけい》なんだな？」

コートの人物は、大部屋に視線を注いだまま、そんな言葉を発した。

少しハスキーな声は中性的な響《ひび》きで、相変わらず男か女かは解《わか》らない。後ろの衛兵の一人が、緊張《きんちょう》を帯びた声で答える。

「はっ、そのとおりです、閣下。一階と屋上の心意計も反応しましたが、最も高い数値を示したのは地下です」

続いてもう一人も口を開いた。

「それに、研究員からも原因不明事象の報告がありました」

「原因不明？」

「隔離《かくり》室《しつ》で神獣《しんじゅう》の幼体を薬殺しようとしたところ、注射器が破裂《はれつ》したとのことです。研究員は神獣《しんじゅう》が心意を使ったと考え、分析室《ぶんせきしつ》から出ることを拒否《きょひ》しています」

「ふむ……」

《閣下》は立《た》て襟《えり》の奥《おく》で俯《うつむ》き、何やら考えを巡《めぐ》らせる様子だったが、突然《とつぜん》右足を引き、体をこちらに向けた。

波打つ黒髪《くろかみ》が大きく翻《ひるがえ》り、隠《かく》されていた顔が露《あら》わになった。

俺はこの人物のオーラに触《ふ》れた時、激しく渦巻《うずま》く暗黒の炎《ほのお》を連想したが、その印象にそぐわない冷々《れいれい》とした美貌《びぼう》だ。切れ長の双眸《そうぼう》は長い睫毛《まつげ》に彩《いろど》られ、薄《うす》い唇《くちびる》は鮮《あざ》やかに紅《あか》く──そして瞳《ひとみ》は銀色の線条が走るペールブルー。

氷の色の双眸《そうぼう》がまっすぐこちらに向けられた瞬間《しゅんかん》、俺もエオラインも全身を強張《こわば》らせた。

だが視線はそのまま通り過ぎ、通路側のガラス窓へと向けられた。

「……《アーヴス》が敵性機竜《きりゅう》を撃墜《げきつい》したことは確かなのだな？」

《閣下》のその言葉に、俺は喉《のど》から零《こぼ》れる寸前だった安堵《あんど》の息を引っ込めた。

これで、ゼーファン十三型に誘導弾《ゆうどうだん》をぶっ放したのがこいつらであることは確定だ。ついでに黒い大型機竜《きりゅう》の名前も判明したが、意味までは解《わか》らない。

問題は、ゼーファンを操縦しているのが整合機士《せいごうきし》団長《だんちょう》にして星界統一会議《せいかいとういつかいぎ》評議員エオライン・ハーレンツだと知っていて攻撃《こうげき》したのかどうかだが──。

「はっ、闇素《あんそ》属性の爆発《ばくはつ》と黒煙《こくえん》が目視によって確認《かくにん》されております。念のため推定墜落《ついらく》地点に捜索隊《そうさくたい》を派遣《はけん》しましたが、いまのところ発見の連絡《れんらく》はありません」

護衛の一人がそう答えると、《閣下》は再び大部屋改め隔離室《かくりしつ》に向き直った。

「ならば、墜落前《ついらくまえ》に乗員が脱出《だっしゅつ》した可能性もあるな」

「しかし……仮に乗員が生存していたとしても、当基地への侵入《しんにゅう》はおろか、発見することさえ不可能だと思われます」

「うむ……」

《閣下》は頷《うなず》いたものの、護衛たちを諭《さと》すような口調で続けた。

「だが、その不可能を覆《くつがえ》すのが心意力《シンイりょく》というものだ。心意計《シンイけい》や抗心意装備《こうシンイそうび》を信用しすぎると、痛い目を見るぞ」

「はっ……。──閣下、それではすでに何者かが基地に侵入《しんにゅう》していると？」

「さあ、どうかな」

黒髪《くろかみ》の麗人《れいじん》が軽く首を傾《かし》げた、その瞬間《しゅんかん》。

俺は背筋が凍《こお》り付《つ》くような戦慄《せんりつ》を感じ、反射的にエオラインを右腕《みぎうで》で引き寄せると、物音を立てない限界の速さで体を床《ゆか》に倒《たお》れ込ませた。

直後、《閣下》が右手をコートの内側に突き入れ、左腰《ひだりこし》に吊《つ》ったサーベルを抜くやこちらに向けて一閃《いっせん》させた。

サーベルの間合いからは二メートル以上離《はな》れているのに、不可視の斬撃《ざんげき》が鼻先を掠《かす》めるのをありありと感じた。すぐ右側の金属壁《きんぞくへき》に白い火花が散り、極細《ごくぼそ》のラインを刻みながら後方へと走《はし》り抜けていく。脊髄《せきずい》反射で心意《シンイ》防壁《ぼうへき》を展開しなかったことに自分でも驚《おどろ》いてしまうほどの、冴《さ》え冴《ざ》えとした一撃《いちげき》。

それをかろうじて回避《かいひ》できたのは、横斬《よこぎ》りだったからだ。俺とエオラインが横たわる場所に、

続けて縦斬《たてぎ》りが来たら今度こそ避《よ》けられない。

陽炎《かげろう》のように揺《ゆ》れる視界の中央で、麗人《れいじん》はゆっくり右手を引《ひ》き戻《もど》すと——チンと涼《すず》やかな音を立ててサーベルを鞘《さや》に収めた。

「か……閣下、どうなされたのですか⁉」

驚《おどろ》く衛兵たちを、小さな手振《てぶ》りで制する。

「なんでもない。——スギン、ドムイ、一階に戻《もど》って正面と裏口の警備を強化しろ。私は念のために隔離室《かくりしつ》を調べる」

「でしたら我々も……」

「無用だ。行け！」

鋭《するど》い声で命じられた途端《とたん》、二人は弾《はじ》かれたように背筋を伸ばし、「はっ！」と応答してから小部屋を出ていった。

それを見送ると、《閣下》は左側の壁《かべ》に設けられた扉《とびら》に歩み寄った。恐《おそ》らく分析室《ぶんせきしつ》とやらに通じているのだろう扉《とびら》のグリップ型ハンドルに手を伸ばしたが、そこで動きを止める。

再びこちらに振り向こうとする《閣下》の横顔から、俺は無理やり目を逸《そ》らした。注視することさえ危険だと直感したからだが、いちおう効果はあったのか、やがてゴロゴロと重いスライド音が聞こえた。

硬《かた》い靴音《くつおと》。再びドアが転がり、ラッチが噛《か》み合《あ》う金属音が響《ひび》く。かすかな足音が遠ざかり、消える。

直後、視界を覆《おお》っていた陽炎《かげろう》が跡形《あとかた》もなく蒸発した。エオラインが《空《くう》の心意《シンイ》》を解除したのだ。

俺は、自分の体の上に乗ったままの機士《きし》団長《だんちょう》の背中を軽く叩《たた》いた。

「お疲《つか》れ、助かったよ。いまのうちに、ひとまず基地の外へ……」

今度こそ安堵《あんど》の息を吐《は》きながらそこまで囁《ささや》いた、その時。

俺の胸から、エオラインが崩《くず》れるように滑《すべ》り落《お》ちた。

17

女王バチ――《ギルナリス・クイーン・ホーネット》の最初のアクションは、シリカが事前に想定していた体当たりでも、嚙《か》みつきでも、毒針攻撃《こうげき》でもなかった。

五メートルほどの高さでホバリングした女王は、裁断機めいた大あごをいっぱいに開くや、そこから異様な音を放射したのだ。

無数の粗《あら》い金属片を擦《こす》り合《あ》わせるような、不快極《きわ》まる高周波。アミュスフィアが脳に直接送り込んでくる仮想の音だとは信じられないほどの圧力が鼓膜《こまく》を襲《おそ》い、シリカは反射的に両手で耳を塞《ふさ》いでしまった。右肩《みぎかた》に乗るピナも、か細い悲鳴を上げる。システム的なデバフではなく感覚を苛《さいな》む種類の攻撃《こうげき》だが、これほどの威力《いりょく》のものは経験がない。

左右では、仲間たちがまったく同じ動作をしている。VRMMOプレイヤーとしては最古参と言えるシリカが初めて味わう不快感なのだから、ホルガーたちも不意を突かれたのだろう。外見上は耳のない昆虫《こんちゅう》人間のザリオンやビーミングまで顔の両側を押さえているのを、面白《おもしろ》いと感じる余裕《よゆう》すら与《あた》えず――。

ぶんっ！　と翅《はね》を鳴らして、四匹《ひき》の兵士バチが突進《とっしん》してきた。単なる体当たりだが、人間と同じサイズの、しかも硬《かた》い甲殻《こうかく》に包まれた物体が高速で突っ込んでくれば、その威力《いりょく》は両手用ハンマーの強攻撃《きょうこうげき》を超《こ》える。

「ぐおっ！」

「きゃあっ！」

低音と高音の悲鳴を響《ひび》かせながら、シリカとミーシャ以外のアタッカー八人が派手に吹《ふ》き飛《と》んだ。

視界左側で、八本のHPバーがガリッと削《けず》れる。最も減《へ》り幅《はば》が大きいのは、レベルは高いが攻撃力全振《こうげきりょくぜんぶ》りで装甲《そうこう》の薄《うす》いリーファだ。

「リーファさん！」

反射的に駆《か》け寄《よ》ろうとしたが、地面に倒《たお》れたリーファは、頭にスタンエフェクトをまといつかせながらも気丈《きじょう》に叫《さけ》んだ。

「あ……あたしは平気！　役目を優先して！」

「………………っ」

歯を食《く》い縛《しば》り、視線を正面に戻《もど》す。

女王バチはすでに音波攻撃後《こうげきご》の硬直《ディレイ》から復帰しかけている。一、二秒後には次の攻撃《こうげき》が来るだろう。それが毒か物理の範囲攻撃《はんいこうげき》だったら前衛崩壊《ほうかい》も有り得る。

シリカの役目は女王のターゲットを取ること——正確にはミーシャにターゲットを取らせることだ。だが女王が五メートル以上の高さに留《とど》まっている限り、たとえミーシャが直立しても牙《きば》も鉤爪《かぎづめ》も届かない。

残された選択肢《せんたくし》は一つだけ。連発できない大技《おおわざ》だが、奥《おく》の手《て》を出《だ》し惜《お》しみしたせいで形勢を悪くしてしまうのは愚《ぐ》の骨頂だ。

「ミーシャ、《とげばり》！」

シリカの指示を受けて、ミーシャが後ろ足で立ち上がり、前足を大きく左右に広げた。

女王バチが空中で体を丸め、恐《おそ》ろしく長い毒針を赤く光らせた。

放たれようとしているのが、毒属性つきの広範囲《こうはんい》物理攻撃《こうげき》であることをシリカは直感した。

だが、ほんの一瞬《いっしゅん》早く。

「ゴアアアアッ！」

猛々《たけだけ》しい咆哮《ほうこう》とともに、ミーシャが胸の稲妻《いなずま》模様から無数の銀光を迸《ほとばし》らせた。トゲバリホラアナグマの名の由来となっている、体毛を鋼鉄の針に変えて飛ばす特殊攻撃《とくしゅこうげき》。

シュルツ隊を壊滅《かいめつ》させ、ムタシーナを撃墜《げきつい》しかけた針の嵐《あらし》は、女王バチとその左右に戻《もど》った兵士バチ四匹《ひき》を直撃《ちょくげき》した。

「ギイイイイッ！」

女王と護衛は、金属質の悲鳴を上げながら十メートル以上も吹《ふ》き飛《と》ばされた。最も多く針を浴びた女王のＨＰバーは一段目が八割近く消し飛び、護衛たちのＨＰも半減する。

「シリカ、行ける⁉」

後方から投げかけられたシノンの声に、シリカは右手を上げながら応えた。

「大丈夫《だいじょうぶ》です！」

「了解《りょうかい》！　アルゴたちは掃除《そうじ》を続けて」

シノンが叫《さけ》ぶと、ドームの後方から「あいヨ！」と返事が聞こえた。アルゴやフリスコル、ニーディーたちとバシン族《ぞく》、パッテル族《ぞく》は麻痺《まひ》した働きバチに片《かた》っ端《ぱし》からとどめを刺している。急所の首や胸を狙《ねら》えば一、二撃で殺せるが、何せ数が多い。掃除組《そうじぐみ》がボス戦に加われるのは、早くても五分後だろう。

「シリカ、助かったぜ！」

「What a relief!《やれやれだぜ》」

まっさきにスタン状態から立ち直ったエギルとザリオンが左右に並ぶ。他の前衛メンバーのHPバーに点灯したスタンアイコンも点滅《てんめつ》し始《はじ》めている。

だが、ミーシャの大技《おおわざ》を喰《く》らってふらふらしていた女王と護衛も姿勢を安定させ、再び距離《きょり》を詰《つ》めてくる。

恐《おそ》らく奴《やつ》らの基本戦術は、兵士たちが物理攻撃《こうげき》を繰《く》り返《かえ》し、女王が武器の届かない高さから何種類かの特殊攻撃《とくしゅこうげき》を行うというものだ。兵士を全滅《ぜんめつ》させれば女王が降りてくるかもしれないが、その前に一度ならず範囲攻撃《はんいこうげき》を喰《く》らってしまう。

現状、女王に届くのはシノンのマスケット銃《じゅう》だけ。シリカが「女王の攻撃圧《こうげきあつ》を支えきれない」

と伝えればシノンが加勢してくれるだろうが、彼女にはレイドリーダーとして二十三人全員を指揮するという役目がある。

シリカとミーシャがトンネルの中で待機していたのは、ボスが出現した時のため。なのに、大技《おおわざ》を一回当てただけでギブアップしていいはずがない。

降下してくる女王を睨《にら》みながら、シリカは懸命《けんめい》に考えた。

こんな時、キリトならどうするだろうか。

ユナイタル・リング事件に巻《ま》き込まれてからも、彼は困難な状況《じょうきょう》を型破りな発想と行動力で突破《とっぱ》してきた。大量の丸太を屋根から転がしてモンスターを押《お》し潰《つぶ》したり、建築位置指定用のゴースト・オブジェクトを目眩《めくら》ましに使ったり、強烈《きょうれつ》な悪臭《あくしゅう》を発生させる《腐《くさ》れ弾《だま》》の魔法《まほう》を自分の口に発射して窒息感《ちっそくかん》を上書きしたり——シリカにはとてもそこまでの発想力はないが、それでもまだ何かできることはあるはずだ。

シリカが女王バチに武器攻撃《こうげき》を当てるには、身長が最低三メートル足りない。リズベットの大工スキルでやぐらを建ててもらうことはできるが、ユナイタル・リングのモンスターAIはかなり高度なので、攻撃《こうげき》が届かない場所に移動されてしまう可能性が高い。可動式のやぐらを作れれば対応できるかもしれないが、いくらなんでもそんな代物《しろもの》が生産メニューに用意されているとは思えない……。

と、そこまで考えた時。

シンプル極《きわ》まるアイデアが頭の真ん中にぽこんと浮《う》かび、シリカは一瞬《いっしゅん》放心してしまった。しかし即座《そくざ》に躊躇《ちゅうちょ》を振り切り、動く。

すぐ右で女王を睨《にら》んでいるミーシャの脇腹《わきばら》に手を掛《か》け、思い切りジャンプ。ふさふさの背中を駆《か》け上《のぼ》り、広い肩《かた》に乗るやいなや命令する。

「ミーシャ、立って！」

「がうっ！」

短く唸《うな》ると、クマは勢いよく体を起こした。シリカを乗せた肩《かた》が、エレベーターの如《ごと》く上昇《じょうしょう》していく。当然、足場の角度も変わるが、その程度で落っこちていたら軽装戦士は名乗れない。

現実世界のヒグマより大きいミーシャが直立すると、肩《かた》までの高さは三メートルを超《こ》える。シリカのアバターは仲間うちだとユイの次に小さいが、この状態からソードスキルを使えば、高さ五メートルに留《とど》まる女王バチにも届くはずだ。

女王もそれに気付いたのか、前進を止めてホバリングした。しかし四匹《ひき》の護衛は、一段低いところをじりじり近づいてくる。どうやらさっきの針攻撃《はりこうげき》で、ミーシャにターゲットが移ったらしい。しかし――。

「お前らの相手はこっちなんだよォ！」

そんな叫《さけ》び声《ごえ》とともに後方から走ってきたクラインが、渾身《こんしん》のジャンプ斬《ぎ》りを繰《く》り出した。

武器は和風のカタナではなく中東風の曲刀《シミター》だが、製作者のリズベットに「できるだけ長く」とオーダーしたというだけあって、切っ先は兵士バチの腹にぎりぎり届いた。

続いてリーファ、ディッコス、ホルガーも次々と跳躍《ちょうやく》し、残りの兵士バチに斬撃《ざんげき》を加える。再びターゲットが移動し、四匹《ひき》は前衛メンバーたちを狙《ねら》ってせわしなく飛び回り始める。

その後方で、女王がまたしても大あごを限界まで開いた。音波攻撃《こうげき》のプレモーション。

「ミーシャ、前に！」

シリカの指示で、ミーシャが女王に向けて突進《とっしん》した。タイミングを計ってジャンプし、空中でソードスキルを発動させる。単発突進技《とっしんわざ》《ラピッド・バイト》。

シリカがＡＬＯから引《ひ》き継《つ》いだのは短剣《たんけん》スキルだが、いったん熟練度が１００まで下がってしまったので、四連発や五連発の上級ソードスキルは当分使えない。しかし特殊攻撃《とくしゅこうげき》の発動を潰《つぶ》すのは単発技でも可能──であってほしい。

──止まれ！

そう念じながら、シリカはダガーの切っ先を女王バチの口許《くちもと》に叩《たた》き込んだ。

ようやく鉄鉱石を掘《ほ》れるようになったばかりの現状では、本来なら鋼鉄の武器は造れない。シリカの《上質な鋼《はがね》のダガー》は、キリトがＡＬＯで愛用していた長剣《ちょうけん》《ブラークヴェルト》を溶《と》かして入手した鋼鉄のインゴットを材料にしている。つまりこのダガーは、元々キリトの剣だったということになる。

もちろん、素材の出所が武器のスペックに影響《えいきょう》したりはしないだろうが、ギリギリの戦いで気持ちが結果を左右することは確かにある。ありったけの気合いを乗せた一撃《いちげき》は、女王バチの防御力《ぼうぎょりょく》を貫通《かんつう》し、発動寸前だった音波攻撃《こうげき》を止めただけでなく、シリカの倍ほどもありそうな巨体《きょたい》を後方に大きくノックバックさせた。

「ギシュウウウッ！」

女王の怒声《どせい》を聞きながら空中で宙返りし、ミーシャの肩《かた》に着地する。いったん舞《ま》い上がったピナもシリカの頭に戻《もど》り、「ぴゅいー！」と誇《ほこ》らしそうに鳴く。

「シリカ、ナイス！」

地上から投げかけられたリズベットの賛辞に、シリカは大声で答えた。

「リズさんが作ってくれたダガーのおかげです！」

──あと、キリトさんのインゴットも。

心の中でこっそり付け加え、女王バチに視線を戻《もど》す。

《ラピッド・バイト》がクリティカルヒットしたらしく、一段目のＨＰバーが消滅《しょうめつ》している。残りは二段だが、たぶんどこかで攻撃《こうげき》パターンが変わるだろう。それに対処できる余裕《よゆう》を保ちつつ、範囲《はんい》攻撃《こうげき》を全て潰《つぶ》していかなくてはならない。

ノックバックから復帰した女王が、またしても前進してくる。マットな光沢《こうたく》のある複眼は、瞼《まぶた》も瞳《ひとみ》もないのに明らかな怒《いか》りを宿している。

「ギイイッ！」

軋《きし》るような威嚇音《いかくおん》を立てる女王を、シリカは臆《おく》せず睨《にら》み返《かえ》した。

周囲では、四匹《ひき》の兵士バチと八人の仲間たちが繰《く》り広《ひろ》げる激闘《げきとう》の音が絶え間なく響《ひび》いている。兵士が全滅《ぜんめつ》するまで女王の邪魔《じゃま》をし続けられれば、この戦いはシリカたちの勝ちだ。

──待ってて、チェット。もうすぐ助けるからね。

右手のダガーを握《にぎ》り直《なお》し、彼方《かなた》の巣に向けてそう念じた──

刹那《せつな》。

女王が切断用の工具めいた大あごを少しだけ開き、その奥《おく》に隠《かく》された鋭利《えいり》な口器を歪《ゆが》めた。まるで、ニヤリと嘲笑《あざわら》うかのように。

女王バチが上昇《じょうしょう》していく。六メートル、七メートル……もう、ミーシャの肩《かた》からでもシリカの攻撃《こうげき》は届かない。

まさか、あの高さから地面まで届く攻撃《こうげき》を隠《かく》し持《も》っていたのか。それが女王の奥《おく》の手《て》なら、何としても潰《つぶ》さなくては。ダガーを投げる？　いや、投剣《とうけん》ソードスキルならまだしも、単なる投擲《とうてき》で大技《おおわざ》を潰《つぶ》せるとは思えない。

八メートルほどの高さでホバリングした女王は、シリカの危惧《きぐ》を裏付けるように、これまで一度も見せなかった予備動作を開始した。

巨体《きょたい》を限界まで丸め、六本の肢《あし》を縮める。長い触覚《しょっかく》をぴんと伸ばし、その先端《せんたん》に青白い光を宿す。

光は触覚《しょっかく》を遡《さかのぼ》っていく。あれが根元まで達した時、何かとてもまずいことが起きる。

全身を凍《こお》り付《つ》かせる戦慄《せんりつ》に抗《あらが》って、シリカは叫《さけ》んだ。

「――シノンさん！」

「狙撃《そげき》を！」

恐《おそ》らく、リーダーのシノンも危険を感じたのだろう。シリカの声とほぼ同時に、ダァーン！という銃声《じゅうせい》が轟《とどろ》いた。

女王バチの左の触覚《しょっかく》が、半ばから切断された。

精度の悪いマスケット銃《じゅう》で、細い触覚《しょっかく》に命中させるとはさすがの腕前《うでまえ》だ。しかし、少しだけ遅《おそ》かった。光はコンマ一秒早く切断箇所《かしょ》を通過し、そのまま女王の頭へと到達《とうたつ》した。

三角形に並ぶ単眼が、直視できないほど眩《まばゆ》い光を放った。その輝《かがや》きは青白いリングとなって、広大なドーム全体に拡散した。

それだけだ。シリカもミーシャも仲間たちも一切《いっさい》ダメージを受けていないし、ＴＰやＳＰも減っていない。デバフを喰《く》らった様子もない。

なら、いまの攻撃《こうげき》はいったい……。

シリカが眉《まゆ》を寄せた、その時。

ドームのあちこちで低い振動音《しんどうおん》が生まれた。急激に音量を増していくそれは、ハチの羽音だ。ロベリアの毒で麻痺《まひ》していたはずの働きバチが、地面から次々と飛び立っていく。

さっきの青い光は、シリカたちを狙《ねら》った攻撃《こうげき》ではない。仲間全てのデバフを解除するためのものだ。

「掃除《そうじ》チーム、ミーシャのところに集まって！」

シノンの指示で、アルゴたちがドームの各所から駆《か》け戻《もど》ってくる。その周囲からも、次々と働きバチが湧《わ》いてくる。総数は四十、いや五十にも達するか。

女王と兵士だけでも強敵なのに、その数の働きバチに囲まれたら、撤退《てったい》すら危《あや》うくなる。

呆然《ぼうぜん》と立《た》ち尽《つ》くすシリカの頭上で、女王――ギルナリス・クイーン・ホーネットがもう一度、勝《か》ち誇《ほこ》るように嗤《わら》った。

18

「エオ……！　大丈夫《だいじょうぶ》か、エオライン！」

床《ゆか》に寝転《ねころ》がったまま、俺は最小の音量で機士団長《きしだんちょう》の名を呼んだ。

濃《こ》い青色の機士服《きしふく》に包まれた体はぐったりと脱力《だつりょく》し、マスクの奥《おく》の両目も閉じられたまま。首筋に触《ふ》れてみると、現実世界のＶＲＭＭＯと違《ちが》って脈拍《みゃくはく》は感じ取れるがいかにも弱々しいし、肌《はだ》もぎょっとするほど冷たい。

たぶん、《空《くう》の心意《シンイ》》を連続で二回も使った反動ではないかという気がするが、だとしても回復させる方法までは解《わか》らない。一回目の後に回復剤を飲ませたが、あれだってきっと気分をリフレッシュさせる以上の効果はなかったのだ。

安全な場所でしっかり休ませる。それ以外の方法はない。

そう判断した俺は、上体を起こすとエオラインの体を両腕《りょううで》で抱《かか》え上げた。

途端《とたん》、切ない痛みのようなものが心臓を貫《つらぬ》き、息を止めてしまう。一瞬遅《いっしゅんおく》れて、痛みの理由を悟《さと》る。

この状況《じょうきょう》は、セントラル・カセドラルの最上階で最高司祭《さいこうしさい》アドミニストレータを倒《たお》した後に、致命傷《ちめいしょう》を負ったユージオを抱《だ》きかかえた時とあまりにも似ている。

心臓の中心で結晶化《けっしょうか》していた悲愁《ひしゅう》や追憶《ついおく》が、少しずつ血管に溶《と》け出してくる。耳の奥底《おくそこ》で、亡《な》き友《とも》の声がかすかにこだまする。

——道はここで分かれるけど……でも、思い出は永遠に残る。

——だから僕らは、永遠に、親友だ。

そして彼は、いま俺の左腰《ひだりこし》に装備されている剣に名前を与《あた》え、アンダーワールドから去った。彼のライトキューブは初期化され、フラクトライトは消滅《しょうめつ》した。

それが解《わか》っていてもなお、俺はエオラインの中にユージオの面影《おもかげ》を探そうとしているのか。機車《きしゃ》の中で、ユージオとはまったく異なるユニットIDを見た時に、起こるはずのない奇跡《きせき》を追い求めるのはやめると心に決めたのではなかったか。

両目を強くつぶり、俺は思考を堰《せ》き止《と》めた。

いまは、エオラインを連れてここから脱出《だっしゅつ》することだけを考えなくては。

《閣下》の指示で、一階の出入り口は警備が強化されている。《空《くう》の心意《シンイ》》が使えない俺が、見つからずに突破《とっぱ》することは不可能だ。隠密《おんみつ》行動を諦《あきら》めるなら、建物の屋上までの全フロアをぶち抜いて飛び去ることはできるが、そんな真似《まね》をしたらこの基地を運用している連中は即座《そくざ》に身を隠《かく》してしまうだろうし、隠蔽《いんぺい》のために神獣《しんじゅう》を殺そうとする可能性も決して低くない。

やはり、どうにかして静かに脱出《だっしゅつ》できる方法を模索《もさく》するべきだ。

そう決意した俺は、さらに十センチほど体を持ち上げ、窓の下端《かたん》から隔離室《かくりしつ》を覗《のぞ》き込んだ。

するど、ちょうど左の壁《かべ》にある分析室《ぶんせきしつ》の扉《とびら》が開き、《閣下》と二人の研究員が出てくるところだった。

研究員はまだ防護服を着ているが、《閣下》はコート姿のままだ。二十メートル以上離《はな》れているのに、凍《い》てつくようなオーラと凄絶《せいぜつ》なまでの美しさはありありと伝わってくる。

三人は、昏睡《こんすい》する黒い大蛇《だいじゃ》から少し離《はな》れたところでいったん立ち止まった。しかし《閣下》だけはさらに数歩進み、手が届くほどの距離《きょり》まで近づくと、チューブが挿入《そうにゅう》された巨大《きょだい》な口を平然と覗《のぞ》き込む。

『……停滞《ていたい》処置は問題なく継続《けいぞく》しているようだが』

天井《てんじょう》のスピーカーから聞こえてきた《閣下》の言葉に、研究員の片方が答えた。

『は、はい……薬剤《やくざい》は全て規定量投与《とうよ》されています』

『ふむ。お前たちが発見したという幼体はどこに？』

『そ……それは……』

研究員たちは顔を見合わせ、互《たが》いに牽制《けんせい》する様子だったが、やがて一人が観念したかのように言った。

『……た、退避《たいひ》する時に見失いました。まだ、隔離室《かくりしつ》のどこかにいるとは思いますが……』

『つまり、その幼体がどこから来たのかも、どこに行ったのかも不明というわけだな』

『ま……まあ、現状では、そういうことに……』

『見つけて捕獲《ほかく》しろ』

と命じた《閣下》の声は、分厚いガラス窓を隔《へだ》てている俺も、思わず首を縮めてしまうほど冷ややかだった。研究員たちは弾《はじ》かれたように背筋を伸ばしたが、気丈《きじょう》にも反駁《はんばく》を試みた。

『し……しかし、イスタル閣下……幼体に手を出すと、再び神獣《しんじゅう》の心意攻撃《シンイこうげき》を受ける可能性が……』

どうやら研究員たちは、注射器を破壊《はかい》した俺とエオラインの心意を、完全に神獣《しんじゅう》の仕業だと思い込んでいるようだ。

——ではなく。いま、名前を言わなかったか？　イス……イスタル。確かにそう聞こえた。名前なのか苗字《みょうじ》なのかは不明だが、どうやらそれが《閣下》の名らしい。メソポタミア神話に出てくる女神《めがみ》イシュタルと似た響《ひび》きだが、たぶん関係はあるまい。

《閣下》改めイスタルは、コートの裾《すそ》を翻《ひるがえ》して振り向くと、研究員たちに正対した。隔離室《かくりしつ》の明るい光の下だと、波打つ黒髪《くろかみ》はハイライト部分が少し赤っぽく見える。薄青《うすあお》い瞳《ひとみ》との取り合わせは、冷たい炎《ほのお》という第一印象にしっくりくるが、仮に俺が部下なら絶対にあの視線を浴びたくない。

『……仮に心意攻撃を行ったのがこの神獣《しんじゅう》だとしても、対象は注射器だったのだろう？』

冷たさの中に仄《ほの》かな苛立《いらだ》ちを含《ふく》んだ声で問われ、研究員たちは再びぴんと直立した。

『は、はいっ……それは、そのとおりですが……』

『つまり、幼体を殺そうとしなければ安全だということだ。これ以上、私と議論したいなら、続きは上の尋問室《じんもんしつ》で聞く』

『い、いいえ、異論ありません！　これより幼体の捜索《そうさく》を開始します！』

研究員たちも本来の身分は軍人らしく、防護服のヘルメット越《ご》しに敬礼すると、左右に分かれて歩き始めた。

捜索《そうさく》と言っても、広大な隔離室《かくりしつ》には機械や容器などはまったく設置されておらず、存在するのは左の壁《かべ》から出て床《ゆか》を横切るチューブと、中央でとぐろを巻く大蛇型《だいじゃがた》の神獣《しんじゅう》だけだ。幼体、すなわち俺とエオラインが追いかけてきた赤《あか》ん坊《ぼう》へビが隠《かく》れられそうな場所は、チューブの陰《かげ》か神獣《しんじゅう》の下しかない。実際、俺たちが注射器を破壊《はかい》した時、幼体は神獣《しんじゅう》の頭の下に潜《もぐ》り込んだはずだ。

二人の研究員は、細いチューブを持ち上げたり太いチューブの陰《かげ》を覗《のぞ》き込んだりしているが、いずれは神獣《しんじゅう》の下を調べるだろう。幼体とはいえ長さが一メートル、太さも五センチ近くあるのだから、光を当てられたりしたら隠《かく》れおおせることは不可能だ。

イスタルは、腕組《うでぐ》みして研究員たちを見守っている。とりあえず一階に脱出《だつしゆつ》するならいまがチャンスだろう。どうせあの赤《あか》ん坊《ぼう》へビは、エオラインが凍素《とうそ》で捕獲《ほかく》したり、俺が闇素《あんそ》で治療《ちりよう》したりしなければ、とっくに爆死《ばくし》していたはずなのだ。

「…………」

俺は、腕《うで》の中で意識を失ったままのエオラインに目を落とした。

研究員が幼体を薬殺しようとした時、心意《シンイ》で注射器本体を砕《くだ》いたのは俺だが、針を折ったのは間違《まちが》いなくエオラインだ。つまり、常に冷静沈着《ちんちゃく》だった機士団長《きしだんちょう》の中にも、危険を顧《かえり》みずにわけのわからない生物を助けようとする感情があったわけで……ならば、その気持ちを裏切りたくはない。

どうにかして、この基地から赤《あか》ん坊《ぼう》へビと一緒《いっしょ》に脱出《だっしゅつ》する方法がないものか。

俺とエオラインの顔を布で覆《おお》い、目の前のガラスを叩《たた》き割《わ》って赤《あか》ん坊《ぼう》へビを回収し、階段を駆《か》け上《のぼ》って裏口を強行突破《とっぱ》する。

俺一人ならいけそうな気もするが、イスタルが放った斬撃《ざんげき》は、かつての上位整合騎士《せいごうきし》たちに並ぶほどの速さだった。気絶したエオラインを抱《かか》えたまま剣を交えるようなことになったら、無傷で切り抜けられる保証はない。それに、俺たちが侵入《しんにゅう》したことを知られれば、カルディナからの査察団が到着《とうちゃく》する前に基地を引《ひ》き払《はら》われてしまう可能性がある。結局、心意を使おうが使うまいが、力業《ちからわざ》では問題を解決できない……。

いや、待て。

いまなら、どれほど派手に心意を使おうが、連中にはそれが俺の仕業だとは解《わか》らないのではないか。なぜなら、心意《シンイ》計《けい》は検出した心意の強度に応じて喚《わめ》き立《た》てるだけで、発生源の方向を示したりはしないからだ。もちろん姿を現して大暴れするわけにはいかないが、神獣《しんじゅう》が心意を使ったのだと思えるような現象であれば。

俺は再び顔を上げ、まず隔離室《かくりしつ》の天井《てんじょう》を凝視《ぎょうし》した。中央部は照明が届かず薄暗《うすぐら》いが、正方形の大型ハッチらしきものが見える。あそこから基地の屋根まで、神獣《しんじゅう》を運《はこ》び込むための搬入路《はんにゅうろ》が通じているに違《ちが》いない。

視線を下げ、力なく横たわる大蛇《だいじゃ》をガラス越《ご》しに見詰《みつ》める。

身代わり、あるいは隠《かく》れ蓑《みの》に使ってしまうことを心の中で詫《わ》び、エオラインの体をしっかり抱《かか》え直《なお》して、息を吐《は》き、吸って——。

「…………ッ‼」

これまでよりギアを一つか二つ上げた、高強度のイマジネーションを解き放った。

隔離室《かくりしつ》の床《ゆか》に横たわる神獣《しんじゅう》の、三対六個の目が真紅《しんく》に輝《かがや》いた。巨大《きょだい》な頭が勢いよくもたげられる。口や体のあちこちから輸液チューブがひとりでに抜け、毒々しい色の薬剤《やくざい》を振りまきながら四方に跳《は》ねる。少し遅《おく》れて、心意計と連動したサイレンがやかましく鳴り始める。

『うわあっ‼』

『な、何だ⁉』

チューブを調べていた研究員たちが、揃《そろ》って尻餅《しりもち》をついた。しかしイスタルは少し下がっただけで、剣も抜かずに神獣《しんじゅう》を見据《みす》えている。詳《くわ》しく観察させる余裕《よゆう》を与《あた》えてはならない。

天井《てんじょう》のハッチが、火花を散らしながら内側に吹《ふ》き飛《と》ぶ。推測どおり、その奥《おく》は真っ黒な穴だ。

両開きの分厚いハッチの一つは研究員たちの近くに、もう一つはイスタルの真ん前に落下し、さらなる火花と大音響《だいおんきょう》を轟《とどろ》かせた。これにはさしものイスタルも大きく飛《と》び退《の》いた。

まったく同時に、床《ゆか》から小さくて細長い——と言っても大蛇《だいじゃ》と比べればだが——影《かげ》が舞《ま》い上がり、神獣《しんじゅう》の頭に貼《は》り付《つ》いたが、三人には見えなかったはずだ。

ここからが、大脱走劇《だいだつそうげき》のクライマックスだ。

再び神獣《しんじゅう》の目が光る。

隔離室《かくりしつ》の金属壁《きんぞくへき》や、俺の目の前のガラス窓が粉々に砕《くだ》け、きらきら光る細片《さいへん》となって空中に飛び散る。

次の瞬間《しゅんかん》、それら全てが闇素《あんそ》に変換《へんかん》された。空中にこれだけの数の闇素《あんそ》を直接生成するには空間リソースがまったく足りないが、物質変換《へんかん》を使えばいくらでも作れるし、窓も破壊《はかい》できて一石二鳥だ。

無数の闇素《あんそ》たちは即座《そくざ》に霧状《ミストシエイプ》へと変化し、隔離室《かくりしつ》を紫色《むらさきいろ》の闇《やみ》に包《つつ》み込んだ。

俺はエオラインを横抱《よこだ》きにすると、目の前の窓枠《まどわく》に足を掛《か》け、思い切り蹴《け》り飛《と》ばした。

風素《ふうそ》を使わず、純粋《じゅんすい》な心意力《シンイりょく》だけで自分を飛翔《ひしょう》させる。一寸先も見えない暗闇《くらやみ》を突っ切り、天井《てんじょう》のハッチに飛《と》び込む。神獣《しんじゅう》も忘れずに《心意の腕《かいな》》で牽引《けんいん》する。

やがて闇《やみ》の霧《きり》が薄《うす》れ、前方に茜色《あかねいろ》の光が見えてくる。現在時刻はセントリア時間で午後三時を過ぎた頃《ころ》だろうが、惑星《わくせい》アドミナのこのあたりはちょうど夜明けだ。

俺は四角い搬入路《はんにゅうろ》をほとんどフルスピードで飛翔《ひしょう》し、朝焼けの空へと飛び出した。

一瞬《いっしゅん》だけ視線を下向けると、基地の正面と裏から兵士たちがばらばらと走り出てくる様子が見えた。地下深くの隔離室《かくりしつ》で異常が発生してからまだ一、二分しか経《た》っていないはずなのに、驚《おどろ》くほど反応が早い。うかうかしていたら見つかってしまう。

再び空を見上げ、神獣《しんじゅう》を引っ張りながら一気に上昇《じょうしょう》する。密度が高そうな綿雲に飛《と》び込むとそのまま突っ切り、数秒で雲の上に出る。ここなら地上からは見えないはずだ。

俺は詰《つ》めていた息をふうっと吐《は》き出すと、真っ先にエオラインの様子を確認《かくにん》した。まだ意識を失ったままだが、マスクの下の頬《ほお》にはいくらか血の気が戻《もど》ってきたようだ。もう一度安堵《あんど》の息を吐《は》き、視線を左に向ける。

そこには、白い雲をベッド代わりに、漆黒《しっこく》の大蛇《だいじゃ》が漂《ただよ》っている。六個の目は、灰色の瞬膜《しゅんまく》に覆《おお》われたまま。地下で目が赤く光ったのは、俺が熱素《ねつそ》の光を鋼素《こうそ》の鏡で反射させてそのように見せたのだ。

薬剤《やくざい》を投与《とうよ》していたチューブは全て取り除いたが、イスタルが言っていた停滞《ていたい》処置とやらが解除されるにはまだ時間がかかるだろうし、そもそも目覚めた神獣《しんじゅう》が俺たちに友好的だという保証はない。いや、神獣《しんじゅう》からすればイスタルも俺たちも同じ人間なのだから、問答無用で攻撃《こうげき》される確率のほうが高そうだ。

となると、神獣《しんじゅう》が目を覚ます前に、本来の支配領域に戻《もど》すべきか。だがそれだといずれまた基地の連中に捕獲《ほかく》されてしまうかもしれない。

いったいどうしたものかと眉《まゆ》を寄せた——その刹那《せつな》。

ギィーン！　というような甲高《かんだか》い不協和音が真後ろで轟《とどろ》き、同時に灼《や》けるような熱感が背中から右胸を貫《つらぬ》いた。

19

全てが終わった後で気付いたのだが、シリカはこの絶対的危機にあって、ほんのわずかにも「ここにキリトやアスナ、アリスがいてくれたら」とは思わなかった。

考えていたのはただただ、いまある戦力でどうやって事態を打開するかということだけ。

四方から押《お》し寄《よ》せてくる働きバチたちは、ステータスはそれほど高くないが、一撃《いちげき》で長時間麻痺《まひ》してしまう毒針という危険極《きわ》まりない武器を持っている。ここまでの戦闘《せんとう》で、誰《だれ》かが複数のハチに囲まれる状況《じょうきょう》をとことん予防したのは、毒針攻撃《こうげき》の回避《かいひ》を最優先にするためだ。

だが、女王と兵士に五十匹《ぴき》近い働きバチが加わったら、単純計算で敵の数は味方の二倍にも膨《ふく》れ上がってしまう。当然、一人が二匹《ひき》、あるいはそれ以上のハチにターゲットされることになるだろう。前後から同時に毒針で攻撃《こうげき》されたら、どんなベテランでも回避《かいひ》は難しい。複数の麻痺者《まひしゃ》を出したら、戦列が崩壊《ほうかい》してドーム外への撤退《てったい》すら覚束《おぼつか》なくなる。

たぶんいま、レイドリーダーのシノンは撤退《てったい》指示を出すべきか否《いな》かを、脳が焼き切れるほど考えているはずだ。

掃除《そうじ》チームのアルゴやフリスコルたちが前衛チームに合流するまで、あと十秒。働きバチに包囲されるのは、さらにその十秒後。それまでに、シノンはとても難しい決断を下さなくてはならない。なぜなら、ここで撤退《てったい》したら、巣にさらわれてしまったチェットを救出する望みは断《た》たれるからだ。

たかがゲームの、たかがNPC一人。ユナイタル・リングに取り込まれたプレイヤーたちのほとんどは、たぶんそう考えるだろう。しかし、SAOやALO、そしてアンダーワールドでたくさんのNPC、いやAIと交流してきたシリカには、もう彼ら彼女らを単なるプログラムだと割り切ることはできない。クラインやシノンたちも間違《まちが》いなくそうだし、この世界で友達になったザリオンやホルガーたちだって、同じ感覚を共有してくれるはずだ。ラスナリオで、バシン族《ぞく》やパッテル族《ぞく》と一緒《いっしょ》に焚《た》き火《び》を囲み、酒を酌《く》み交《か》わしたのだから。

チェットを助けたい。

シリカの切願を嘲笑《あざわら》うかのように、視界の左端《ひだりはし》でチェットのHPバーが、わずかに、しかし確かに減少した。

巣の中で何が起きているのかを知るすべはない。だが、ついに《救出猶予《ゆうよ》時間》が終わり、チェットがダメージを受け始めたのだ。HPの減少速度から概算《がいさん》すると、あと一分もかからずゼロになってしまう。

この絶望的な状況《じょうきょう》にまだ希望があるとすれば、それはたった一つ。

全てのハチを統率《とうそつ》している女王、ギルナリス・クイーン・ホーネットを瞬殺《しゅんさつ》すること。

だが女王のHPバーはまだまるまる二段残っているし、それ以前に約八メートルもの高さに留《とど》まっている女王に攻撃《こうげき》を当てる手段がない。ミーシャのとげばり攻撃《こうげき》は冷却時間《クールタイム》中《ちゅう》、シリカの代わりにエギルを肩《かた》に乗せても斧はまるで届かない。

　せめて、女王を地面に引きずり下ろせれば——！

　ミーシャの上で、シリカが割《わ》れ砕《くだ》かんばかりに歯を食《く》い縛《しば》った、その時だった。

「Silica《シリカ》!」

　滑《なめ》らかな発音で名前を呼んだ誰《だれ》かが、続けてまくし立てた。

「Move and let Misha squat down《そこをどいてミーシャをしゃがませろ》!」

　ハイスピードでネイティブな英語を理解できたのは、帰還者《きかんしゃ》学校の実践的《じっせんてき》な授業のおかげか、あるいは火事場のテレパシーだったのかもしれない。

　シリカは咄嗟《とっさ》にミーシャの肩《かた》から飛び降りつつ、命令を飛ばした。

「ミーシャ、しゃがんで！」

　熊は即座《そくざ》に反応し、直立状態から前足を地面につける。

　その背中に、後方から勢いよく飛び乗る影《かげ》があった。流線型の体と、異様に発達した両足。

　バッタ人間のニーディーだ。

　ニーディーは、ミーシャの肩《かた》まで駆《か》け上《のぼ》るや一瞬《いっしゅん》体を沈《しず》め、大砲《たいほう》めいた勢いで跳躍《ちょうやく》した。

　シリカたちはもちろん、彼以外のインセクサイト組にも不可能であろう、バッタならではの特大ジャンプ。茶色の体が、遥《はる》か上空の女王バチにみるみる近づく。ミーシャを踏《ふ》み台《だい》にすることで二メートルほど底上げしたとは言え、自力で五メートル以上も跳《と》んだことになる。

ニーディーの両手が、女王の後肢《こうし》に迫《せま》る。どうやら摑《つか》んで引っ張り下ろすつもりらしい。

しかし。

女王バチは、そのアクションすら予期していたかのように翅《はね》を震《ふる》わせ、すいっと上昇《じょうしょう》した。

ニーディーの手が、空《むな》しく宙を掻《か》いた――と見えた、その時。

バッタ人間の口から、白い糸が真上に発射された。ムタシーナ軍の斥候《せっこう》だったフリスコルを捕獲《ほかく》した、マルモンコロギスの特殊《とくしゅ》能力だ。

糸は女王の長い毒針に巻き付き、落下し始めていたニーディーを空中でがくんと停止させた。突然《とつぜん》の荷重に、女王の上昇《じょうしょう》も止まる。だが、落下には至らない。女王の飛翔力《ひしょうりょく》とニーディーの重さが釣《つ》り合《あ》ってしまっている。

突然《とつぜん》、シリカたちの頭上を、鮮《あざ》やかな黄緑色に輝《かがや》く光線が幾筋《いくすじ》も横切った。

シノンが、マスケット銃《じゅう》ではなく虎《とら》の子《こ》のレーザー銃《じゅう》を連射したのだ。狙《ねら》ったのは、女王の体ではなく翅《はね》。超《ちょう》高温のエネルギー弾《だん》に貫《つらぬ》かれた薄膜《はくまく》に、焼《や》け焦《こ》げた穴が穿《うが》たれる。

女王バチの巨体《きょたい》が、ついに落下し始めた。

ここだ。これが最後のチャンス。

女王が地面に落下した瞬間《しゅんかん》、弱点に集中攻撃《こうげき》を叩《たた》き込む。だがアタッカーの半分以上は兵士バチと戦っているし、そもそも攻撃《こうげき》が味方にも当たるユナイタル・リングでは、いかに女王が大きくても同時に攻撃《こうげき》できるのは五、六人が限界だろう。その全員が最上位のソードスキルを使ったとしても、残り二本のHPバーを削《けず》り切《き》るのは難しい。

ソードスキル以上のダメージを与《あた》える方法が、何か、何か、何かないか――。

ニーディーをぶら下げたまま落ちてくる女王を睨《にら》みながら、シリカは脳が焼《や》け焦《こ》げるほどの速度で思考を回転させた。

ふと、脳裏《のうり》にかつて見た場面が立て続けにフラッシュした。

ログハウスの屋根を転がり落ちていく大量の丸太。頑丈《がんじょう》な支持架《しじか》に固定されたヘカートⅡ。それらのイメージが融合《ゆうごう》し、一つのアイデアへと結実する。

「みんな、落下地点を囲んで！」

夢中でそう叫《さけ》んでから、《みんな》では誰《だれ》に呼びかけたのか解《わか》らないと気付いたが、即座《そくざ》に反応したのはシリカが脳裏《のうり》に思《おも》い描《えが》いた仲間たち――リズベット、クライン、エギル、そしてリーファだった。

兵士の相手をザリオン、ビーミング、ホルガー、ディッコスに任せ、シリカの指示どおりに女王の落下予測地点を取り囲む。

「左手で武器を高く構えて、右手で装備メニューを開いて！」

面々は全員右利《みぎき》きだ。左手でソードスキルを発動する練習はしていても、精度は当然ながら右手に劣《おと》る。だが四人は途惑《とまど》う様子すら見せず、シリカと同時にそれぞれの武器を左手に移し、高々と掲《かか》げた。同時に右手の指先をさっと回転させ、リングメニューを呼び出す。

シリカのダガー、リズベットのメイス、クラインの曲刀、エギルの両手斧《りょうておの》、リーファの長剣《ちょうけん》が作る円の中央に、まずニーディーが着地した。

自分の口から伸びる糸を両手で摑《つか》み、女王を思いきり引っ張ると、すぐさま円の外側へ飛《と》び退《の》く。

直後、全長二メートルを超《こ》える女王の巨体《きょたい》が、地響《じひび》きを立てて墜落《ついらく》した。頭部を淡《あわ》いスタンエフェクトが取り巻いているが、すぐに復活するだろう。

最後の指示。

「左手の武器を──引《ひ》き継《つ》ぎ武器にチェンジして！」

仲間たちも、もうシリカの意図を察していたのだろう。言葉が終わらないうちから四人とも装備メニューに指を走らせ、決定ボタンを押した。

掲《かか》げられた五本の鉄武器が白い光に包まれて消え、そこに煌《きら》びやかな輝《かがや》きをまとう最強武器たちが出現した。

シリカの短剣《たんけん》、イーススレッダ。

リーファの長剣《ちょうけん》、リーザヴィンド。

エギルの両手斧《りょうておの》、ノーツヒョール。

クラインのカタナ、霊刀《れいとう》カグツチ。

そしてリズベットのハンマー、雷鎚《らいつい》ミョルニル。

ALOから引《ひ》き継《つ》いだこれらの武器は、シノンのヘカートIIと同じく要求筋力値が高すぎて、レベル20に近づきつつある現在でも持ち上げることすら覚束《おぼつか》ない。

しかし、頭上に掲《かか》げた手の中に出現させ、そこから真下に落とすだけならいまでも可能だ。一センチ刻みの精密なコントロールは困難だが、女王バチは弱点となる胸部だけでも中型車のタイヤほどの大きさがある。

「う……りゃあああ！」

シリカは珍《めずら》しく渾身《こんしん》の雄叫《おたけ》びを放ちながら、巨岩《きょがん》の如《ごと》く重いダガーが落ちていく軌道《きどう》を必死に調整し、仰向《あおむ》けになった女王の肢《あし》の付け根に叩《たた》き込んだ。

ほとんど同時に、仲間たちの引《ひ》き継《つ》ぎ武器も雷鳴《らいめい》じみた轟音《ごうおん》とともに落下し、分厚い甲殻《こうかく》を放射状に深々と断《た》ち割《わ》った。

20

真っ先に危惧《きぐ》したのは、俺の体を貫通《かんつう》した何かがエオラインに当たらなかったかということだった。

だがどうやら、物体は横抱《よこだ》きしたエオラインの前髪《まえがみ》を掠《かす》めて虚空《こくう》に飛び去ったようだ。一瞬《いっしゅん》安堵《あんど》しかけるが、それはまだ早い。心意《シンイ》防壁《ぼうへき》を展開しつつ、素早《すばや》く体を反転させる。

白い綿雲の端《はし》に、ぽつりとインクを落としたような黒い影《かげ》が見えた。

人間だ。長い髪《かみ》とコートの裾《すそ》をなびかせた黒衣の人影《ひとかげ》が、当たり前のように浮遊《ふゆう》している。こちらに伸ばされた右手には、大型の拳銃《けんじゅう》らしき物体。俺の右胸を貫通《かんつう》したのは、あの銃《じゅう》から発射された弾《たま》だったらしい。

撃《う》たれたのだ、と思った途端《とたん》に焼けつくような激痛が甦《よみがえ》る。ちらりと見下ろすと、右の鎖骨《さこつ》の下あたりに指がすっぽり入りそうな大きさの穴が開き、そこから鮮血《せんけつ》が噴《ふ》き出ている。

心臓への直撃《ちょくげき》は免《まぬが》れたとは言え、かつての俺なら天命を半分失い、もう半分も出血とともに急減少していたであろう傷だ。しかし最高司祭《さいこうしさい》アドミニストレータ、そして暗黒神《あんこくしん》ベクタことガブリエル・ミラーとの戦いを経て、俺はこの世界に於《お》ける肉体が魂《たましい》の投影《とうえい》に過ぎないのだということを知った。

ガブリエルに下半身を吹《ふ》き飛《と》ばされ、心臓を抉《えぐ》り出されたことを思えば、この程度の負傷は傷のうちに入らない。自分の血をリソースにして銃創《じゅうそう》を治癒《ちゆ》させ、ついでに機士服《きしふく》も修復しておく。

アドミニストレータ戦の時点でいまの半分でも心意の力を使いこなせていれば、ユージオを救えたかもしれない……という刹那《せつな》の感傷を振《ふ》り払《はら》い、俺は彼方《かなた》の人影《ひとかげ》を睨《にら》んだ。

百メートル近く離《はな》れているうえに朝日を背負っているので顔は見えないが、基地で遭遇《そうぐう》した《閣下》──イスタルだということは雰囲気《ふんいき》で解《わか》る。あの大騒《おおさわ》ぎの中、即座《そくざ》に追ってきたのは驚《おどろ》きだが、それ以前にどうやって飛んでいるのだろう。

情報を得るために近づくべきか、エオラインと神獣《しんじゅう》の安全を優先してとっとと逃げるべきか、はたまた問答無用で先制攻撃《こうげき》するべきか。

こちらの迷いを見透《みす》かしたように、人影《ひとかげ》が突然《とつぜん》動いた。

ロングコートを黒い翼《つばさ》の如《ごと》く翻《ひるがえ》しながら、想像を遥《はる》かに超《こ》えるスピードで距離《きょり》を詰《つ》めてくる。

咄嗟《とっさ》に心意防壁《ぼうへき》を広げ、出力も強化する。

このままだと不可視の壁《かべ》に激突《げきとつ》し、全身の骨が砕《くだ》けるほどのダメージを受けると推測した、その時。人影《ひとかげ》は、虚空《こくう》を焼《や》き焦《こ》がすような急減速を敢行《かんこう》し、心意防壁《ぼうへき》のわずか十センチ手前で停止した。

間合いはもう十メートルと離《はな》れていない。緩《ゆる》くウェーブする黒髪《くろかみ》の下で、アイスブルーの瞳《ひとみ》が冴《さ》え冴《ざ》えとした光を放つ。

初めて真正面から見るイスタルの顔貌《がんぼう》は、やはり人間離《にんげんばな》れした美しさだった。単なる容姿に畏怖《いふ》まで感じてしまうのは、最高司祭《さいこうしさい》アドミニストレータと相対した時以来の感覚だ。

イスタルは一切《いっさい》の表情を浮《う》かべず、言葉も発しないまま五秒ほども俺を凝視《ぎょうし》し、次いで意識のないエオラインを見た。ここでようやく、滑《なめ》らかな眉間《みけん》のあたりにほんの少し感情のようなものが過《よ》ぎった気がしたが、それもすぐに消えてしまう。

再び視線を上げると、ようやく紅《あか》い唇《くちびる》が動いた。

「警告もなくいきなり後ろから撃《う》ったことは謝罪する。これが通用するかどうか最初に試《ため》しておきたかったので」

右手の大型拳銃《けんじゅう》を持ち上げ、軽く傾《かたむ》ける。

済まないとは微塵《みじん》も思っていなそうな顔と口調と仕草でそんなことを言われ、俺もようやく「こんにゃろう」と思う余裕《よゆう》ができた。心意防壁《シンイぼうへき》を維持《いじ》しつつ、まずはジャブを繰《く》り出す。

「わざと右胸《みぎむね》を狙《ねら》ったのか？　それとも頭か心臓を狙《ねら》ったのが外れたのか？」

「あの距離《きょり》から一点を狙《ねら》うのは現実的ではない。どこかに当たれば上出来だ」

俺の挑発《ちょうはつ》をさらりと受け流すような答えだが、考えてみればこいつは百メートル近く離《はな》れた場所から一発で俺に当てたのだ。以前シノンが、拳銃《けんじゅう》の有効射程距離《きょり》は現実世界ならせいぜい二十メートル、ＧＧＯでも五十メートルがいいところだと言っていた。イスタルが持っている銃《じゅう》はいかにも試作品といった風情《ふぜい》の無骨な代物《しろもの》で、精度が高そうには見えない。地下の小部屋で披露《ひろう》した神速の斬撃《ざんげき》に加えて、射撃《しゃげき》も達人級だということか。

「……その銃《じゅう》は、どういう仕組みで弾《たま》を発射してるんだ？」

ギィーンという奇妙《きみょう》な発射音を思い出しながら、二つ目の質問を投げかける。さすがにもう答えてくれないかと思ったが、イスタルは右手の拳銃《けんじゅう》を見下ろすと言った。

「風素《ふうそ》の解放圧で弾丸《だんがん》を撃《う》ち出すだけの、単純な仕組みだ。余計な圧力を圧縮室から抜く調節機構に工夫《くふう》があるが」

「なるほどね……」

つまり耳障《みみざわ》りな異音は、その調節機構とやらが発生源なのだろう。具体的にどういう仕組みなのか気になるが、さすがに貸してくれとは言いづらい。

それにしても、この距離《きょり》で言葉を交《か》わしているのに、まだイスタルが男なのか女なのか確信が持てない。やや高めなハスキーボイスや凄絶《せいぜつ》なまでの美貌《びぼう》、そして身長や体格、服装すらも見事なくらい中性的で、当て推量すら拒絶《きょぜつ》している。

しかし少なくとも、体のどこにも小型のプロペラやジェットエンジンは見当たらないので、この人物が俺と同じく心意力《シンイりょく》だけで飛んでいることは確実だ。

心意力とはある意味、《世界の常識を自分一人のイメージで覆《くつがえ》す》力なので、空を飛ぶのは現象の単純さとは裏腹に、要求される心意強度が凄《すさ》まじく高い。全てのアンダーワールド人に加えて、自分自身の頭にも《人は空を飛べない》という常識が刷《す》り込まれているからだ。

俺が知る限り、完全な心意《シンイ》飛行を可能としていたのは最高司祭《さいこうしさい》アドミニストレータと暗黒神《あんこくしん》ベクタだけだし、俺だって彼らとの激闘《げきとう》を経験しなかったら、とてもいまの境地に至ることはできなかっただろう。

つまりイスタルはあのレベルの戦いを経験しているか、もしくは自力でアドミニストレータ級の精神力を身につけたということになるのだが――。

氷のような双眸《そうぼう》を睨《にら》みつつ、そんなことを考えていると。

「二つも質問に答えたのだから、お前も同じだけ答えるべきだ」

大型拳銃《けんじゅう》を右腰《みぎこし》のホルスターに戻《もど》しながら、イスタルがそう言った。

いやいやこっちは撃《う》たれてるんだぞ！　と思わずにはいられないが、情報を引き出せるなら会話を続ける価値はあるし、エオラインもそのうち回復するはずだ。俺の背後に浮《う》かんでいる神獣《しんじゅう》が目覚めたらどうなるのか少々不安だが、いざとなったら心意の殻《から》で包んでしまえば何とかなるだろう。

「……いいぜ、答えられることなら」

俺がそう応じると、イスタルは即座《そくざ》に、まったく予想外の質問を投げかけてきた。

「アビッサル・ホラーを消滅《しょうめつ》させたのはお前か」

素直《すなお》に答えていいのかどうか、一瞬《いっしゅん》迷う。イエスと言えば、俺の心意力《シンイりょく》を見積もる物差しを与《あた》えてしまうことになるが……しかしそれが会話を打ち切って攻撃《こうげき》してくる理由にはならないだろう。

「そうだ」

俺一人の力じゃないけど、とまでは言わずにおく。過大評価してくれるなら、それはそれで構わない。

「なるほど……」

イスタルは、長い髪《かみ》を冷たい風になびかせながら、何やら考える素振《そぶ》りを見せた。

遥《はる》か後方では、真っ赤な太陽がゆっくりと、しかし着実に上昇《じょうしょう》し続《つづ》けている。現実時間ではもうすぐ午後四時。俺とアスナ、アリスは、午後五時になったら神代《こうじろ》博士の手で強制的にログアウトさせられてしまう。それまでにセントラル・カセドラルへ戻《もど》るのはもう絶望的だが――そもそもゼーファンは修理しなくては飛べない――、せめて俺がいきなり消滅《しょうめつ》しても問題ない状況《じょうきょう》を作っておかなくてはならない。

あと五分だけ会話を続たら、イスタルを心意《シンイ》防壁《ぼうへき》で包んで捕獲《ほかく》し、ひとまずこの場所を離《はな》れよう。

俺がそう決意した、まさにその瞬間《しゅんかん》。

「時間稼《じかんかせ》ぎだ」

腕《うで》の中で、かすかな声がそう告げた。

ハッと下を見ると、エオラインがマスクの奥《おく》で薄《うす》く両目を開けている。まだいくらか辛《つら》そうだが、緑色の瞳《ひとみ》には力が戻《もど》りつつある。ひとまず安心だが——しかし、時間稼《じかんかせ》ぎとはどういう意味なのか。

俺の途惑《とまど》いを直接読み取ったかのように、エオラインは掠《かす》れ声《ごえ》で続けた。

「いまごろ、地上の基地では人員を退避《たいひ》させているはずだ。それが終われば、基地そのものも抹消《まっしょう》されるだろう」

「ま、抹消《まっしょう》……って、いったい……」

唖然《あぜん》と呟《つぶや》きながら、俺は足許《あしもと》を見下ろした。

視線は分厚い雲に遮《さえぎ》られてしまうが、ごく希《き》薄《はく》な心意《シンイ》を放射すれば熱や動きは感知できる。基地に隣接《りんせつ》する滑走路《かっそうろ》では、《アーヴス》という名前の大型機竜《きりゅう》がすでにエンジンを始動させ、貨物室に兵士たちが次々と荷物を運《はこ》び込んでいるようだ。

この動きに気付かなかったのは大間抜《おおまぬ》けもいいところだ。俺は情報を手に入れるつもりで、イスタルの策にまんまと嵌《は》まっていたらしい。

「……よく気付いたな」

前方で、冷ややかさの中に仄《ほの》かな感情が漂《ただよ》う声がそう言った。

俺が顔を上げるのと同時に、エオラインがこちらもいままでとはどこかトーンの異なる声を投げかけた。

「君の考えそうなことだからね、トーコウガ・イスタル」

「………！」

思わず息を呑《の》んでしまう。

イスタルを以前から知っているとしか思えない言い方だ。そして、投げ返された言葉もまた同様だった。

「侵入《しんにゅう》していたのはやはりお前だったか、エオライン・ハーレンツ。相変わらず体が弱いようだな」

その指摘《してき》にムッとしたわけではあるまいが、エオラインは再び俺を見上げて言った。

「僕はもう大丈夫《だいじょうぶ》。下ろしてくれ」

言葉の後に、口の動きだけで「キリト」と付け加える。これは、俺の名前を明かすなというメッセージだろう。

それには何の異存もないが、下ろせと言われても、足許《あしもと》にあるのはふわふわの綿雲だけだ。エオラインを立たせるには心意で足場を作るか、体を摑《つか》むかしなければ……という俺の躊躇《ちゅうちょ》を察してか、囁《ささや》き声《ごえ》が続いた。

「支えてもらう必要はないよ」

「……わかった」

俺は頷《うなず》くと、エオラインの脚《あし》を支えていた左腕《ひだりうで》を下げた。

黒革《くろかわ》のブーツが虚空《こくう》を踏《ふ》む。恐《おそ》る恐《おそ》る右手を離《はな》しても、機士団長《きしだんちょう》の体が落下する様子はない。

つまりイスタルのみならず、エオラインも心意飛行《シンイ》を習得しているわけだ。

考えてみれば、異界戦争《いかいせんそう》から二百年もの時間が経過しているのだ。他の星まで飛べるほどに科学技術が発展したのなら、心意力に関しても同じくらい研究や革新が行われたと考えるべきだろう。当然、そこには《心意の効率的な習得方法》も含《ふく》まれるはず。

これからは「心意があれば絶対大丈夫《だいじょうぶ》」とか思うのはやめよう、と自分に言い聞かせつつ、俺は対峙《たいじ》する二人を見守った。

最初に口を開いたのはエオラインだった。

「銃《じゅう》と剣を捨てて投降しろ。君がやっていることは、星界統一会議《せいかいとういつかいぎ》への明白なる反逆行為《こうい》だ。僕は、君を捕縛《ほばく》してセントリアに連行しなくてはならない」

それを聞いたイスタルは、唇《くちびる》にごくごく淡《あわ》い笑《え》みを滲《にじ》ませた。

「生真面目《きまじめ》すぎるところも変わっていないな、エオル。ここで投降するくらいなら、お前たちを追わずに逃げていたさ」

「……君は変わったね、コウガ。昔の君なら、部下を逃がす時間を稼《かせ》ぐために、自分を危険に晒《さら》したりはしなかった」

エオラインのその言葉に、俺は再び地上の様子を確認《かくにん》した。

大型機竜《きりゅう》への荷物の積《つ》み込みはまだ続いている。あの基地の中核《ちゅうかく》設備は全て地下にあったのだろうから、エレベーターで運び出すのは確かに時間がかかるだろう。その中には神獣《しんじゅう》の子供を生体ミサイルに改造するための装置も含《ふく》まれているはずで、少なくともそれは絶対に押さえたい。

もし機竜《きりゅう》が動き始めたら、俺がどうにかしないと……と思っていると。

「危険に晒《さら》す……？」

軽く首を傾《かし》げながら、イスタルがそう問い返した。

風になびく黒髪《くろかみ》を右手で肩《かた》の後ろに払《はら》いながら、真顔で続ける。

「無論、そんなことはしないさ。私はアーヴスが離陸《りりく》するまで君たちの相手をして、その後に立ち去る……いや、飛び去るだけだ」

自分が負傷することはおろか、捕縛《ほばく》されるとさえ微塵《みじん》も思っていないらしいその口ぶりに、エオラインは軽く肩《かた》をすくめた。

「なるほど、確かに変わっていないね。でも、君が人界統一大会《じんかい》の決勝戦で僕に負けたのは、その倨傲《きょごう》のせいだよ」

「心意を禁じられた試合などただの見世物だ。本当の戦いがどういうものなのか、私がお前に教えてやろう」

そう言い放つと、イスタルは左腰《ひだりこし》のサーベルを無造作に抜刀《ばっとう》した。

一瞬遅《いっしゅんおく》れて、エオラインも機士服《きしふく》のベルトに吊《つ》られた剣を抜く。

二本の剣を、曙光《しょこう》が赤々と輝《かがや》かせる。曲刀と直剣の違《ちが》いはあれど、オブジェクト・クラスは同等と見える。どうやら二人には古い因縁《いんねん》がありそうなので、戦いに水を差したくないという気もするが、彼らの間には俺が心意《シンイ》防壁《ぼうへき》を張ったままだし、のんびりしていたら地上の機竜《きりゅう》が離陸《りりく》してしまう。

「すまんエオ、あいつ捕《つか》まえるぞ」

俺はそう囁《ささや》くと、防壁《ぼうへき》を瞬時《しゅんじ》に変形させ、イスタルを透明《とうめい》な球殻《きゅうかく》に包《つつ》み込んだ。

もう基地の警報を気にする必要はないので、防壁《ぼうへき》を本気で強化する。いかにイスタルが空を飛べるほどの心意使いでも、宇宙怪獣《かいじゅう》アビッサル・ホラーの光弾《こうだん》さえも防いだ俺の心意防壁《ぼうへき》を破壊《はかい》できるとは思えない。これは決して慢心《まんしん》ではなく、客観的な評価だ。

不可視の檻《おり》の中で、イスタルがふわりと前に動いた。

左手を伸ばし、防壁《ぼうへき》に触《ふ》れた。

異様に冷たいものが、意識をずるりとすり抜けていく感覚。心意防壁《ぼうへき》は破れていないのに、イスタルの手が壁《かべ》を貫《つらぬ》いて外に出てくる。この感覚は、ゼーファン十三型を包《つつ》み込んだ防壁《ぼうへき》に生体ミサイルが潜《もぐ》り込んできた時と同じ——だが何十倍、何百倍も強力だ。

心意を侵《おか》す心意。

防壁《ぼうへき》から苦もなく抜け出したイスタルが、凄《すさ》まじいスピードでエオラインに斬《き》り掛《か》かった。

21

幸いなことに、二十メートルもの高さにあるハチの巣の入り口まで、巨木《きょぼく》の表面をよじ登る必要はなかった。

木の裏側の根元に大きなウロがぽっかりと口を開け、そこから幹の内部を通る天然の通路が巣まで続いていたのだ。

女王たるギルナリス・クイーン・ホーネットが死んだ直後、四匹の兵士バチと数十匹《びき》の働きバチもいっせいに砕《くだ》け散《ち》り、巣に連《つ》れ込まれたチェットのHP減少も止まったので焦《あせ》る必要はない。しかしシリカは突入隊《とつにゅうたい》の先頭に立ち、肩《かた》を壁《かべ》に擦《こす》りそうなほど狭《せま》い通路を全速力で駆《か》け上《のぼ》った。

苔《こけ》むした床《ゆか》に何度か足を取られつつ、螺旋状《らせんじょう》に延びるトンネルを突《つ》き進《すす》んでいくと、やがて広い空洞《くうどう》に出た。壁《かべ》には六角形の巣房《すぼう》がぎっしり並んでいるが、幼虫やさなぎも女王と一緒《いっしょ》に消滅《しょうめつ》したらしく、全て空っぽだ。少しだけ憐《あわ》れに感じるが、いまはそれよりも——。

「チェット！　どこにいるの⁉」

空洞《くうどう》の中を見回しながら、シリカは叫《さけ》んだ。

するとすぐに、奥《おく》のほうからか細い声が聞こえた。

そしてその根元に、灰色の粘土《ねんど》のようなもので床《ゆか》に塗《ぬ》り込められた小柄《こがら》なパッテル族《ぞく》の姿があった。

左側の壁《かべ》には複数の出入り口が設けられ、反対側の壁《かべ》には玉座めいた高台がそびえている。

そこを潜《くぐ》り抜けると別の、より大きな空洞《くうどう》に出た。恐《おそ》らくここがハチの巣の中心部なのだろう、

追いついてきたアルゴ、リーファと一緒《いっしょ》にダッシュする。奥《おく》の壁《かべ》には新たなトンネルがあり、

「ここだよー！」

「チェット！」

急いで駆《か》け寄《よ》り、粘土《ねんど》状《じょう》物質を両手で引《ひ》き剝《は》がす。

解放されたチェットは、小さな体をぶるっと震《ふる》わせてからシリカに飛びついてきた。

「ありがと、ありがとシリカ」

「ううん……こっちこそ、すぐに助けられなくてごめんね。怪我《けが》はない？」

と訊《き》いてから、この世界のＮＰＣには怪我《けが》という概念《がいねん》が存在しない可能性もあると思ったが、

チェットは尖《とが》った鼻をふるふると横に振った。

「幼虫に少し尻尾《しっぽ》をかじられたけど大丈夫《だいじょうぶ》だよ」

「え、ええ……？」

慌《あわ》ててチェットの尻尾《しっぽ》を見ると、確かに先端《せんたん》が十センチほど欠け、断面から赤いダメージ・

エフェクトが零《こぼ》れている。しかしこの程度の部位欠損なら、ＨＰが回復すれば直るはずだ。

落ち着きを取《と》り戻《もど》したチェットは、シリカから離《はな》れると周りに立つリーファたちを見回し、大声で叫《さけ》んだ。

「それより、みんなこっち来て！」

手招きしながら、玉座の裏側へと走っていく。追いかけたシリカは、そこにうずたかく積まれたものを見てしばし絶句した。

武器や防具、装飾品《そうしょくひん》、道具類、そして金銀銅貨が、入り口から差し込む自然光を受けてきらきら光っている。

女王や他のハチたちは、いままで戦ってきたモンスターと違《ちが》って、ＨＰがゼロになると即座《そくざ》に四散して素材アイテムを直接ドロップした。思い返せば、三日前に戦った超巨大《ちょうきょだい》人面ムカデ《ザ・ライフハーベスター》もそうだったので、ボス扱《あつか》いのモンスターは解体作業が必要ない仕様になっているのだろう。

ゆえに、ギルナリス・ホーネットの撃破《げきは》報酬《ほうしゅう》も翅《はね》や甲殻《こうかく》、毒針といった素材類だけなのだと思っていたのだが。

「うわあ、すっごい……！　お宝ざくざく！」

歓声《かんせい》を上げるリーファの隣《となり》で、シリカは首を傾《かし》げた。

「でも……どうして虫型モンスターがお金とか武器とか溜《た》め込んでるんでしょうね？」

「そりゃあ、アレだロ」

　進み出てきたアルゴが、コインを一枚拾うと親指で高く弾《はじ》き上げた。

「チェットみたいに、巣に連《つ》れ込まれた冒険者《ぼうけんしゃ》の……」

「それ以上言わなくていいです！」

　シリカが急いで割《わ》り込むと、アルゴは澄《す》まし顔《がお》で落ちてきたコインをキャッチした。

　言われてみればそれ以外に考えられないし、となるとゴッソリ持ち出すのも気が引けるが、残しておいてもいずれ他のプレイヤーに獲得《かくとく》されるか、放置アイテム扱《あつか》いで耐久度《たいきゅうど》が全損してしまうだろう。巣に突入《とつにゅう》したシリカ、アルゴ、リーファ以外の仲間たちは外でいまかいまかと待っているはずだし、ぐずぐずしてはいられない。

「これ、あたしたちのストレージに全部入りますかね？」

　振り向いて訊《き》くと、アルゴとリーファは同時にニッと笑った。

「ギリギリ入るだロ」「丸太とか捨てればね」


　ウロから出てきたチェットを見た途端《とたん》、パッテル族《ぞく》のチノーキとチルフが甲高《かんだか》い喜びの声を上げた。抱《だ》き合《あ》う三人の周りで、クラインやホルガーたちのみならずバシン族《ぞく》の戦士たちまで「良かった良かった」というような笑《え》みを浮《う》かべている。

　しかしそれも、シリカとアルゴ、リーファがストレージに詰《つ》め込んできた大量のお宝を地面に積み上げるまでだった。

ＭＭＯＲＰＧに於《お》ける揉《も》め事《ごと》の原因と言えば詐欺《さぎ》、陰口《かげぐち》、そして分配だ。シリカは、ＡＬＯにコンバートしてからはほぼ固定メンバーで冒険《ぼうけん》してきたが、ＳＡＯ時代は野良《のら》パーティーに参加することもよくあったので、アイテム分配で揉《も》めたのも一度や二度ではない。思い出してみれば、35層の《迷いの森》をソロで抜けようとして死にかけたのも、パーティーメンバーの一人が「あんたはそのトカゲが回復してくれるんだから回復結晶《かいふくけっしょう》は必要ないわよね」などと言い出したからだった。

あの出来事がなければキリトとは出会えなかったわけだが、当時の自分の天狗《てんぐ》っぷりは思い出すたびに「ウワー！」と叫《さけ》びたくなる。いまは出しゃばらず、分配方法はレイドリーダーのシノンに任せよう……と思ったのだが。

「分配は、ラスナリオに戻《もど》ってからでいいわよね」

いつもながら冷静なシノンの言葉に、宝の山の周囲を踊《おど》り回らんばかりだったクラインたちも我に返って頷《うなず》いた。確かに、ここで話し合いを始めたら二十分や三十分はすぐに過ぎ去ってしまうだろう。今回の探索行《たんさくこう》の目的はハチの巣ドームを攻略《こうりゃく》することではなく、新たな鉄鉱石の湧《わ》きスポットを確保することと、フリスコルが言っていた《次の台地に上る道》を見つけることなので、まだ引き返すわけにはいかない。

大量のお宝は、まず複数の木箱に収納してから、その蓋《ふた》を蠟《ろう》で封印《ふういん》し、筋力型のメンバーに預けた。こうしておけば、ウインドウ上の操作で中身を取り出すと、次に箱を実体化させた時に封印《ふういん》が壊《こわ》れているのでそうと解《わか》る。

作業が終わると、シリカは最後にもう一度、天然のドームを見回した。

頭上を覆《おお》う巨木《きょぼく》の枝葉《えだは》越《ご》しに差し込む午後の日差しが、空中に金色のラインを描《えが》いている。

地面ではいまなおガルガーモルの花が赤紫色《あかむらさきいろ》の花弁を広げているが、もう蜜《みつ》を吸いにくるハチたちはいない。少し前まで繰《く》り広《ひろ》げられていた激闘《げきとう》の痕跡《こんせき》を残すのは、南側のトンネル近くに築かれた三つの掩体《バンカー》だけだが、どれも耐久力《たいきゅうりょく》はほとんど残っていないのでいずれ消えてしまう。

恐《おそ》らく、巨木《きょぼく》に貼《は》り付《つ》くハチの巣も同じだろう。

あれほどハチの羽音がうるさかったのに、いま聞こえるのは微風《そよかぜ》にそよぐ葉擦《はず》れの音だけ。

生き物のコロニーを一つ壊滅《かいめつ》させてしまったことにいくばくかの罪悪感を覚えなくもないが、ギルナリス・ホーネットもかつてパッテル族《ぞく》の街を滅《ほろ》ぼしたのだ。

「おーい、行くよー！」

リズベットの声に振り向くと、出発の準備を終えた仲間たちが、笑顔《えがお》でシリカを見ていた。

「はーい！」

元気よく答えると、シリカは頭にピナを乗せたミーシャに合図して、皆《みな》のところに走った。

22

そんな場合ではないと知りつつも、俺はエオラインとイスタルの空中戦に声もなく見入ってしまった。

俺とガブリエルの戦いと違《ちが》って、双方《そうほう》派手に飛び回ることはない。足許《あしもと》が雲海であることを除けば通常の斬《き》り合《あ》いに見える——のだが、あらゆる攻撃《こうげき》と防御《ぼうぎょ》が心意《シンイ》力《りょく》によって強化されている。

それはつまり、相手の斬撃《ざんげき》をガードする時に、一瞬《いっしゅん》でもイマジネーションの集中が遅《おく》れれば剣を砕《くだ》かれてしまうということだ。攻撃《こうげき》する時も同じで、どれほど速く剣を振り下ろそうとも、イメージがついてこなければ相手の受《う》け太刀《たち》で自分の剣が折れる。

いま二人は、超高速の斬《き》り合《あ》いに、イマジネーションの操作を完璧《かんぺき》にシンクロさせている。長年の訓練がなければとても不可能な神業《かみわざ》だ。現在の俺では、とてもここまで滑《なめ》らかに心意を切《き》り替《か》えられない。もはや《心意システム》とすら呼びたくなる、体系化された技術。

目まぐるしい斬《き》り合《あ》いを続けていた二人の間合いが、少しだけ開いた。

わずかな溜《た》めの後、

「ハアアッ！」

「シェエッ！」

エオラインとイスタルは、裂帛《れっぱく》の気合いとともに、鏡像の如《ごと》き同一モーションの上段斬《じょうだんぎ》りを繰《く》り出した。

刃《やいば》と刃《やいば》が激突《げきとつ》し、空間そのものを揺《ゆ》らすような衝撃波《しょうげきは》が広がる。よくよく見ると、二本の剣の間には紙一枚ほどの空隙《くうげき》が存在する。いま、あの一点で、相手の剣を破壊《はかい》せんとする両者の心意がせめぎ合っている。

圧力が限界に達した刹那《せつな》、ギャイイン！　と耳をつんざくような音とともに二人とも大きく押《お》し戻《もど》された。

いまのところ戦いは互角《ごかく》――しかし不安なのは、つい数分前まで昏倒《こんとう》していたエオラインの体力だ。イスタルは先ほど、「相変わらず体が弱いようだな」という言葉を口にした。彼らが少年時代からの知り合いなら、俺が危惧《きぐ》したとおり、エオラインは生まれつき丈夫《じょうぶ》なたちではないのだろう。

セントラル・カセドラルに向かう機車《きしゃ》の中で、エオラインは「十六歳の時に統一大会で優勝した」と言っていた。先刻のやりとりによれば、その時の相手こそがイスタルだったらしい。つまり眼前の戦いは事実上、アンダーワールド最強の剣士たちによる頂上決戦だということになるわけで、そう考えると手出しを控《ひか》えたくなるがしかしこれは試合ではない。エオラインの体力が尽《つ》きる前に、ここぞというタイミングで割《わ》り込んでイスタルを無力化しなくては。

心意防壁《シンイぼうへき》による捕獲《ほかく》は《侵食《しんしょく》》ですり抜けられてしまうが、他にできることはたくさんある。二人が斬《き》り結《むす》ぶ瞬間《しゅんかん》、熱素《ねつそ》を一つでも飛ばしてイスタルの集中を乱せば、エオラインの斬撃《ざんげき》を受け切れず、サーベルを破壊《はかい》されるだろう。

——次の接触《せっしょく》で介入《かいにゅう》する。

俺が決意した、その瞬間《しゅんかん》。

いくつかのことが同時に起きた。

まず、地上の滑走路《かっそうろ》から、《アーヴス》ではない新たな機竜《きりゅう》が二機、立て続けに離陸《りりく》した。大きく弧《こ》を描《えが》きつつ上昇《じょうしょう》してくる機体は小型で高速、恐《おそ》らく戦闘機《せんとうき》だ。続いて《アーヴス》のほうも誘導路《ゆうどうろ》から滑走路《かっそうろ》へと動き始める。貨物の積《つ》み込みが終わったらしい。

さらに、基地の地下深くで、無数の熱素《ねつそ》と風素《ふうそ》がいっせいに励起《れいき》した。徐々《じょじょ》に圧力を増していく素因群《エレメントぐん》は、どう考えてもエネルギー供給用ではない。エオラインが示唆《しさ》していた「基地を抹消《まっしょう》」するための手段……つまり、巨大《きょだい》な建物を丸ごと爆破《ばくは》するつもりなのだ。そして恐《おそ》ろしいことに、基地の中にはまだ職員たちが二十人以上も残っている。

右下方から回り込んでくる戦闘機《せんとうき》たちの目的はイスタルの支援《しえん》だろう。彼らに対処しつつ、《アーヴス》の離陸《りりく》を妨《さまた》げ、基地の爆破《ばくは》を止める。それを全て俺一人でやるのはどう考えても不可能だ。

大きく距離《きょり》を取ったエオラインとイスタルが、剣を右肩《みぎかた》の上に構えた。刀身に黄緑色の輝《かがや》きが宿る。秘奥義《ひおうぎ》──ソードスキルのプレモーション。

いまこの瞬間《しゅんかん》、俺にできることは一つだけだ。

極限まで加速された知覚の中で、懸命《けんめい》に考える。最も優先すべきことはエオラインの援護《えんご》か、戦闘機《せんとうき》の迎撃《げいげき》か、《アーヴス》の離陸抑止《りりくよくし》か、基地の爆破《ばくは》回避《かいひ》か。

ふと、誰《だれ》かの声が聞こえた気がした。

──あとは、頼《たの》んだぞ……。この世界を……人々を、守ってくれ……。

ずっとずっと昔、俺にそう告げたのは、アンダーワールドの管理者であり守護者だった賢者《けんじゃ》カーディナルだ。

俺は彼女の言葉を心に刻み、アドミニストレータやベクタと戦った。しかし、まだこの世界の危機が去ったわけではない。再びログインして以来ずっと心のどこかに傍観者《ぼうかんしゃ》めいた気分が残っていたが、かつてアンダーワールドのために戦い、俺に希望を託《たく》して去っていった人々の想《おも》いは永遠に消えることはない。俺を信じてカセドラルから送り出してくれたアスナやアリスのためにも、できることは全てやらなくては。

アスナ……アリス……カーディナル。

三人の顔が脳裏《のうり》を過《よ》ぎった瞬間《しゅんかん》、一つの突拍子《とっぴょうし》もない思いつきがバチッと音を立ててスパークした。

いまこの場にアリスとアスナがいれば、全ての事象に対応できる。

もちろん二人は、五十万キロメートルも離《はな》れた惑星《わくせい》カルディナのセントラル・カセドラルで留守番をしている。マッハ三百で飛べるゼーファン十三型でも一時間半かかる距離《きょり》だ。

しかし、賢者《けんじゃ》カーディナルが得意としていた《扉《とびら》》の術式——すなわち瞬間《しゅんかん》転移ゲートなら、物理的な距離《きょり》を無視できる。そもそもアンダーワールドには、現実世界と同じ意味での距離《きょり》は存在しないのだ。

もちろん俺はゲートを作る術式など知らないが、かつてカーディナルの使《つか》い魔《ま》であるシャーロットが言っていたではないか。あらゆる術式は、心意《シンイ》を導き、整えるための道具に過ぎないのだと。充分《じゅうぶん》に強くイメージできれば、素因《エレメント》を無詠唱《むえいしょう》で生成するように、転移ゲートも作れるはずだ。

俺はエオラインの背中から目を離《はな》し、真上の空を仰《あお》いだ。

カルディナとアドミナは同方向に同じ周期で自転しているが、カルディナの央都《おうと》セントリアとアドミナの首都オーリは正反対の位置にあるので、一日のあいだに接近と離隔《りかく》を繰《く》り返《かえ》す。そしていまは、セントリアとオーリが最も近づく時間だ。

夜明けの空には、あたかも月から見た地球の如《ごと》く、片側を青く輝《かがや》かせる巨大《きょだい》な星が浮《う》かんでいる。俺がいまいる場所は、首都オーリとさほど離《はな》れていないはずなので——。

見えた。

人工的な逆三角形の大陸。赤い大地の左上、白い山脈に囲まれた鮮《あざ》やかな緑色の円が人界《じんかい》だ。その中心に央都《おうと》セントリアがあり、さらに中心にはセントラル・カセドラルがそびえている。肉眼ではさすがに見分けられないが、イメージを集中させることはできる。

俺は、朝陽《あさひ》が供給する空間リソースをかき集めて膨大《ぼうだい》な量の晶素《しょうそ》を生成し、それを一ヶ所に凝縮《ぎょうしゅく》させて大型の一枚扉《いちまいとびら》を生み出した。

クリスタルのように透《す》き通《とお》る扉《とびら》の下には、直径七メートルほどの薄《うす》い円盤《えんばん》を作る。ここまで一秒……続く二秒を費《つい》やして、遥《はる》か彼方《かなた》の惑星《わくせい》にいるアスナとアリスの姿を思《おも》い描《えが》く。

いや、二人がいるのはすぐそこ、透《す》き通《とお》る扉《とびら》の先だ。

この世界に距離は存在しない。

水晶《すいしょう》の扉越《とびらご》しに見える朝焼けが、波紋《はもん》のように揺《ゆ》れた。

そこに、青い機士団《きしだん》の制服を着た二人の姿がぼんやり映し出された——と思った瞬間《しゅんかん》、俺は念動で扉《とびら》を引き開けた。

仄白《ほのじろ》く揺蕩《たゆた》っていた光景が、鮮《あざ》やかな色彩《しきさい》を獲得《かくとく》する。映像ではない。水晶《すいしょう》の扉《とびら》を介《かい》して、惑星《わくせい》アドミナの原野と、惑星《わくせい》カルディナのセントラル・カセドラルが繋《つな》がったのだ。

「アスナ！　アリス！」

同時に四種類の心意《シンイ》を操作しながら、俺は並んで何やら作業しているらしい二人に向けて、喉《のど》も裂《さ》けよとばかりに叫《さけ》んだ。

「悪い、手伝ってくれ！」

もし逆の立場だったら、俺が驚愕《きょうがく》から醒《さ》め、状況《じょうきょう》を把握《はあく》し、罠《わな》ではないと判断してから扉《とびら》をくぐるのに少なくとも十秒はかかっただろう。

しかし、アスナとアリスはわずか半秒で硬直《こうちょく》状態から脱《だつ》し、疑う様子を微塵《みじん》も見せずに床《ゆか》を蹴《け》った。

相次いで扉《とびら》を通《とお》り抜け、透明《とうめい》な円盤《えんばん》の上を数歩走って立ち止まる。周囲全てが朝焼け空で、円盤《えんばん》の真下は純白の雲海という状況《じょうきょう》にはさすがに驚《おどろ》いたようだったが、それでも二人は行動を止めなかった。

「キリトくん、何をすればいいの⁉」

「アスナは、下の基地を丸ごと空中に浮《う》かせてくれ！　もうすぐ地下の爆弾《ばくだん》が爆発《ばくはつ》する！」

叫《さけ》びながら、五つ目の心意力《シンイりょく》で巨大《きょだい》な雲の塊《かたまり》を丸ごと払《はら》いのける。露《あら》わになった地上では、基地から職員たちが懸命《けんめい》に退避《たいひ》しようとしているが、恐《おそ》らく大爆発《だいばくはつ》まであと十秒もあるまい。犠牲者《ぎせいしゃ》が出ないことを祈《いの》りつつ、次の指示を叫《さけ》ぶ。

「アリスは、あのでかい機竜《きりゅう》を止めてくれ！　でも完全に壊《こわ》しちゃだめだ！」

《アーヴス》は、すでに滑走《かっそう》を開始している。こちらはもう離陸《りりく》を止めるのは不可能だが、アリスならどうにかしてくれるはず。

「相変わらず無茶を言いますね……！」

毒づいた騎士《きし》が、青い機士団《きしだん》制服の左腰《ひだりこし》に吊《つ》った金木犀《きんもくせい》の剣を抜いた。

「やってみる！」

頷《うなず》いたアスナも同じ格好だが、真珠色《しんじゅいろ》の細剣《さいけん》ラディアント・ライトは抜かず、右手に持っていた大型の包丁を高く掲《かか》げた。


ここからの出来事は、全て同時に進行した。

アリスは、金木犀《きんもくせい》の剣を正面に向け、高らかに叫《さけ》んだ。

「エンハンス・アーマメント！」

整合騎士《せいごうきし》の秘技たる武装完全支配術が発動し、黄金色《こがねいろ》の刀身を無数の花弁へと分離《ぶんり》させる。花たちは朝陽《あさひ》を受けて煌《きら》めきながら、一筋の奔流《ほんりゅう》となって地上へと突《つ》き進《すす》む。

滑走路《かっそうろ》ではちょうど《アーヴス》が離陸《りりく》したところだった。左右の翼《つばさ》に三基ずつ内蔵されたエンジンから噴射炎《ふんしゃえん》を長く引きながら、急激に高度を上げていく。

そこに真上から襲《おそ》いかかった花たちは、直前で二筋に分かれ、胴体《どうたい》でもエンジンでもなく、翼《つばさ》の後縁《こうえん》に取り付けられた高揚力《こうようりょく》装置——フラップを跡形《あとかた》もなく吹《ふ》き飛《と》ばした。

アンダーワールドの大気中に気体分子は存在しないが、機竜《きりゅう》は現実世界の飛行機とおおよそ同じロジックで飛んでいる。フラップを喪失《そうしつ》すれば翼《つばさ》の揚力《ようりょく》が不足して上昇《じょうしょう》できなくなるが、翼《つばさ》本体は残っているので真っ逆さまに墜落《ついらく》することはない。

《アーヴス》はぐらぐら機体を揺《ゆ》らしつつ下降し、黄色い花に覆《おお》われた地面に不時着すると、本物の花びらを波飛沫《なみしぶき》のように巻き上げながら数百メートルも滑《すべ》り、斜《なな》めに傾《かたむ》いて停《と》まった。

アスナは、右手の包丁を基地に向けると、勢いよく叫《さけ》んだ。

「せぇ――――のっ！」

空から虹色《にじいろ》の光が垂直に降り注ぎ、巨大《きょだい》な基地を包んだ。

天使の重唱を思わせる不思議な音が鳴《な》り響《ひび》くなか、灰色の建物が地面からせり上がっていく。ちょうど脱出《だつしゅつ》しようとしていた職員が慌《あわ》てた様子で飛び降り、その後ろでは間に合わなかった職員たちが建物内に退避《たいひ》する。

アスナが使っているスーパーアカウント《創世神ステイシア》は、無制限の地形操作という力を付与《ふよ》されている。アビッサル・ホラー戦では特大の隕石《いんせき》を召喚《しょうかん》していたし、異界戦争《いかいせんそう》の時は長さ数キロの地割れを作ったというから、建物を一つ浮《う》かせるくらい造作もあるまい。

虹色《にじいろ》のオーロラの中で地面から浮《う》き上がっていく基地は、地下部分を含《ふく》めるとほぼ立方体をしていた。熱素《ねっそ》と風素《ふうそ》を用いた爆破《ばくは》装置が建物の基礎《きそ》にくっついていたらそれを取り除く必要があるが、幸い装置は基礎《きそ》よりさらに深い場所に埋設《まいせつ》されていた。

アスナは建物を完全に引っこ抜くと、今度は「よいしょ！」を声を掛《か》けた。包丁が右に動くと建物も真横にスライドし、その数秒後、地面に黒々と開いた穴から真紅《しんく》の爆炎《ばくえん》が高々と噴《ふ》き上がった。

《アーヴス》に先んじて離陸《りりく》した二機の機竜《きりゅう》は、上空を覆《おお》う雲塊《うんかい》が一瞬《いっしゅん》で吹《ふ》き払《はら》われても、まるで動揺《どうよう》する気配もなく急上昇《きゅうじょうしょう》を続けた。

二機の操縦席に座《すわ》っているのが、基地内でイスタルに付き従っていたスギンとドムイであることを俺は直感した。

スティカたちの《キーニス七型》によく似た形状の機体だが、色は艶消《つやけ》しのダークグレーで紋章《もんしょう》や番号のたぐいは見当たらない。腹から突き出した大型の砲《ほう》は、すでに熱素《ねっそ》の光を宿している。

《アーヴス》の逃走阻止《とうそうそし》と基地爆破《ばくは》への対処をアリスとアスナに任せられたので、戦闘機《せんとうき》を心意力《シンイりょく》で制圧することは可能だ。だがあの速さで飛んでいるものを鷲摑《わしづか》みにしたらばらばらに粉砕《ふんさい》してしまいそうだし、封密缶《ふうみつかん》が爆発《ばくはつ》する危険もある。できれば死者は出したくない……という俺の躊躇《ためら》いを見抜いたかのように、二機がいきなり発砲《はっぽう》した。

連射された熱素弾《ねつそだん》が襲《おそ》いかかったのは、俺でもエオラインでもアスナたちが乗っている円盤《えんばん》でもなく、いくらか離《はな》れたところに浮《う》かぶ漆黒《しっこく》の大蛇《だいじゃ》だった。

「えっ……!?」

と思わず声を上げてしまったが、防御《ぼうぎょ》はかろうじて間に合った。十発近い熱素弾《ねつそだん》は俺が展開した心意防壁《シンイぼうへき》に激突《げきとつ》し、虚空《こくう》にオレンジ色の爆炎《ばくえん》を広げた。神獣《しんじゅう》がまだ昏睡《こんすい》状態であることは、スギンとドムイにも解《わか》ったはずだ。なのになぜ、敢《あ》えて狙《ねら》ったのか。生きたまま逃がすくらいなら殺さなくてはいけない理由が、何かあるのだろうか。

どうあれ、このまま神獣《しんじゅう》を攻撃《こうげき》させるわけにはいかない。

——剣を借りるぜ、ユージオ。

心の中で親友に囁《ささや》きかけると、俺は右腰《みぎこし》に吊《つ》った青薔薇《あおばら》の剣を左手で抜《ぬ》き放《はな》った。青く透《す》き通《とお》る剣の切っ先を機竜《きりゅう》たちに向け、叫《さけ》ぶ。

「エンハンス・アーマメント！」

刀身が澄《す》んだブルーに輝《かがや》き、迸《ほとばし》った光は氷の蔓《つる》となって、絡《から》み合《あ》いながら機竜《きりゅう》へと殺到《さっとう》した。二機は素早《すばや》く左右に旋回《せんかい》し、蔓《つる》も二手に分かれて追尾《ついび》する。接触《せっしょく》する寸前に網《あみ》の如《ごと》く広がると、鋼《はがね》の機体に絡《から》みつく。

機竜《きりゅう》たちはエンジンを派手に吹《ふ》かして蔓《つる》から逃《のが》れようとしたが、噴射《ふんしゃ》は一秒と続かなかった。ゴン！　と重い音を立てて、どこからともなく出現した氷の塊《かたまり》が機竜《きりゅう》の後部を包《つつ》み込んだのだ。氷はみるみる成長し、巨大《きょだい》な戦闘機《せんとうき》を丸ごと内部に封《ふう》じてしまった。推進力を失った二機は、ぐるぐる回転しながら地上へと落ちていく。

青薔薇《あおばら》の剣の武装完全支配術は、氷塊《ひょうかい》に包《つつ》み込んだ相手を無力化すると同時に守りもする。あの氷は生半《なまなか》な武器や衝撃《しょうげき》では決して砕《くだ》けず、破壊《はかい》するには青薔薇《あおばら》の剣と同等の優先度を持つ

攻撃《こうげき》か、あるいは心意《シンイ》を使うしかない。

二つの氷塊《ひょうかい》は遥《はる》か下方の地面に相次いで墜落《ついらく》し、何度かバウンドしてから勢いよく転がって、高い丘《おか》の斜面《しゃめん》に食い込むように停《と》まった。氷はひび割れ一つ入らず、中の機竜《きりゅう》も完全に無傷。スギンとドムイは猛烈《もうれつ》に目を回しただろうが、大きな怪我《けが》はしていないだろう。

《アーヴス》の不時着と基地跡地《あとち》の大爆発《だいばくはつ》、そして戦闘機《せんとうき》の攻撃《こうげき》と墜落《ついらく》。並行して起きたこれらの大騒《おおさわ》ぎの中にあって――。

エオラインとイスタルは、わずかにも集中を乱さなかった。

それぞれの剣にソードスキル《ソニック・リープ》を保持したまま、その一瞬《いっしゅん》をひたすらに待ち続ける。

俺も何度か経験があるが、双方《そうほう》の技量が伯仲《はくちゅう》していると、対峙《たいじ》したまま容易に撃《う》ち込めない――焦《じ》れて先に動いたほうが負けるという状況《じょうきょう》が生まれてしまう。いったんそうなれば、あとはひたすら根比べをするしかない。

しかもいまは、二人とも心意力で自分の体を空に浮《う》かせている。以前のALOに喩《たと》えれば、飛行ゲージを消費し続けているようなものだ。どんな心意の達人でもいつかは限界がくるし、その点では基地の中で《空《くう》の心意》を二度も使ったせいで失神までしてしまったエオラインのほうが形勢不利と言える。

だからこそ俺は、素因攻撃《エレメントこうげき》で介入《かいにゅう》しようと考えたのだが。

戦闘機《せんとうき》を無力化し、急いで振り向いた時、二人はまだ対峙《たいじ》し続《つづ》けていた。間に合ったと安堵《あんど》しつつ右手を掲《かか》げ、イスタルの集中を乱すための熱素《ねつそ》を生成しようとした、その刹那《せつな》。

誰《だれ》かがそっと、俺の手を押さえたような気がした。

アスナでもアリスでもない。二人はまだ《アーヴス》と基地の後始末を終えていない。

エオライン自身でもない。彼の集中力は全てイスタルに向けられ、恐《おそ》らく俺の姿は視界にも入っているまい。

俺はふと、左手に握《にぎ》ったままの青薔薇《あおばら》の剣へ視線を落とした。

武装完全支配術を発動したままの刀身は、ダイヤモンドダストのような白い粒子《りゅうし》に包まれ、きらきらと輝《かがや》いている。

揺蕩《たゆた》う靄《もや》の中に、何か……誰《だれ》かの姿を見たような気がした、その刹那《せつな》。

「――エオライン閣下！」

悲鳴のような呼び声が、朝焼け空に響《ひび》き渡《わた》った。

スティカだ。開いたままの水晶《すいしょう》の扉《とびら》の奥《おく》で、紅葉色の両目を大きく見開いている。

直後、剣士たちが動いた。

保持していた《ソニック・リープ》を発動すると同時に虚空《こくう》を蹴《け》る。宙に黄緑色のラインを引きながら飛翔《ひしょう》し、瞬時《しゅんじ》に間合いを詰《つ》めて、サーベルと長剣《ちょうけん》を振り下ろす。

凄《すさ》まじい閃光《せんこう》と衝撃波《しょうげきは》が二重のリングとなって拡散し、空間を震《ふる》わせた。

心意強化《シンイ》されたソードスキルが、互《たが》いを打《う》ち砕《くだ》かんとせめぎ合う。限界を超《こ》えて凝縮《ぎょうしゅく》されたパワーが極細《ごくぼそ》の紫雷《しらい》となって立て続けに迸《ほとばし》る。

巨大《きょだい》な力と力の均衡《きんこう》は、思わぬ形で破られた。

エオラインの長剣《ちょうけん》とイスタルのサーベルが、同時に砕《くだ》け散《ち》ったのだ。

半ばから折れるのではなく、刀身全体が無数の微細《びさい》な破片《はへん》と化し、煌《きら》めきながら飛散した。解放されたエネルギーが凄《すさ》まじい爆発《ばくはつ》を引き起こし、二人を後方へと吹《ふ》き飛《と》ばした。

「エオライン！」

俺は慌《あわ》てて突進《とっしん》し、機士《きし》団長《だんちょう》の体を受け止めた。右腕《みぎうで》で抱《かか》えて覗《のぞ》き込むと、胸や腕《うで》に細かい切り傷をいくつか負っているが、どれも重傷ではない。意識もしっかりしているようで、俺に軽く頷《うなず》きかけると、すぐに視線を前に向ける。

空中に残る光の残滓《ざんし》はすぐに薄《うす》れ、二十メートルほど離《はな》れた位置で浮遊《ふゆう》するイスタルの姿が浮《う》かび上がった。

あちらも重い傷は負わなかったようだ。しかし剣は失われ、心意力も相当に消耗《しょうもう》したはず。まだ例の拳銃《けんじゅう》が残っているが、戦闘機《せんとうき》の熱素《ねつそ》砲《ほう》以上の威力《いりょく》があるとは思えない。対してこちらは、俺とアスナ、アリスが揃《そろ》っている。イスタルは疑う余地なき実力者だが、この三人を倒《たお》すことはもちろん、突破《とっぱ》して逃げることも不可能だろう。

エオラインが俺の腕《うで》から離《はな》れ、空をしっかりと踏《ふ》み締《し》めて立った。

「もう一度言うよ。投降するんだ、コウガ」

それを聞いたイスタルは、紅《あか》い唇《くちびる》をかすかに綻《ほころ》ばせ、答えた。

「お前の腕《うで》がなまっていなくて嬉《うれ》しいよ、エオル」

笑《え》みを消し、コートに引っかかっている剣の破片《はへん》を払《はら》い落《お》とすと――。

「だが、甘《あま》いところは同じだな。それでは私には勝てない」

そう言い放つや、イスタルは煙《けむ》るほどの速さで右手を動かし、黒い拳銃《けんじゆう》を抜いた。

俺はすかさず中間地点に心意《シンイ》防壁《ぼうへき》を展開した。イスタル当人は防壁《ぼうへき》をすり抜けてしまうが、よもや銃弾《じゆうだん》にそんな力はないだろう。まずは弾《たま》を撃《う》ち尽《つ》くさせて、その後に物理的な拘束《こうそく》手段を……と、そこまで考えた時。

イスタルは右手をまっすぐ空へと伸ばし、銃口《じゆうこう》を真上に向けるや、想定外の言葉を発した。

「エンハンス・アーマメント」

黒い拳銃《けんじゆう》がガシャッと音を立てて変形し、隙間《すきま》から深紅《しんく》の光が放たれた。

武装完全支配術。

つまりイスタルの主武器は、砕《くだ》けたサーベルではなく、あの拳銃《けんじゆう》――。

トリガーが引かれると同時に、銃口《じゆうこう》から血の色の輝《かがや》きが迸《ほとばし》り、心意防壁《ぼうへき》をすり抜けて球状に広がった。

光に呑《の》まれても、熱も痛みも感じない。しかし、冷たい手で魂《たましい》を撫《な》でられるような不快感が襲《おそ》ってくる。

俺は反射的に、ユナイタル・リング世界で魔女《まじょ》ムタシーナの窒息魔法《ちっそくまほう》を喰《く》らった時のことを思い出した。エフェクトはまったく異なるが、呪詛《じゅそ》めいた手触《てざわ》りには共通点がある。ならば、この術の効果はいったい——。

という疑問の答えは、直後に示された。

まず、俺が生成した水晶《すいしょう》の扉《とびら》が、奥《おく》にいたスティカごと一瞬《いっしゅん》でかき消えた。

アスナとアリスが、悲鳴を上げながら落下する。咄嗟《とっさ》に心意で支えようとしたが、その時にはもう俺とエオラインも落ち始めていた。

どんなに強く念じても、落下は止まらない。イマジネーションが、世界を書《か》き換《か》える寸前に打ち消されてしまう。

心意無効化空間。これがイスタルの武装完全支配術の正体だ。

しかし、ならばイスタル自身も飛べないはず。そう思って視線を巡《めぐ》らせると、離《はな》れた場所を一直線に落ちていく黒い影《かげ》が見えた。スピードが速い。両手を体にぴったり沿わせて、スカイダイビングの如《ごと》く意図的に急降下しているのだ。

イスタルが目指しているのは、北側の丘《おか》に墜落《ついらく》した二機の機竜《きりゅう》。記憶解放術の効果だろう、すでに氷塊《ひょうかい》は溶《と》け去《さ》り、二機ともキャノピーが開きかけている。スギンとドムイを連れて離脱《りだつ》するつもりなのか。しかし、あのスピードで地面に激突《げきとつ》したら、イスタルといえども無事では済むまい。

という疑問の答えは、いたって明快だった。

イスタルは地面に激突《げきとつ》する寸前、心意《シンイ》ではなく術式で風素《ふうそ》をいくつか作り、バーストさせた。爆風《ばくふう》をクッション代わりに勢いを殺すと、両足から見事な着地を決める。

一回転してそのまま走り、片方の機竜《きりゅう》から転がり落ちてきた操縦士——恐《おそ》らくドムイのほうだろう——の腕《うで》を摑《つか》むと、もう一機に駆《か》け寄《よ》る。スギンも助け起こし、二人を引っ張りながら丘《おか》を駆《か》け上《のぼ》っていく。

途中《とちゅう》でイスタルはほんの一瞬《いっしゅん》だけ振り向き、落下中のエオラインを見た。しかし遠すぎて、どんな表情を浮《う》かべているのかは解《わか》らなかった。

三人の姿が丘《おか》の稜線《りょうせん》を越《こ》え、消える。

直後、二機の機竜《きりゅう》が立て続けに爆発《ばくはつ》した。スギンとドムイが自爆《じばく》操作をしていたのだろう。心意無効化空間の光膜《こうまく》はあの丘《おか》の先で終わっている。そこまで行けば、イスタルは心意飛行を再開できる。残念ながら、彼らの逃走《とうそう》を阻止《そし》する方法はなさそうだ。

それより問題は、いままさに落下しつつある俺たちのほうだ。アスナとアリスはもう悲鳴を上げていないが、二人とも「どうするの？」という顔で俺を見ている。心意が使えない以上、このまま落下を続けて、イスタルが使った方法で衝撃《しょうげき》を相殺《そうさい》するしかない。

風素《ふうそ》を作る用意を、と二人に言おうとした、その時。

黒くて長い円筒状《えんとうじょう》の物体が真下からせり上がってきて、俺とエオラインを受け止めた。円筒《えんとう》はそのままアスナたちのほうに向かい、二人も上に乗せる。

直径一メートル半、長さ二十メートルはありそうなこの飛行物体は……基地に捕《と》らえられていた黒い大蛇《だいじゃ》、すなわち神獣《しんじゅう》だ。いつの間にか昏睡《こんすい》から醒《さ》め、心意無効化空間の中を飛翔《ひしょう》して、俺たちを助けてくれたらしい。

進行方向に目を向けると、膨《ふく》らんだ頭部がわずかに見えた。そのてっぺんには小さな黒蛇《くろへび》が貼《は》り付《つ》き、元気に尻尾《しっぽ》を揺《ゆ》らしている。

神獣《しんじゅう》は、いったん地面近くまで降下してから再び浮《う》き上がった。ふと気付いて地上を見ると、不時着した《アーヴス》の乗員たちと、大爆発《だいばくはつ》を免《まぬが》れた基地の職員たちが、啞然《あぜん》とした様子でこちらを見上げている。

「……エオ、あの人たち、どうするんだ？」

とりあえずそう訊《たず》ねると、機士団長《きしだんちょう》は小さく肩《かた》をすくめた。

「ひとまずは放っておくしかないよ。大型機竜《きりゅう》と基地を押さえられれば、陰謀《いんぼう》の証拠《しょうこ》としては充分《じゅうぶん》だし」

「なるほどね……」

頷《うなず》き、三メートルほど後ろに立っているアスナとアリスを見る。二人とも、まだ状況《じょうきょう》を呑《の》み込めていないようだ。

滑《なめ》らかな鱗《うろこ》に覆《おお》われた神獣《しんじゅう》の背中を慎重《しんちょう》に歩いて近づくと、アスナが俺を見て言った。

「キリトくん、このでっかいヘビさんは何なの？」

「惑星《わくせい》アドミナに昔から住んでる神獣《しんじゅう》らしい」

「神獣《しんじゅう》！」

と叫《さけ》んだのはアリスだ。青い瞳《ひとみ》を輝《かがや》かせ、ひざまずいて右手で鱗《うろこ》を撫《な》でる。

「私、生きている神獣《しんじゅう》を見るのは初めてです。ああ……この前のアビッサル・ホラーを除けば、ですが」

「あれは別枠《べつわく》だろ、たぶん」

苦笑《くしょう》してから、俺は背筋を伸ばし、二人に向けて頭を下げた。

「アリス、アスナ、助けてくれてありがとう。君たちがいなかったらだいぶヤバかった」

「それはぜんぜんいいんだけど、キリトくん、さっきのドア……」

アスナがそこまで言いかけた時だった。

深い響《ひび》きを帯びた女性の声が、頭の中に直接響《ひび》いた。

『黒き王よ、どこに運んでほしいのだ？』

「は、はい⁉」

思わずきょろきょろ周囲を見回してしまってから、いまのは神獣《しんじゅう》の声なのだと悟《さと》る。

気付けば基地は遥《はる》か後方に遠ざかり、心意《シンイ》無効化空間も抜けている。つまりもう心意で飛べるわけだが、送ってもらえるのはまったく吝《やぶさ》かではない。

「ちょ……ちょっと待って！」

神獣《しんじゅう》の頭に向けて叫《さけ》ぶと、俺はおおよその見当をつけた方向に心意のレーダー波を放った。すぐに反応があったので、左斜《ひだりなな》め前方を指差す。

「あっちに飛んでくれ！」

と言ってから、あっちでは伝わらないかと思ったが、神獣《しんじゅう》はすぐに進路を変えた。

黄色い花畑の上を数分飛ぶと、行く手にごく小さな丘《おか》が見えてくる。俺が指示する前に神獣《しんじゅう》は高度を下げ、その丘《おか》の手前にふわりと着地した。

四人同時に背中から飛び降り、少し離《はな》れて振り向く。

神獣《しんじゅう》は、長さ二十メートルの巨体《きょたい》を渦巻《うずま》かせてピラミッド型に盛り上げると、三対六個の目で俺たちを見下ろした。

『……わらわと我《わ》が子《こ》をあの籠舎《ろうしゃ》から解き放ってくれたこと、礼を言うぞ、黒き王』

再び頭の中で玲瓏《れいろう》とした声が響《ひび》く。我《わ》が子《こ》というのは、神獣《しんじゅう》の頭に乗っている小さな黒へビのことだろう。

イスタルたちは、この神獣《しんじゅう》に薬品で無理やり子供を産ませ、それを全て生体ミサイルに改造していた。俺が乗り込むまで、いったい何匹《なんびき》の子供が犠牲《ぎせい》になったのかは想像もできないし、訊《き》くことも躊躇《ためら》われる。

「いや……お礼を言うのはこっちだよ。俺たちと同じ人間があなたを酷《ひど》い目に遭《あ》わせたのに、こうして助けてくれて、本当にありがとう」

俺と同時に、アスナ、アリス、そしてエオラインも深く低頭した。

『気にするな、人族《ひとぞく》には良き者も悪《あ》しき者もいるのだということはよく知っている。わらわを捕《と》らえたやつばらには、いずれ報《むく》いを受けさせる』

「その時は手伝うよ」

顔を上げてそう言うと、神獣《しんじゅう》はほんの少し笑った……ような気がした。

巨大《きょだい》なとぐろの後ろから、細く尖《とが》った尻尾《しっぽ》が俺の目の前まで伸びてくる。その先端《せんたん》には、紐《ひも》でくくられた革袋《かわぶくろ》がぶら下がっている。

『受け取れ』

「え？　こ、これは……？」

『幾《いく》とせも昔に、そなた自身がわらわに託《たく》したものだ。時が流れ、もう一度そなたが現れたら渡《わた》してやってくれと言ってな』

「…………！」

思わず息を呑《の》む。それはつまり、星王《せいおう》をしていた時の俺が、いずれアンダーワールドを再訪するであろう俺に向けて遺《のこ》したものだということだ。

『本来であれば、この星のあちこちを駆《か》け巡《めぐ》り、数多《あまた》の試練を乗《の》り越《こ》えた果てにわらわの所に辿《たど》り着《つ》く手筈《てはず》だったらしいが……こうして再会したからには渡《わた》しても支障あるまい。受け取れ』

そんな言葉とともに尻尾《しっぽ》がぐぐっと伸びてきたので、俺は革袋《かわぶくろ》を両手で摑《つか》んだ。紐《ひも》から尻尾《しっぽ》が抜け、とぐろの下に戻《もど》っていく。神獣《しんじゅう》の言葉を解釈《かいしゃく》すると、どうやら星王《せいおう》陛下は俺のために、超長編の連続クエストを用意していたらしい。しかし最終章で邂逅《かいこう》するはずの神獣《しんじゅう》をイスタルが捕獲《ほかく》し、俺が救出したので、クエストは全て無駄《むだ》になってしまったわけだ。残念だと思う気持ちもなくはないが、ラッキー！　という気分のほうが十倍大きい。

『……いずれまた会おう、黒き王……白き王妃《おうひ》、黄金の騎士《きし》、そして青の剣士よ』

神獣《しんじゅう》がそう告げると、頭上の赤《あか》ん坊《ぼう》へビも「しゅうっ！」と元気に鳴いた。長い体で螺旋《らせん》を描《えが》きながら、漆黒《しっこく》の大蛇《だいじゃ》が空へ舞《ま》い上がっていく。遥《はる》かな高さに達すると、朝陽《あさひ》の方向へと猛烈《もうれつ》なスピードで飛び去る。

俺たちは五秒ほども黙《だま》り込んでいたが、やがてアリスが沈黙《ちんもく》を破った。

「……キリト、それは何なのですか？」

「ああ、こいつはたぶん……」

袋《ふくろ》の口をゆわえる紐《ひも》を解き、中に手を突っ込む。

引っ張り出したのは、ガラスなのか金属なのか解《わか》らない不思議な材質でできた、二十センチ四方の箱だった。表面には何も書かれていないが、中身については確信がある。

「……これが《封印《ふういん》の箱》だよ、アリス。ディープ・フリーズ術式の全てがこの中にある」

「えっ……！」

両手を口許《くちもと》に押し当てたアリスの、サファイアブルーの瞳《ひとみ》を虹色《にじいろ》の輝《かがや》きが彩《いろど》った。

23

西暦《せいれき》二〇二六年十月三日／星界暦《せいかいれき》五八二年十二月七日、午後四時二十七分。

俺とアスナ、アリス、エオラインは、ゼーファン十三型とともにカルディナのセントラル・カセドラルに帰還《きかん》した。

もちろん、損傷したゼーファンを無理やり飛ばしたわけではない。動けない機竜《きりゅう》のすぐ横にもう一度、超大型の《扉《とびら》》を作って、心意《シンイ》で浮《う》かせた機体をどうにか押し込んだのだ。

いまのところ、《扉《とびら》》を繋《つな》げる先にアスナかアリスがいてくれないと座標を固定できないが、いちど繋《つな》げた場所であればイメージできる。問題は、最初に《扉《とびら》》を作った時、アスナたちがいたのは九十五階の《暁星《ぎょうせい》の望楼《ぼうろう》》ではなく九十四階のキッチンだったことだ。

当然、二回目の《扉《とびら》》もキッチンに繋《つな》がってしまったので、いったんアスナとアリスだけが扉《とびら》を通り、九十五階に移動して、アドミナに残った俺が改めて二人の座標に《扉《とびら》》を作り直すという工程が必要になった。ゲーム風に言えば、同じ建物の一階と二階にファストトラベルの出口を設定してしまったようなものだが、それが問題になることは当分あるまい。

改めてゼーファンと一緒《いっしょ》に《扉《とびら》》を通り、九十五階に戻《もど》った俺とエオラインは、当然ながらスティカとローランネイの質問攻《しつもんぜ》めに遭《あ》った。

ことに、料理を運びに来たタイミングで《扉《とびら》》を覗《のぞ》き、エオラインとイスタルの決戦を目撃《もくげき》したスティカは俺たちが帰還《きかん》するまで気が気でなかったらしいので、ちゃんと事情を説明してやりたいのはやまやまだが、全ての質問に答えていたら貴重な残り時間があっという間になくなってしまう。

というわけで説明役は機士団長《きしだんちょう》閣下に押し付け、俺とアリス、アスナは八十階の《雲上庭園《うんじょうていえん》》目指して大階段を全速力で駆《か》け下りた。

《封印《ふういん》の箱》をしっかりと抱《かか》えたアリスは、大扉《おおとびら》が開き切るのすら待たずに庭園へ入ると、緑の丘《おか》を飛ぶようなスピードで登った。

てっぺんでは、金木犀《きんもくせい》の木に抱《いだ》かれるように、一人の少女術師と二人の女性騎士《じょせいきし》が醒《さ》めない眠《ねむ》りについている。遥《はる》かな過去に最高司祭《さいこうしさい》アドミニストレータが編み出した禁術、ディープ・フリーズ――。

アリスは、愛する妹セルカの前にひざまずくと、青みがかった灰色の小箱をそっと下生えの上に置いた。俺とアスナ、エオライン、スティカとローランネイ、そして肩《かた》にネズミのナツを乗せたエアリーも、後ろから固唾《かたず》を呑《の》んで見守る。

アリスが箱の側面に指を添《そ》え、持ち上げる。継《つ》ぎ目《め》も見えないほどぴったりと嵌《は》まっていた蓋《ふた》が外れ、中身を露《あら》わにする。

深い藍色《あいいろ》に光るビロードの内張りには、いくつかの凹《へこ》みがある。そこに収納されているのは、一本の小さなスクロールと、三本の水晶瓶《すいしょうびん》だった。途惑《とまど》ったように振り向くアリスに、俺は言った。

「たぶん、そのスクロールにはディープ・フリーズの全術式が書いてあって、小瓶《こびん》には解除の術を転換《てんかん》した薬が入ってるんだと思う」

「薬……？　では、長い術式を唱えずとも、この小瓶《こびん》の中身を振りかければ石化が解けるのですか？」

無言で頷《うなず》く。

アリスは再び箱に向き直ると、いちばん右の小瓶《こびん》を凹《へこ》みから外した。

宝石のような多面カットが施《ほどこ》された瓶《びん》をしばし見詰《みつ》めてから、膝立《ひざだ》ちのままセルカににじり寄る。自分の胸に左手を押し当て、何度か深呼吸をしてから、その手で瓶《びん》の栓《せん》を抜く。

——星王《せいおう》、これで石化が解けなかったらぶん殴《なぐ》るぞ。

かつての自分に向けてそう念じながら、俺はその瞬間《しゅんかん》を待った。

アリスが右手を伸ばす。

小刻みに震《ふる》えるその手がゆっくりと回転し、セルカの頭上で小瓶《こびん》を傾《かたむ》ける。

細長い口から流れ出した液体は、それ自体が発光しているかのようにきらきらと青く煌《きら》めきながら、セルカの前髪《まえがみ》に滴《したた》り、頬《ほお》を伝い、首許《くびもと》へと流れ落ちた。

一秒……二秒……三秒……。

永遠とも思える五秒間が過ぎ去った、その時。

石化したセルカの全身を、青い燐光《りんこう》がふわりと包んだ。

足先や指先、ローブの裾《すそ》が、徐々《じょじょ》に本来の色合いと質感を取《と》り戻《もど》していく。背後にそびえる金木犀《きんもくせい》の木も、何が起きているのかを知っているかのように、さわさわと枝葉を鳴らす。

セルカが被《かぶ》っている純白のベールが、微風《そよかぜ》を受けてかすかに揺《ゆ》れた。

艶《あで》やかな茶色の髪《かみ》が一筋、さらりと流れた。

睫毛《まつげ》が震《ふる》え——ゆっくりと持ち上がり——。

茫洋《ぼうよう》とした光を宿す藍色《あいいろ》の瞳《ひとみ》が、一度、二度と瞬《また》いてから、焦点《しょうてん》を結んだ。

「…………姉さま……？」

桜色の唇《くちびる》から、かすかな、しかし確かな声が発せられた瞬間《しゅんかん》。

「セルカ!!」

アリスは、涙《なみだ》に濡《ぬ》れた声で妹の名を呼び、倒《たお》れ込むように抱《だ》きついた。

白いローブの肩口《かたぐち》に顔を押し付け、両腕《りょううで》をしっかりと背中に回し、何度も、何度も名を呼ぶ。

セルカの頬《ほお》にも涙《なみだ》が零《こぼ》れ、「姉さま、アリス姉さま！」と繰《く》り返《かえ》す。

俺は右手でぐいっと自分の目許《めもと》を拭《ぬぐ》ってから、アリスの背後に置かれたままの箱に近づいた。

身を屈《かが》め、残った二つの小瓶《こびん》を取り出して、一つをアスナに渡《わた》す。

「アスナ、ティーゼの石化を解いてやってくれ」

「うん！」

アスナは何度か瞬《まばた》きして涙《なみだ》の粒《つぶ》を払《はら》い落《お》とすと、笑顔《えがお》で頷《うなず》いた。

俺はセルカの右側に立つロニエに歩み寄り、小瓶《こびん》の栓《せん》を抜いた。

俺の傍付《そばづ》き練士《れんし》をしていた頃《ころ》から、十歳ほど成長した姿だ。身長もいくらか伸びているが、面影《おもかげ》はまったく変わっていない。

——ただいま。

心の中でそう囁《ささや》きかけ、小瓶《こびん》の中の液体を注ぎかける。先刻とまったく同じ現象が発生し、長いローブの裾《すそ》から上に向かって、石化がみるみる解除されていく。

首筋、頬《ほお》、そして目許《めもと》が生気を取《と》り戻《もど》す。前髪《まえがみ》がさやさやと揺《ゆ》れ、瞼《まぶた》が何度か震《ふる》え……開く。

澄《す》んだ湖の色の瞳《ひとみ》が、まっすぐ俺を見た。

瞬間《しゅんかん》、エアリーの言葉を思い出す。ロニエとティーゼは、二十代半ばで天命凍結術《てんめいとうけつじゅつ》を施《ほどこ》され、その五十年ほど後にこの場所で石化凍結《とうけつ》された。つまり二人の精神年齢《ねんれい》は七十歳を超《こ》えているわけで、いまの俺は二人に比べれば小僧《こぞ》っ子《こ》もいいところなのでは……。

という危惧《きぐ》は、しかしまったくの的外れだった。

「……キリト先輩《せんぱい》!!」

修剣学院《しゅうけんがくいん》時代とまったく変わらない声と表情でそう叫《さけ》ぶと、ロニエは凄《すご》い勢いで俺に飛びついてきた。慌《あわ》てて抱《だ》き留《と》め、背中をぽんぽん叩《たた》く。

「久しぶり、ロニエ。また会えて嬉《うれ》しいよ」

どうにかそんな言葉を掛《か》けると、ロニエは恐《おそ》ろしいほどの力で俺を抱き締《だ》《し》めながら、「はい、はい……！」と繰《く》り返《かえ》した。

たっぷり五秒近くもそうしていたが、やっと思考が状況《じょうきょう》に追いついたらしく、小声で叫《さけ》ぶ。

「そうだ……ティーゼとセルカは⁉」

「大丈夫《だいじょうぶ》だよ、二人の石化も解いたから」

そう言いながらロニエの体を離《はな》し、振り向く。

俺の目に飛《と》び込んできたのは、しかし、予想外の光景だった。

アスナの手で石化を解除されたティーゼは、元の位置から数歩前に進み、紅葉色《もみじいろ》の瞳《ひとみ》を限界まで見開いて、とある人物を凝視《ぎょうし》していた。

白い覆面《ふくめん》で目許《めもと》を隠《かく》した、整合機士《せいごうきし》団長《だんちょう》エオライン・ハーレンツの顔を──。

（続く）

あとがき

『ソードアート・オンライン26　ユナイタル・リングV』をお読み下さりありがとうございました。

二〇一八年末に刊行が開始されたユナイタル・リング編も今巻で五冊目となり、二つの世界を巡《めぐ》る物語はいよいよ佳境《かきょう》へと突入《とつにゅう》……しているはずなんですが、書かなくてはならないことと単純に書きたいことがあれこれ次々に出てきてしまって、記録者として取捨選択《しゅしゃせんたく》に苦しんでおります。まあいつものことと言えばそうなんですけどね！

（以下、本文の内容に触《ふ》れております）

それでもこの巻では、UR編を開始した時から大きな目標としていたロニエ、ティーゼ、そしてセルカの復活シーンについに到達《とうたつ》することができて、なかなかに感無量《かんむりょう》でした。UW編とその後のムーン・クレイドル編から二百年もの歳月《さいげつ》が経過していることを本文内で描写《びょうしゃ》するたびに、私も「本当にまた三人に会えるのかな……」と不安になったりもしていたんですが、どうにか今巻のうちに惑星《わくせい》アドミナに移動し、ディープ・フリーズを解除するための術式を回収するというミッションを達成できて、キリトのみならず私も心の底からほっとしました。

もちろんこれで万事《ばんじ》めでたしとはいかず、特に覚醒《かくせい》早々エオライン団長と対面してしまったティーゼはどうなっちゃうの!?　というところで「続く」となってしまいましたが、次の巻ではいよいよ団長の謎に迫っていく展開になるのではと思いますのでそちらもどうぞご期待下さい！

かたやユナイタル・リング世界の攻略《こうりゃく》も着々と進んでおりまして、今巻では世界の全体像をようやく提示することができました。キリトやアスナ不在の中、超強力《ちょうきょうりょく》なフィールドボス相手に奮闘《ふんとう》するシリカやシノンたちの姿に、彼女たちなりの成長を感じて頂けたなら嬉《うれ》しいです。

さて。この本が発売される二〇二一年十月には、いよいよ！　劇場版『ソードアート・オンライン－プログレッシブ－星なき夜のアリア』の公開が始まります。

全ての始まりである浮遊城《ふゆうじょう》アインクラッドの物語を、アスナ視点でリブートするという挑戦《ちょうせん》的な企画《きかく》となっておりまして、私も作者として、またキリトやアスナの一ファンとして大画面で映像を鑑賞《かんしょう》できるのがとても楽しみです。皆様《みなさま》もぜひぜひ劇場に足を運んで下さると嬉《うれ》しいです！

今巻は、とくに脱稿後《だつこうご》の作業中に色々とトラブってしまい、イラストのabecさん、担当の三木《みき》さんと安達《あだち》さんには大変大変ご迷惑《めいわく》おかけしました。次の巻はスムーズに進行できるよう頑張《がんば》ります！　ここまでお読み下さった皆様《みなさま》もありがとうございました！

二〇二一年九月某日《ぼうじつ》　川原《かわはら》　礫《れき》

◉川原　礫著作リスト

「アクセル・ワールド1〜25」（電撃文庫）
「ソードアート・オンライン1〜26」（同）
「ソードアート・オンライン　プログレッシブ1〜8」（同）
「絶対ナル孤独者《アイソレータ》1〜5」（同）

本書に対するご意見、ご感想をお寄せください。

ファンレターあて先
〒 102-8177　東京都千代田区富士見 2-13-3
電撃文庫編集部
「川原 礫先生」係
「abec先生」係

本書は書き下ろしです。

電撃文庫

ソードアート・オンライン26
ユナイタル・リングV

川原《かわはら》 礫《れき》

2021年10月10日　初版発行
2024年10月５日　６版発行

発行者　山下直久
発行　株式会社KADOKAWA
〒102-8177　東京都千代田区富士見2-13-3
0570-002-301（ナビダイヤル）
装丁者　荻窪裕司（META＋MANIERA）
印刷　株式会社 KADOKAWA
製本　株式会社 KADOKAWA

ISBN978-4-04-914035-4　C0193　Printed in Japan

電撃文庫　https://dengekibunko.jp/

電撃文庫創刊に際して

文庫は、我が国にとどまらず、世界の書籍の流れのなかで〝小さな巨人〟としての地位を築いてきた。古今東西の名著を、廉価で手に入りやすい形で提供してきたからこそ、人は文庫を自分の師として、また青春の想い出として、語りついできたのである。

その源を、文化的にはドイツのレクラム文庫に求めるにせよ、規模の上でイギリスのペンギンブックスに求めるにせよ、いま文庫は知識人の層の多様化に従って、ますますその意義を大きくしていると言ってよい。

文庫出版の意味するものは、激動の現代のみならず将来にわたって、大きくなることはあっても、小さくなることはないだろう。

「電撃文庫」は、そのように多様化した対象に応え、歴史に耐えうる作品を収録するのはもちろん、新しい世紀を迎えるにあたって、既成の枠をこえる新鮮で強烈なアイ・オープナーたりたい。

その特異さ故に、この存在は、かつて文庫がはじめて出版世界に登場したときと、同じ戸惑いを読書人に与えるかもしれない。

しかし、〈Changing Times,Changing Publishing〉時代は変わって、出版も変わる。時を重ねるなかで、精神の糧として、心の一隅を占めるものとして、次なる文化の担い手の若者たちに確かな評価を得られると信じて、ここに「電撃文庫」を出版する。

1993年6月10日
角川歴彦

電撃文庫DIGEST　10月の新刊

発売日2021年10月8日

ソードアート・オンライン26
ユナイタル・リングV
【著】川原 礫　【イラスト】abec

セントラル・カセドラルでキリトを待っていたのは、二度と会えないはずの人々だった。彼女たちを目覚めさせるため、そして《アンダーワールド》に迫る悪意の正体を突き止めるため、キリトは惑星アドミナを目指す。

魔王学院の不適合者10〈下〉
～史上最強の魔王の始祖、転生して子孫たちの学校へ通う～
【著】秋　【イラスト】しずまよしのり

"世界の意思"を詐称する敵によって破滅の炎に包まれようとする地上の危機に、現れた救援もまた"世界の意思"――？？　第十章《神々の蒼穹》編、完結!!

ヘヴィーオブジェクト
人が人を滅ぼす日（下）
【著】鎌池和馬　【イラスト】凪良

世界崩壊へのトリガーは引かれてしまった。クリーンな戦争が覆され、人類史上最悪の世界大戦が始まった。世界の未来に、そして己の在り方に葛藤を抱くオブジェクト設計士見習いのクウェンサーが選んだ戦いとは……。

豚のレバーは加熱しろ（5回目）
【著】逆井卓馬　【イラスト】遠坂あさぎ

願望が具現化するという裏側の空間、深世界。王朝の始祖が残した手掛かりをもとにその不思議な世界へと潜入した豚たちは、王都奪還の作戦を決行する。そこではなぜかジェスが巨乳に。これはいったい誰の願望……？

隣のクーデレラを甘やかしたら、ウチの合鍵を渡すことになった3
【著】雪仁　【イラスト】かがちさく

高校生の夏臣と隣室に住む美少女、ユイはお互いへの好意をついに自覚する。だが落ち着く暇もなく、福引で温泉旅行のペア券を当ててしまう。一緒に行きたい相手はすぐ隣にいるのだが、簡単に言い出せるわけもなく――

ホヅミ先生と茉莉くんと。
Day.3 青い日向で咲いた白の花
【著】葉月 文　【イラスト】DSマイル

出版社が主催する夏のイベントの準備に奔走する双夜。その会場で"君と"シリーズのヒロイン・日向葵のコスプレを茉莉にお願いできないかという話が持ち上がり――!?

新作
シャインポスト
ねえ知ってた？　私を絶対アイドルにするための、ごく普通で当たり前な、とびっきりの魔法
【著】駱駝　【イラスト】ブリキ

中々ファンが増えないアイドルユニット『TiNgS』の春･杏夏･理王のために事務所が用意したのは最強マネージャー、日生直輝。だが、実際に現れた彼はまるでやる気がなく……？
少女達が目指す絶対アイドルへの物語、此処に開幕!

新作
琴崎さんがみてる
～俺の隣で百合カップルを観察する限界お嬢様～
【著】五十嵐雄策　【イラスト】佐倉おりこ
【原案】弘前 龍

クラスで男子は俺一人。普通ならハーレム万歳となるんだろうけど。「はぁあああああ、尊いですわ……！」幼馴染の琴崎さんと二人。息を潜めて百合カップルを観察する。それが俺の……俺たちのライフワークだ。

新作
彼なんかより、私のほうがいいでしょ？
【著】アサクラネル　【イラスト】さわやか鮫肌

「好きな人ができたみたい……」。幼馴染の堀宮音々の言葉に、水沢鹿乃は愕然とする。ゆるふわで家庭的、気もよく利く彼女に、好きな男ができた？　こうなったら、男と付き合う前に、私のものにしちゃわないと！

新作
死なないセレンの昼と夜
―世界の終わり、旅する吸血鬼―
【著】早見慎司　【イラスト】尾崎ドミノ

「きょうは、死ぬには向いていない日ですから」人類は衰退し、枯れた大地に細々と生きる時代。吸血鬼・セレンは旅をしながら移動式カフェを営んでいる。黄昏の時代、終わらない旅の中で永遠の少女が出逢う人々は。

最強の聖仙、復活!!
クソッタレな世界をぶち壊す!!
少女願うに、この世界は壊すべき
桃源郷崩落
「世界の破壊」
それが人と妖魔に虐げられた少女かがりの願い。
最強の聖仙の力を宿す彩紀は、
少女の願いに呼応して、千年の眠りから目を覚ます。
世界にはびこる悪鬼を、悲劇を打ち砕く
痛快バトルファンタジー開幕!
小林湖底
ILLUST ろるあ
should BREAK IT
電撃文庫

インフルエンス・インシデント

Influence Incident

SNSの事件、山吹大学社会学部『白鷺ゼミ』が解決します！（多分）

駿馬京

illustration◇竹花ノート

女教授と女子大生と女装男子《インフルエンサー》が
インターネットで巻き起こる
事件《インシデント》に立ち向かう！

第27回 電撃小説大賞 銀賞 受賞

電撃文庫

豚になった俺が、異世界で美少女といちゃラブ(!?)するファンタジー
逆井卓馬
Author: TAKUMA SAKAI
[イラスト]遠坂あさぎ
illustrator: ASAGI TOHSAKA
純真な美少女にお世話される生活。う～ん豚でいるのも悪くないな。だがどうやら彼女は常に命を狙われる危険な宿命を負っているらしい。
よろしい、魔法もスキルもないけれど、俺がジェスを救ってやる。運命を共にする俺たちのブヒブヒな大冒険が始まる！
豚のレバーは加熱しろ
Heat the pig liver
the story of a man turned into a pig.
電撃文庫

二月 公
イラスト／さばみぞれ
声優ラジオのウラオモテ
#01 夕陽とやすみは隠しきれない？
オモテは元気＆清楚なアイドル声優／
ウラはギャル＆根暗地味子な女子高生!?
プロ根性で世界をダマせ！
バレたらアウトの声優ラジオ
Now On Air!!
第26回
電撃小説大賞
大賞
受賞
電撃文庫